Mira-Jo Hansen

Drei Leben

Eine Liebesgeschichte

Bibliographische Information der Deutschen Nationalbibliothek:
Die Deutsche Nationalbibliothek verzeichnet diese Publikation
In der Deutschen Nationalbibliografie ,
detaillierte bibliographische Daten sind im Internet über dnb.de abrufbar.

© 2016 Mira-Jo Hansen
Herstellung und Verlag
BoD – Books on Demand, Norderstedt

ISBN 978-3-7412-6995-0

Für M.

Vorwort

Manchmal bedarf es eines einschneidenden Ereignisses, welches dir sagt: Mache es, worauf wartest du? Du hast nicht ewig Zeit auf dieser Erde. Bringe es endlich zur Welt, das, was du da schon etliche Jahre mit dir herumträgst in deinem Inneren, das du nährst und pflegst und hütest. Fang an!
Nun habe ich die Geschichte von Olivia und John einfach aufgeschrieben. Es ist eine Liebesgeschichte, die mich auch jetzt, nachdem ich sie viele Male gelesen habe, immer noch berührt. Die Geschichte einer Liebe, in der sehr viel Wahrheit steckt. Vielleicht zu trivial für manchen. Jedoch, ein bisschen Romantik hat noch niemandem geschadet. Und am Ende sucht doch jeder das Glück – auch der Zyniker, der sich versteckt hinter Sarkasmus und seiner abweisenden Fassade, bis auch er es gefunden hat, für eine Weile vielleicht nur. Ja, und wie unendlich bedauernswert sind die, die niemals ein Hauch davon gestreift hat.

Olivia

Sie hatte schon immer alles, was kraftvoll war, geliebt. Mächtig und gewaltig musste es sein, stark genug, ihre Seele zu erreichen und Gefühle in ihr auszulösen. Gefühle, die die Tränen fließen lassen. Gefühle, welche die Knoten und das Gewirr der unsichtbaren Seile, die die Eingeweide zusammenschnüren, für ein paar Augenblicke lösen. Gefühle, die sie freimachen. Frei vom Ballen der Verpflichtungen, den das Leben ihr auferlegt und der für sie manchmal schwer zu tragen ist.

Sie liebt die Leidenschaft, leidenschaftlich für oder gegen etwas zu sein, leidenschaftlich zu schwärmen und auch leidenschaftlich zu lieben. Nicht nur die körperliche Leidenschaft, die sie durchaus kannte und sehr genießen konnte, nein, es war die Leidenschaft der Seele, das ewige Verzehren und unvergesslich in Körper und Geist eingebrannt sein.

So kenne ich sie, seit wir uns schon weit in den Dreißigern getroffen und sofort verstanden hatten. Olivia konnte mit Smaltalk nicht allzu viel anfangen, und so verliefen und endeten unsere Gespräche oft tiefsinnig und humorvoll. Auch anstrengend, aber wer

ihr Vertrauen gewonnen hatte, dem war sie eine gute Freundin: hilfsbereit, zuverlässig, unternehmungslustig und im Geiste viel jünger, als man es ihr ansah.
Es war für die Umwelt sicher nicht immer einfach, mit ihr auszukommen.
Ich bin ihre Freundin Kati, vielleicht ihre beste Freundin.
Deshalb gab sie mir eines Tages einen Stapel Briefe.
Zum Abschicken, wenn es so weit ist.
Diesen einen Brief habe ich geöffnet.

Berlin im April 2006

Liebster John,
wenn ich an dich denke, sehe ich dich immer auf dem großen Stein sitzen vor dem College, im dunkelblauen Anzug, deiner Arbeitskleidung, mit einem Stock im Sand kratzend. Es war so ein schöner Anblick, du fühltest dich unbeobachtet und ich erkannte den Jungen in dir. Ein wenig nervös und unsicher sah er aus.

Kati hatte mir einen Zettel zugeschoben im Sprachunterricht: „Metallica sitzt draußen! Schau aus dem Toilettenfenster!" Was? Wer? Fragend sah ich sie an, doch sie gestikulierte schon, seit sie zurück war vom stillen Örtchen, ich hatte es nur nicht wirklich wahrgenommen. Musste aufpassen, war nicht die Bombe in Englisch, darum waren wir ja alle hier, in England, für 18 Tage, um besser zu werden, viel besser in Sprache, Methodik und Landeskunde – und um irgendwann die Prüfung zu bestehen. Und die Menschen sollten wir kennenlernen, darum auch „Einzelhaft" in englischen Familien, keine Doppelbelegung, denn wir sollten uns ja mit den Einheimischen verständigen und uns allein durchschlagen. Noch im Bus hatte ich gebetet: Bitte lieber Gott, lass keine Haustiere und keine Babys in meiner Gastfamilie leben.

Doch ich habe gelernt, dass das Universum auch manchmal schläft und für Wünsche jedweder Art unempfänglich ist. Also Haustiere gab es dank einer Allergie des Hausherren nicht, doch er lebte in zweiter Ehe und seine neue junge Frau hatte vor fünf Monaten noch mal ein Kind geboren. Das Baby wurde zu allem Überfluss krank, schrie viel und schlief nachts nicht und die Wände waren dünn. Dazu passte wiederum das Erste, was ich von meinem Gastvater lernte: nämlich wie ich ausdrücken konnte, dass etwas Mist war. Rubbish!

Ich hielt mich zwar kaum in dieser Wohnung auf, aber mein großes Bett mit der angenehmen roten Bettwäsche und das relativ zumutbare Bad waren schon viel mehr Luxus, als man erwarten konnte. Was ich aus den Erzählungen meiner Mitstudentinnen entnehmen musste, war oft nicht sehr angenehm. Ich

mochte England wirklich sehr, dennoch konnte ich mich mit dem allgemeinen Verständnis von Sauberkeit nicht unbedingt anfreunden.
Doch ich hatte ganz gute Aussichten, die Zeit hier halbwegs unbeschadet zu überleben. Und mehr hatte ich eigentlich auch nicht vor. Überleben, das hieß konkret, meine noch sehr mangelhaften, wackeligen Englischkenntnisse zu verbessern und bloß nicht den Anschluss zu verlieren an meine Mitstudentinnen – physisch, denn der, der die Kompetenzen des Sprachgebrauches betraf, war weit, weit weg. Ich sah ihn kaum am Horizont.
Mit so etwas wie dir hatte ich bei diesem ganzen abenteuerlichen Unterfangen nie gerechnet. Und nun warst du da.
Neugierig stahl ich mich aus dem Unterrichtsraum und schaute aus dem Fenster. Tatsächlich, dort unten saß einer, der mir sehr bekannt vorkam und doch ganz anders aussah. Ein leichtes Unwohlsein, eines von der guten Art, ergriff meinen Körper. Sollte ich nach unten gehen? Und wie sah ICH überhaupt aus? Der prüfende Blick in den Spiegel fiel aus wie meistens: Na ja. Geht so für das Alter. Noch einmal die Lippen anfeuchten, die Haare richten und sich aufmunternd zulächeln. Ich fasste Mut und ging los, erst langsam den Flur hinunter, dann kam die Treppe. Mein Herz klopfte so laut, ich vermutete, man könne es von außen hören. Als du mich sahst, hatte ich die große Eingangstür schon

hinter mir geschlossen und kam ungläubig lächelnd auf dich zu.
"Hi, my dear." Du strahltest mich an.
"So sieht man sich wieder. Wie hast du mich gefunden?" Mein unvollkommenes Englisch und mein Akzent lösten wieder dieses verschmitzte Schmunzeln bei dir aus, so, als sei es dir eine Freude, meine mit vielen Fehlern gespickten Sätze zu hören, als würdest du es genießen.
"Kathi", war die stolze Antwort.
Ach ja, Kati hatte doch lange am Tisch mit den Jungs gesessen und laut geredet, gelacht, getrunken, Witze erzählt. Ja, die kann das, die war nur der Form halber hier, für den Abschluss.

Ich erinnere mich noch sehr gut. Wir 6 Mädels hatten uns abgeseilt vom Pflichtprogramm und waren an den Strand gefahren, mit dem Bus bei bestem Wetter. Der Tag war schön. Entspannt aalten wir uns in der Sonne auf den mitgebrachten Handtüchern, redeten, lachten und hielten unsere Beine ins Meerwasser. Ich genoss es, am Meer zu sein, ich liebe die Atmosphäre, die Geräusche und den weiten Horizont. Am späten Nachmittag brachen alle auf, doch Kati und ich genossen die Freiheit, wollten noch nicht so früh zurück und wurden außerdem magisch angezogen vom Dröhnen einer Metallband, die auf der kleinen Bühne spielte.
Ich erkannte den Song sofort: "Enter sandman" von Metallica. Kati und ich sahen uns an und es stand ohne Worte fest: Wir bleiben noch. Wir verabschiedeten die

anderen und schlenderten rüber in die Nähe der Bühne. Begeistert hörten wir der Musik zu, ich mochte Metallica schon seit meiner Jugend. Auch der Sänger dieser Band war toll. Er sah zwar überhaupt nicht aus wie James Hetfield, aber die Stimme konnte sich hören lassen. Die Bandmitglieder trugen alle Schottenröcke, was sehr skurril war: Schotten im Cornwall, die Metalmusik aus Amerika machten.

Wir konnten irgendwann nicht mehr stehen, da fiel uns ein freier Tisch vor der Bühne auf. „Schnell! Ran da, ich bleib sitzen und verteidige den Tisch und du holst Bier!", befahl mir Kati. Okay, das konnte ich bewältigen, und so stellte ich mich an oder besser hinein in den Haufen von Menschen, die etwas Trinkbares ergattern wollten. Die laute Musik verstummte und noch mehr Menschen strömten an den kleinen, überlaufenen Getränkewagen, in dem eine überforderte, mittelalte Frau mit schlechter Frisur und schlechten Zähnen unter fraglichen hygienischen Bedingungen versuchte, zügig die Biergläser zu füllen und an den Mann zu bringen. Ich hatte es bis hierher geschafft, ich wollte durchhalten, trotz der Platzangst, die langsam aufkam. Kati?

Mein suchender Blick konnte sie nicht mehr entdecken, auch der leere Tisch war besetzt. Ach, da war sie ja, gut gelaunt und integriert zwischen den Jungs der Band. Es war der Bandtisch, kein Wunder, dass er frei gewesen war, der Wind hatte vorhin wohl das Schild heruntergeweht. Na super! Ich werde hier gequetscht

und gegrillt und klebe schon fast an der alten Feldsteinmauer und Kati amüsiert sich prächtig. Der Druck von hinten wurde stärker und ich fand es nun doch ganz gut, wenigstens von der linken Seite eine feste kühle Stütze zu haben.
Da schrie einer, der unmittelbar hinter mir stand, lautstark der Lady am Zapfhahn seine Bestellwünsche zu. Mir platzte fast das Trommelfell. Ich drehte mich um und schnauzte dich an. „What to hell is your problem? My ear is scrumbled now."
Weißt du noch?
Du bogst dich vor Lachen. Ich wurde erst recht wütend. „What!"
„Your ear is scrumbled? Really?" Ich merkte, dass ich wohl wieder mal unpassende Wörter verwendet hatte, lenkte ein und lächelte gequält zurück. „Your accent sounds interesting. Where are you from, lady?" Deine Stimme klang weich und tief und kratzig zugleich. Tja, woher ich komme, da ließ mein Akzent wirklich keine Zweifel zu. So erzählte ich dir wortreich und versöhnlich in gebrochenem Englisch, warum ich hier war und dass man uns in einer englischen Sprachschule mit spanischen Mitschülern und polnischer Lehrkraft in die Geheimnisse der englischen Grammatik einführt und wir heute geflohen sind und meine Freundin Kati gerade an einem Tisch voller wilder Männer sitzt, vor denen ich sie retten muss, wenn ich nur endlich zwei Biere hätte. Es sprudelte aus mir nur so heraus, als hinge mein Leben davon ab, ausgerechnet dir von meinen

Problemchen zu berichten. Du sahst mich konzentriert an, willig, nichts zu verpassen von dem, was ich zu sagen hatte, und du machtest witzige Bemerkungen und stelltest mir kleine Zwischenfragen. Die Falten auf deiner Stirn vertieften sich manchmal vor Anstrengung und ich bemerkte die Narben in deinem Gesicht, die selbst unter deinem kurzen, stacheligen Bart nicht zu verstecken waren.

„Und was machst du hier?", fragte ich, um etwas Zeit zum Ausruhen zu gewinnen. „Oh, I`m a wild man too, I am the drummer, John. You must rescue yourself first." Oh! Und wir lachten wieder. Der Schlagzeuger! Ich hatte dich auf der Bühne gar nicht wahrgenommen und ich hatte wirklich nicht das Gefühl, mich vor dir retten zu müssen.

Die Menge schob enorm und uns verging das Lachen, denn wir wurden aneinandergepresst und ich an die Mauer, deren grobe Oberfläche sich nun schmerzhaft in meinen Rücken bohrte. Der Druck wurde immer stärker und du versuchtest mich abzuschirmen, indem du deine ausgestreckten Arme gegen die Mauer stemmtest. Wir waren uns nun so nah, dass ich deinen Körper spüren und riechen konnte und dein Atem mein Haar streichelte. Mir wurde ganz flau. Ob es die Enge, mein Blutdruck, der im Keller zu sein schien, oder deine Anwesenheit waren, meine Sinne fingen an mich zu betrügen. Ich sah zu dir hoch und fühlte mich wie auf einer Insel im tobenden Meer. Du schautest zu mir herunter, unsere Blicke verknoteten sich und es war

wie in den kitschigen Liebesromanen meiner Mutter. Für den Bruchteil einer Sekunde blieb die Welt stehen, das Getümmel versank in einer Art Nebel, es war wie der Anfang einer Narkose und ich nahm fast abwesend wahr, wie dein Gesicht sich langsam in meine Richtung bewegte. Ich konnte dem Drang nicht widerstehen und streckte mich dir millimeterweise entgegen, legte meinen Kopf etwas zur Seite und wie in Zeitlupe näherten sich unsere Lippen.
„Your beer, Jonny." Die schrille Stimme der Ausschanklady ließ die Blase platzen. Dein Kopf schnellte herum und blitzschnell drängtest du dich zum Tresen, nahmst das riesige Tablett voll mit Biergläsern und schobst dich durch die Massen in Richtung Tisch. Ich schlich in deinem Schatten nach und war froh, wieder frei atmen zu können. Als wir am Tisch ankamen, wurdest du ungeduldig erwartet: „It´s high time …" Unter lautem Gezeter reichte man die Gläser durch und Kati stellte mir nebenher mit großen Gesten die Bandmitglieder vor. Sie war nicht mal verwundert, dass ich ohne Bier kam. Ich sollte mich neben sie quetschen, was ich auch gehorsam tat. „Slainte Mhath." Prost! Kati war voll in ihrem Element und schob mir, nachdem sie getrunken hatte, ihr Bier rüber. Ich trank ebenfalls und blickte über den Rand des Glases genau in deine Augen. Du saßt am anderen Ende des Tisches und blinzeltest verstohlen zu mir rüber. In unseren Köpfen schien sich dieselbe Frage herumzutreiben: Was war da gerade passiert? Das glaubt doch kein Mensch! Ich lächelte

tapfer, zwinkerte dir aus Verlegenheit zu und versuchte, mich mehr schlecht als recht an den Gesprächen zu beteiligen. Die Zeit rannte und der Rest der Pause war schnell vorbei. Die Band ging wieder auf die Bühne. Ich schaute dir nach und du gabst mir Zeichen: Bleib doch! In der nächsten Pause sitze ich neben dir.
Ich genoss die nächsten Songs, darunter war auch „Nothing else matters", mein Lieblingslied, natürlich. Ich beobachtete dich während der nächsten Songs und mir gefiel, was ich sah: deine kräftigen Arme, wie du leidenschaftlich fast immer mit geschlossenen Augen auf die Trommeln und Becken schlugst und dein ganzer Körper sich hingab, dem Rhythmus, der Melodie, den Worten.
Ich wurde jäh aus meiner Faszination gerissen, als Kati mir ins Ohr schrie (wieder in dieses Ohr!): „Wir müssen los, der letzte Bus fährt in 10 Minuten von der Haltestelle an der Straße. Los, ich hab keine Lust, 20 Kilometer zu laufen!" Sie zerrte mich halb von der Bank und zog mich hinter sich her. Ich wollte nicht gehen, ich hatte allerdings keine Wahl. Entweder bleiben und allein irgendwie mitten in der Nacht den Rückweg stemmen oder mich losreißen. Es fiel mir sehr schwer, doch die Angst siegte. Ich schnappte meine Jacke und rannte mit Kati Richtung Straße.
An der Hauptstraße angekommen, konnten wir noch Fragmente der Musik hören: „Of Wolf and Man". Ich

sagte bedauernd halblaut: „Wie schade." Dann kam auch schon der Bus.
Während der Fahrt plapperte Kati in Bierlaune von der super Übungsmöglichkeit und wie toll es war, dass wir noch geblieben sind und wie gut, dass ich auch Metalmusik mag und und und …
Ich hörte kaum zu. Dieser unwirkliche Moment im Gedränge am Bierwagen ging mir nicht aus dem Kopf. Ich wäre wirklich gern noch geblieben.
In dieser Nacht träumte ich von Schottland, von den Highlands, von Männern in Kilts und dieser rauen Unendlichkeit. Ein Anblick, der mir die Tränen in die Augen getrieben hatte, als ich ihn bei meinem ersten Trip vor einigen Jahren in mich aufsog. Damals hatte ich das Gefühl, endlich zuhause zu sein. So wachte ich auf mit dieser tiefen Gewissheit des Angekommenseins im Bauch.

Und nun stand ich vor dir, schwänzte den Unterricht und konnte es nicht fassen. DU! HIER?
„Surprice!" Ich weiß noch, wie du mich angesehen hast mit deinen grünen Augen – ja, es ist ein schönes Grün: dunkel, fast schon braun – und mir erklärtest, dass du mich unbedingt hattest wiedersehen wollen. Kati hatte deinen Freunden erzählt, dass wir hier in Exeter studieren und du nun die Mittagspause nutzt, um mich zu sehen. „You look so handsam today, not like a wild man! What is happened?" Ich scherzte aus Verlegenheit über deinen Aufzug, der dich so anders aussehen ließ,

als am Abend zuvor. Du sahst mir in die Augen und ich verlor gerade jede Gefasstheit, und vermutlich fühlten wir uns beide etwas verloren in diesem Moment. Mein Verstand setzte abrupt wieder ein, als die ersten Studenten lautstark zur Mittagspause das Gebäude verließen.

Du erzähltest mir beim Aufbruch von einem Treffen der Band am Abend im Pub am Fluss und du ludst mich ein, mit Kati vorbei zu kommen. Ich sagte zu und wir verabschiedeten uns lächelnd. „See you. Really?!" Ich versprach es.

Oh Gott! Was sollte ich davon halten, von dem Gefühl, das sich auf dem Weg zu meiner Kati in mir breitmachte? Ich war 40 Jahre alt, verheiratet und ich begann mich für dich zu interessieren, mehr als mir lieb war.

Dem Rest des Unterrichtstages konnte ich nur noch mit mäßiger Konzentration folgen, den Weg zur Gastwohnung verbrachte ich damit, Kati ausführlich zu berichten. Alles in mir kämpfte. Sollte ich dich wirklich treffen? Kann ich das mit meinen Moralvorstellungen vereinbaren? Tue ich nicht etwas absolut Verwerfliches? Ich betrüge!? Was ist mit meinem Mann? Was ist mit meinem Kind? Was passiert mit mir, was lasse ich hier gerade zu? Ich hatte zwei Stunden, um mich vorzubereiten auf das erste Date seit über 15 Jahren, und ich fühlte mich trotz aller Bedenken wie ein Teenager, mein Herz schlug viel zu schnell, in meinem Hirn überschlugen sich die Gedanken, in meinem

Körper die Hormone und mein Magen verweigerte jede feste Nahrung. Alles kribbelte und das schlechte Gewissen, das in mir aufgestiegen war, schob ich nun endgültig beiseite.

Die Klingel! Kati! Gott sei Dank. Ich hatte sie gebeten, ein wenig auf mich zu achten, mir mit der Sprache zu helfen, falls nötig. Sie war begeistert und voller Ratschläge, sie freute sich darauf, sich mit den Bandmitgliedern zu amüsieren. Typisch Kati, die Abenteuerlustige.

Der Pub sah aus, wie es sich gehörte: Steinwände, eine Vielzahl einzelner Räume, die jedoch durch großzügige Durchgänge verbunden waren, gemütliche Sitzecken, Balken und allerlei Gerümpel an den Wänden. Im Nebenraum auf einer kleinen Bühne spielte eine Nachwuchsband und es war voll, ungewöhnlich für einen Montag. Wir steuerten den rustikalen, dunkelbraunen Tresen an, um uns ein Bier zu bestellen. Der Barkeeper war noch mit anderen Gästen beschäftigt, so konnte ich mir in Ruhe die prall gefüllten Regale ansehen, die sich von der Last der Flaschen aller Art ein wenig durchbogen. Die Geschäftigkeit gepaart mit angenehmen Wortfetzen, die die Luft erfüllten, und dem unverkennbaren Geruch ließen mich genussvoll durchatmen. Ich sog die Atmosphäre in mich, als lautes Gebrüll unsere Aufmerksamkeit erregte. Die Band saß im hinteren Eck des Nebenraumes. Und alle wieder im Schottenrock. Sollte das hier in England eine Provokation sein? Kati war sofort weg, sie schlängelte sich in Richtung Sitzecke und wurde dort lautstark begrüßt. Sie hatte wirklich einen bleibenden Eindruck hinterlassen. Suchend schaute ich mich um. Da! Langsam kamst du auf mich zu. Du trugst deinen grün-blau-karierten Kilt und ein braunes Hemd. Deine kurzen, lockigen, braunen Haare hattest du versucht, ordentlich zu kämmen, und ein breites Grinsen legte deine weißen Zähne frei. Die leicht schiefe Nase bemerkte ich jetzt zum ersten Mal. Sie machte dein Gesicht unglaublich interessant und anziehend – wie die tiefen Lachfalten neben deinen Augen. Ich versuchte, meinen Atem zu kontrollieren – ruhig und gleichmäßig. Mein Hirn bemühte sich, Vokabeln zu ordnen, sinnvolle Sätze zu bilden und sich nicht auszuschalten.

„Hi, my dear." Du beugtest dich nah an mein Ohr heran. Und nun konnte ich dich riechen: laut, hart, leidenschaftlich. Smalltalk Olivia, Smalltalk! In meinem Kopf sickerten alle belanglosen Phrasen, die aufzutreiben waren, in Richtung Mund. „Hi, nice to see you, there is a lovely band overthere, nice sound, nice music, nice pub …" Du lächeltest. Es schien, als würdest du niedliche Hundewelpen beim Spiel beobachten. Ich kam mir so blöd vor. Ich, die sonst so taffe Olivia, die immer alles unter Kontrolle hat. Wir ließen uns von der Lady hinter der Bar Bier und Gin-Tonic geben, ich bestand darauf zu zahlen, denn ich mag die Frauen nicht, die es darauf anlegen, ausgehalten zu werden. Dann steuerten wir auf den Tisch zu. Kati war schon wieder mittendrin, hatte irgendwoher ein Guinness

geschlaucht und redete laut und mit dem ganzen Körper. Ich glaube, sie beschrieb gerade das Gebaren unserer Englischlehrerin, wie sie reagierte, wenn jemand aus unserer Klasse wieder etwas unsagbar Dummes von sich gegeben hatte. Sie simulierte dann das Einsetzen unglaublicher körperlicher Schmerzen, die nur langsam von ihr wichen und nachhaltige Schäden hinterlassen würden. Eine tolle Vorstellung, die ihr nicht nur die Aufmerksamkeit der Männer an unserem Tisch einbrachte. Wir setzten uns auf die Außenbank und konnten von hier aus fast den ganzen Pub überblicken. Ich fühlte mich pudelwohl, die Livemusik gefiel mir gut und überall redeten die Leute natürlich Englisch – was automatisch ein Wohlgefühl in mir auslöste. Und ich saß neben dir. Wir unterhielten uns lange über die Band, und als du Getränke holtest, versuchte mein Sitznachbar, der, wie sich herausstellte Hamish hieß, ein Gespräch mit mir anzufangen. Ich verstand Gott sei Dank ziemlich viel und musste eigentlich nur mit „yes" oder „no" antworten. Ich redete mit meinem Gegenüber, lachte mit und über Kati und ich vernahm, wie Hamish meinte, dass es ihn sehr freue, Kati und mich kennenzulernen und noch etwas, was ich nicht verstand. Dabei versuchte er so unauffällig wie möglich seinen Arm um mich zu legen.
Plötzlich war deine Stimme zu hören, laut und bestimmt bekam mein Nachbar ein paar Sätze um die Ohren gehauen, die ihm nicht sonderlich gefielen, glaube ich, denn er zog seinen Arm sofort zurück und setzte eine

Unschuldsmiene vom Feinsten auf. Leider saß ich zwischen euch beiden und bekam die Schelte mit ab. Das Ohr! Schon wieder! „Scrambled again?" Lachen.

Wir ließen uns unsere Getränke schmecken, und während wir uns über Kati lustig machten, berührten wir uns manchmal wie zufällig. Immer, wenn jemand die Bank verlassen wollte, wurden wir eng aneinandergedrängt. Wir kosteten die Situation still und in vollen Zügen aus.

Und dann gingen wir raus. Zum Luft schnappen. Zum Alleinsein, zum Reden, zum einander Ansehen, zum Lächeln, zum Flirten, zum Genießen. Ja, ich genoss jede Sekunde mit dir hier in der Frische, in der Stille, mit Blick auf den Fluss. Wir hatten die Zeit vergessen, es musste schon fast eine Stunde sein, die wir uns hier draußen unterhielten.

Dann passierte es und es war, als hätte ich schon mein ganzes Leben auf diesen Kuss gewartet. Den Rücken an der kühlen Mauer des Pubs, deine Hände an meinem Gesicht, die es langsam in deine Richtung hoben, dein Atem, mein Atem, unsere Nasen, die sich sanft und vorsichtig berührten, dein Flüstern: „Hi, my dear, do you remember that?" Und ob ich mich erinnerte! An die Magie dieses kurzen Momentes am Meer in der schiebenden Menschenmenge, an deine beschützende Geste, an dich. Deine Lippen streichelten meine, sie suchten sich und fanden sich und legten sich sanft aufeinander, voll und doch fest, fast ohne Druck. Sie öffneten sich behutsam, um den anderen einzulassen

*und zögernd zu erobern. Du warst in mir, ich war in dir, dieser Kuss fühlte sich an wie eine Vereinigung und die Intensität stieg. Wir küssten uns, als gäbe es kein Morgen. Keiner von uns musste Luft holen, keiner von uns nahm die Umgebung wahr. Die Leidenschaft hatte uns fest im Griff. Deine Hände begannen, meinen Körper zu erkunden, sie legten sich um meine Taille, strichen über meine Hüfte, über den Hintern und wieder hinauf zum Gesicht. Ich wühlte durch deine Haare, krallte mich in deine breiten Schultern, während du dich fest an mich presstest. Mir stockte der Atem, als du mich plötzlich umdrehtest, meine Haare nach oben strichst und begannst, meinen Nacken mit deinen Lippen zu liebkosen. Du küsstest meinen Hals und ich hörte mich leise stöhnen, als deine Hände meine Brüste umklammerten und bestimmend festhielten. Ich spürte deinen Körper, hart, weich, hart. Du drücktest dich fest an mich, du atmetest schwer und tief, und als ich mich wieder umdrehte, schienst du der Welt entrückt, kurz davor, uns die Kleider vom Leib zu reißen und es hier sofort fünf Meter neben dem Eingang zu tun. Bereit wärst du gewesen, das hatte ich deutlich gespürt. Langsam kamen wir zu uns.
„Rauchen?" Ein unschlagbares Lächeln. Du wolltest.
Wir tranken und feierten mit den anderen, wir hielten uns an den Händen, sahen uns sehnend an, und immer, wenn du deinen Arm um meine Schulter legtest, erschauerte ich aufs Neue. Was für eine Nacht!*

Etwas später tat Kati kund, dass sie jetzt nach Hause gehen würde. Sie hatte sich verführen lassen, auch noch einige Whisky zu trinken, und akzeptierte, dass es nun genug war.

„Never have whisky without water – and never have water without whisky." Diesen schottischen Leitspruch hatte sie heute gelernt, verinnerlicht und wohl auch praktiziert. Wir riefen ihr ein Taxi und ich brachte sie zur Tür, um mich zu vergewissern, dass sie dem Fahrer auch die richtige Anschrift nannte, aber Kati beherrscht Englisch auch betrunken noch fast perfekt. Sie lallte: „Liv, ich bin schon groß, ich kann das allein! Ich erwarte morgen alle Einzelheiten." Dann stieg sie etwas steif ins Taxi und trat den Nachhauseweg an. Normalerweise hätte ich sie begleitet, denn wir sollten nachts nicht allein unterwegs sein, doch ich wollte noch nicht nach Hause, wollte noch nicht weg von dir, ich war entflammt und warf alle Vorsicht über Bord. Ich winkte dem Taxi hinterher und steuerte Richtung Eingang. Bevor ich mich wieder in die Sitzecke drängen würde, wollte ich vorsorglich noch mal für Ladys gehen.

Ich traf dich im schmalen Gang, der zu den hinteren Räumen führte. Du sahst mich seltsam verschwörerisch an, nahmst mich bei der Hand und führtest mich zu einer Tür, auf der in zerkratzten Buchstaben DISABLED stand, zogst mich hinein und drehtest von innen den Schlüssel herum. Hier brannte nur eine schwach leuchtende, winzige Lampe an der hinteren Wand. Durch das kleine geöffnete Fenster drangen

Laute von der Straße herein. Es roch nach Reiniger. Du standst dicht vor mir und ich konnte etwas Wildes, Animalisches in deinen grünen Augen sehen. Ich prüfte mein Inneres. Keinerlei Alarmsignale, ich hatte nur Augen für dich und ich wollte eindeutig hier sein. Deine Umarmung war fordernd und ich gab mich ihr hin. Wir küssten uns lange und stürmisch und es war, als würden wir den Kuss fortführen, den Kuss, den ersten, den wir einige Zeit zuvor draußen begonnen hatten. Du schobst uns weiter nach hinten und glittest an mir herab, und ich merkte, dass du nun vor mir saßt. Du spreiztest deine Beine und zogst mich dazwischen. Ich blickte auf dich herab und nahm dein Gesicht in meine Hände, küsste dich leidenschaftlich. Deine Hände wanderten unter meine Bluse und erreichten meine Brüste, die du kraftvoll massiertest.

In meinem Kopf drehte sich alles. Was passiert hier? Plötzlich rutschte dein Kilt beiseite, ich sah nach unten und erblickte, was ich schon gespürt hatte. Dein Penis hatte sich aufgerichtet und stand groß und stolz zwischen deinen Beinen. Deine leisen Worte nahm ich nur entfernt wahr, ich war fasziniert und unendlich erregt bei diesem Anblick.

Die haben wirklich nichts drunter, dachte ich verzückt. Du präsentiertest mir deine Männlichkeit wie ein Geschenk und nichts wirkte schmutzig oder falsch daran. Als ich dir zustimmend zulächelte, zaubertest du ein Kondom hervor und flüstertest: „Come, my dear." Ich zog langsam aus, was störte, und stellte mich über

dich. Deine Hand strich sacht an meinem Oberschenkel nach oben und erreichte mein Zentrum im richtigen Augenblick. Ich zerfloss fast vor Verlangen, deinen Schwanz endlich in mir zu spüren. Du schautest mich an und wir küssten uns, als ich mich langsam auf dich setzte. Stück für Stück sank ich nach unten und du strecktest dich mir entgegen. Ich spürte dich deutlich. Fest und fordernd begannen wir unseren rhythmischen Tanz, der in Ekstase endete, unsere Körper erschauern ließ – und keinen von uns beiden kümmerte es, ob man uns hören konnte.
Das hatte man wohl, denn als wir den Raum verließen, ernteten wir etliche Blicke, anerkennende für dich, eher missbilligende für mich. Doch ich schämte mich nicht, obwohl meine Wangen sichtlich errötet waren. Ich war wie im Rausch, noch immer. Wir tranken und schwatzten, bis der Pub schloss.
Auf dem Nachhauseweg gingen wir eng umschlungen am Fluss entlang. Um diese Uhrzeit trafen wir kaum Passanten. Wir setzten uns auf eine Bank und küssten uns lange, zärtlich und wild, und ich wusste, dass es passiert. Ich war dabei, mich in dich zu verlieben.
Du erzähltest von dir, fast jeden Satz dreimal, bis ich ihn verstand. Ich erzählte von mir, wobei wir viel lachten und ich mich ins Zeug legte, um mit halbwegs verständlichem Englisch zu glänzen. Es klappte immer besser. Ich begann mich zu fragen, ob ich morgen, ach, heute, vor dem Unterricht ein Bier trinken sollte, damit die Worte besser fließen. Bevor wir uns vor meiner

Haustür verabschiedeten, ludst du mich ein, dich am nächsten Nachmittag von der Arbeit abzuholen, von der Bank of Scotland, deinem Arbeitsplatz, von dem du so stolz berichtet hattest. "Willst du mich mal ganz artig und geschäftsmäßig sehen?" Ich wollte.

Kati wartete etwas zerknautscht und doch hellwach am morgendlichen Treffpunkt. "Und?" Ich erzählte von dir, dass du als Bankangestellter arbeitest und dass ich dich unbedingt heute von der Arbeit abholen soll. Du hattest mir erzählt, dass du eigentlich in Schottland lebst, bei Aberdeen, diese Ecke Schottlands kannte ich noch nicht. Ich erzählte Kati auch davon, aber sie hörte gar nicht mehr zu. Kati war damit beschäftigt, sich auszumalen, wie wohl dein Büro aussehen könnte. Sie freute sich auf die Abwechslung und ging wie selbstverständlich davon aus, dass sie mich begleiten durfte. Ich liebte Kati für diese Charakterzüge, sie war so leicht und unbeschwert und strahlte eine Lebensfreude aus, um die ich sie manchmal beneidete.
Nach dem Unterricht gingen wir zur Filiale der Royal Bank of Scotland und schon wieder klopfte mein Herz bis zum Hals. Ganz businesslike kamst du auch schon um die Ecke, im Anzug, mit weißem Hemd und mit Krawatte, natürlich. Deine Freude stand dir ins Gesicht geschrieben.
Wir begrüßten uns, du küsstest mich fast schüchtern auf den Mund. Kati schwatzte ein wenig mit dir, schnell

und sicher. Ich war mal wieder überfordert und wies sie lachend zurecht.
„Also, ich weiß nicht, wie es euch geht, aber ich brauche Kaffee. Lasst uns zu Starbucks gehen", schlug ich vor. *Die beiden waren einverstanden. Wir setzten uns eng nebeneinander, unsere Schultern berührten sich kaum und doch spürte ich deine Körperwärme und tauchte ein in deine Aura, während du uns beim Kaffeetrinken auf Katis Nachfrage erklärtest, welche Aufgaben du in der Bank zu erledigen hattest.*
„Ich hätte gar nicht gedacht, dass du so einen langweiligen Job hast, und dann noch mit eigenem Büro. Ganz schön spießig", *provozierte Kati.*
„Spießig ist anders, das ist Leidenschaft, Leidenschaft für Zahlen, für alles, was damit zu tun hat. Habe ich von meinem Opa geerbt. Steckt in den Genen."
Kati stichelte weiter: „Wer weiß, was da noch so steckt, in den Genen." *Sie nahm lachend ihre Tasche und ging rauchen. Du legtest deinen Arm um mich und sahst mich unsicher an, während du mich für den Abend einludst, mit dir Essen zu gehen.*
Wir trafen uns später in einer Kirche, einer, die man zur Gaststätte umgebaut hatte – dieses Mal allein. Wir saßen draußen in einem kleinen Garten, hinter uns das imposante alte Gemäuer, an dem sich teilweise Kletterpflanzen emporrankten, aßen und tranken Bier, redeten, gestikulierten und lachten. Ich hatte mein Wörterbuch dabei, was uns half, und so manches

englische oder auch deutsche Wort wurde zu einer Herausforderung für den anderen.
Ich mochte dich immer mehr, ich hing an deinen Lippen, wenn du erzähltest. Ich mochte deine Stimme und wie du lachtest. Ich mochte deinen Geruch und deinen Bauch, der sich unter deinem Shirt abzeichnete. Ich mochte, wie du meine Hand in deine nahmst und mich konzentriert ansahst, wenn du versuchtest, mir zu folgen oder mir etwas zu erklären. Es war, als würden wir uns schon Monate kennen. Und ich liebte dein Hobby. Du erzähltest mir, wie die Band aus Kollegen hier zustande gekommen war, wie viel Spaß alle haben, und dass du auch als junger Mann schon Metallica-Fan und Schlagzeuger gewesen warst, wie du als kleiner Junge mit den selbstgebauten Trommeln deine Eltern und die Nachbarn zum Wahnsinn getrieben hattest. Wie alt du jetzt warst, wusste ich gar nicht. Es war auch so unwichtig.
Weißt du noch? An diesem Abend habe ich dir leise gesagt, dass wir in drei Tagen zurück nach Deutschland fliegen werden. Deine Bestürzung war echt. So wenig Zeit!
Wir schwiegen eine Weile und starrten auf das kleine Rinnsal, das in unserer Nähe durch den hübschen Garten floss. „Could you stay longer?", fragtest du mich vorsichtig nach einer Weile. Nein, ich konnte nicht länger bleiben. Die Flüge waren gebucht, Gruppenticket. Ich hätte es nicht gewagt, auch wenn die Vorstellung so unendlich reizvoll war.

Wir nahmen auf dem Weg zu meinem Zuhause auf Zeit einen Umweg den Fluss entlang über die entlegenere Westbrücke. Der Weg wurde schmaler und wir gingen eng aneinander geschmiegt in die Dunkelheit. Hier hinten wurden die Lampen nachts gelöscht. Als wir die Ruine erreichten, lehnte ich mich an eine der alten Mauern, schaute in den Himmel und bestaunte die Sterne. „Ich glaube, die meisten Menschen sehen gern in die Sterne. Sehnsüchtig. Sie hoffen, dass sich dort oben vielleicht ihre Blicke treffen. Es ist kitschig und trotzdem wie ein Ritual, vor allem für Verliebte", flüsterte ich. Wir sahen eine ganze Weile stumm nach oben, du stelltest dich hinter mich und ich schmiegte mich an und genoss lange wortlos die Wärme, die dein Körper ausstrahlte und die sich auf meinen übertrug. Irgendwann begannen deine Hände an meinem Hals entlang zu streichen, bevor deine Lippen ihnen folgten. Ich spürte, wie deine Finger sich tastend in meinen Ausschnitt schoben, und presste meinen Rücken an dich. Du streicheltest meine wogenden Brüste, denn es bedurfte nur einer kleinen Berührung von dir, um mich sanft zu erregen. Mein Atem beschleunigte sich. Eine deiner Hände wanderte in meine Hose und bahnte sich ihren Weg. Ich stöhnte laut auf, als deine Finger genau die richtigen Stellen fanden. Ich drehte mich um, küsste dich leidenschaftlich und knöpfte langsam dein Hemd auf. Ich streichelte deine Brust, deinen Bauch und auch meine Hand fand bald, was sie suchte. Ich nahm deinen wunderbaren Penis voller Lust in meine Hand, liebkoste ihn, ging weiter und erkundete tiefer gelegenere Regionen. Du flüstertest Worte, die ich nicht verstand, doch sie klangen so innig und lustvoll, mehr brauchte es nicht, dass dein Verlangen sich vollends auf mich übertrug. Ich schlüpfte mit einem Bein aus meiner Jeans und du drehtest mich um. Ich stellte mein Bein auf einen Stein und beugte mich nach vorn. Fordernd drangst du in mich ein. Ich fühlte dich noch stärker als am Tag zuvor, du fülltest mich vollends aus und deine Bewegungen waren geschmeidig und doch kraftvoll zugleich. Ich schmolz dahin, deine Hände hatten meine Hüften gepackt und der Rhythmus wurde schneller, kraftvoller. Ich fühlte einen Schmerz, der mich angenehm erschauern ließ, und wir ließen uns gehen und nur der Fluss hörte unser williges Stöhnen.

In dieser Nacht schlief ich kaum, gebeutelt von meinem Gewissen und der leidenschaftlichen Sehnsucht, die mich gepackt hatte und nicht sein durfte.

„Du siehst schlecht aus", sagte Kati am nächsten Morgen zu mir. „Mach bloß keine Dummheiten." Schon passiert, dachte ich.

Ich weihte Kati in den Plan ein, den wir in der Nacht auf dem Nachhauseweg geschmiedet hatten. Wir wollten an unserem letzten Tag noch einmal zu jenem Strand fahren, an dem wir uns vor drei Tagen zum ersten Mal getroffen hatten, also musste Kati mitspielen und meine imaginäre Krankenbetreuerin sein. „Klar doch. Aber ich will einen detaillierten Bericht!" Kati ist eine echte Freundin, so spät gefunden und doch schon so vertraut. In der Klasse hielten mich an diesem Tag alle für krank, denn ich litt unter akutem Schlafentzug, war blass, hatte Augenringe und in den letzten Tagen auch wenig gegessen. Alle bemitleideten mich. Der Plan ging auf. Nach dem Unterricht suchte ich sofort mein Bett auf und holte den fehlenden Schlaf nach. Kati meldete mich am Tag darauf krank, es war sowieso der letzte Schultag und sie setzte sich gleich als Verbindungsperson ein, damit kein anderer auf die Idee kam, sich um mich kümmern zu wollen.

Und wir? Wir fuhren nach unserem gemeinsamen Frühstück bei Starbucks ausgeschlafen mit dem Bus zum Strand. Obwohl das Wetter schlecht war, lagen wir schmusend auf der Decke, sahen den Wellen zu, hörten das Meer und rochen den Duft der Algen und des salzigen Wassers, tranken Bier an der kleinen Bude, die nach wie vor an der Mauer stand. Doch diesmal war es leicht, etwas zu bekommen, wir waren die einzigen Gäste. Wir hatten viel Zeit, gingen auf der Promenade spazieren und erzählten uns Geschichten aus unserem Leben. Wir diskutierten über Politik und unsere Berufe. Auch wenn die Sprache nicht immer unser Freund war, verstanden wir uns gut. Du erzähltest mir von deiner Familie, dem Dorf, deinem Zuhause im Norden Schottlands. Weit weg. Der Beruf hatte es von dir verlangt, doch du wolltest dich auch entziehen. Wem oder was habe ich nicht begriffen, doch den Leitspruch des Clans, derer, die noch übrig waren

*und daran hingen und festhielten, merkte ich mir. Kati übersetzte: Bide and Fecht – Durchhalten und Kämpfen! Deine Geschichte klang eher nach Aufgeben, und dann gab es diese Chance, all dem zu entkommen, wenn du der Versetzung zustimmtest. Viel Wehmut und Trauer schwang in deiner Stimme.
Am Abend fuhren wir zurück. Ich ging nach Hause und unterrichtete meine „Gasteltern", dass ich den Abend und die Nacht bei einer Kollegin verbringen werde und am Morgen dann meine Koffer holen würde. Ich duschte ein letztes Mal in dem engen Bad und packte meinen Koffer. Unser Bus zum Flughafen würde morgen um neun fahren. Ich verabschiedete mich artig von der Familie, bevor ich ging, und schritt mit einem lachenden und einem weinenden Auge durch die Tür.
Ich hatte mir besonders viel Mühe gegeben, mein Haar war frisch gewaschen und ich hatte viel Zeit darauf verwendet, gut auszusehen für dich. Ich trug meine letzte noch saubere Bluse, die blaue, die meine Kurven so schön umschmeichelte, und wartete oben an der berühmten Exeter-Catherale. Klassische Musik schallte aus der noch offenen Tür und ich blieb einen Augenblick und genoss den kurzen erhabenen Moment, vor diesem Prachtbau zu stehen und so wundervolle Töne zu hören. Wie ähnlich sich doch Klassik und Metal sind. Kraftvoll, gewaltig, fähig, mein Innerstes zu erreichen. Als ich die Augen öffnete, kamst du gerade die steinerne Treppe herunter. Wir gingen aufeinander zu, fielen uns in die Arme, du küsstest meine Hände und mir war jetzt schon*

zum Heulen zumute, denn ich wusste: Es würde unsere erste und letzte gemeinsame Nacht werden. Wir schlenderten Hand in Hand durch die Stadt und erreichten bald dein Wohnhaus. Als wir die Wohnung betraten, fiel es mir sogleich auf: Du hattest dir mächtig Mühe gegeben. Deine zwei Mitbewohner waren ausquartiert. Die Männer-WG war menschenleer. Du zeigtest mir die Räume und am Ende dein Zimmer. Es strotzte vor Sauberkeit, das Bett sah frisch bezogen aus und eine rote Rose lag auf dem Tisch. Du sahst mir mit großen Augen ins Gesicht und fragtest mich:
„What do you think, my dear. Can you love me tonight, only me?" Ich konnte nur „ja" sagen, für diese eine Nacht wollte ich dich allein lieben.
Und doch, ich hatte Angst, ich könnte nie wieder damit aufhören. Aber wir redeten nicht darüber, was danach sein würde, was wir dann füreinander sein würden, so weit voneinander entfernt. Wir hatten doch nur noch 12 Stunden für uns.
Als wir uns gegenseitig auszogen, ließen wir uns Zeit. Ich hatte dich noch nicht völlig nackt gesehen. Ich bewunderte deine starken Schultern und Arme, deine Beine fühlten sich kräftig an und dein Hintern und dein Bauch zeigten sich so, wie ich es mag. Eine große Narbe zog sich an deiner linken Hüfte entlang. Ich berührte sie mit meiner Hand behutsam und küsste sie sacht, doch ich stellte die Frage nach ihrer Herkunft nicht laut. Vielleicht würdest du mir von allein davon erzählen. Ich hatte früher schon Männer nackt gesehen, auch

solche mit Waschbrettbäuchen kennengelernt, zu mager, zu viel Zeit vor dem Spiegel und wenig Zeit zum Lachen und Genießen. Aber zu denen gehörtest du nicht, du warst für mich perfekt, ich hatte über die Jahre auch hier und da meine Polster angelegt, doch das schien dich nicht zu stören, denn du sahst mich an, als wäre ich die begehrenswerteste Frau, die du kennst. Ich tastete deinen nackten Körper Zentimeter für Zentimeter ab und setzte mich vor dich auf das Bett. Ich spürte deutlich deine emporsteigende Leidenschaft. Dein Stab streckte sich mir prachtvoll entgegen, ich umfasste ihn und bewegte meine Hand, du legtest deine Hand auf meinen Kopf und streicheltest mich dankbar. Ich schmeckte Moschus und Erde und Holz, einfach dich. Es machte mir Freude, dich so entspannt zu sehen, mir völlig hingegeben, lustvoll atmend. Nun legte ich mich zurück und deine Hände bewegten sich auf meinem Körper, als wolltest du dir alles genau einprägen. Selbst den verstecktesten Tiefen hast du die gründliche Aufmerksamkeit geschenkt, die mich noch vor dir kommen ließ. Ich war offen für dich und du legtest dich zwischen meine Beine und ließest dir Zeit, in mich zu gleiten. Unsere Bewegungen wurden eins, du stießest zu, immer schneller, immer härter, und ich schrie fast vor Vergnügen und Wollust, bis du regungslos niedersankst und wir schwer atmend mit feuchter Haut nebeneinander lagen.

In dieser Nacht wollten wir nicht einschlafen, wir schliefen miteinander, so oft es möglich war. Es fühlte sich jedes Mal so an, als wüssten wir schon lange voneinander, was der andere mag, was er sich wünscht, was ihn erregt. Als wir einmal still auf dem Bett lagen und mein Kopf an deiner Schulter lehnte, murmeltest du ganz leise, wie im Schlaf: „Komm doch wieder und bleib bei mir." Ich antwortete nicht, tat so, als ob ich schlief. Was auch hätte ich dir sagen sollen?

Ich hätte nie erwartet, dass mir so was wie du noch einmal begegnet, dass ich mich noch einmal so sehr verlieben würde. Doch konnte ich wegen dieser wenigen Tage mein bisheriges Leben wegwerfen? Mein Leben, für das ich mich entschieden hatte? Konnte ich das den beiden, die zu Hause auf mich warteten, antun? Nein, das verdienten sie nicht. Wäre ich mutig genug? Würde ich mit der Schuld im Herzen ein neues Leben anfangen können? Aber ich kannte dich doch gar nicht.

In dieser Nacht tranken, redeten und lächelten wir und aßen, was wir im Kühlschrank fanden – und wir liebten uns. Über unsere Leben redeten wir nicht mehr. „Nur mich allein", hattest du gesagt.

Ich hatte nicht die Kraft, dich zu wecken. Als ich mich ein letztes Mal umdrehte, sah ich dich kaum in den zerwühlten Kissen und Decken. Du schliefst so tief und du sahst so zufrieden und glücklich aus. Da war er wieder, der Junge in dir, der mich so verzaubert hatte. Ich seufzte leise und versuchte, die Wärme zu

vertreiben, die in mir hochstieg, und die Tränen zu verbannen, die sich ihren Weg nach draußen bahnten.
Mit den ersten Sonnenstrahlen stahl ich mich aus deinem Zimmer, aus deiner Wohnung, aus deinem Leben.

Alle waren pünktlich versammelt am Bahnhof. Ich muss einen erbärmlichen Anblick abgegeben haben, übermüdet, rote Augen, bleich. Ich sah wirklich krank aus. Kati kümmerte sich, hatte alles im Griff, sie hatte mir sogar ein Croissant und einen Kaffee mitgebracht. Dankbar nagte ich an dem frischen Gebäck und schlürfte den heißen Kaffee mechanisch Schluck für Schluck. Ich hoffte, dass er den Kloß, der in meinem Hals steckte, mit hinunterspülen würde.
Der Bus kam, ich setzte mich ans Fenster und schaute stumpf hinaus. Kati saß neben mir, legte mir die Hand auf die Schulter und sagte: „Schlaf doch, ich hab zu lesen, wir reden später." Der Bus fuhr ab. Ich lehnte meinen Kopf kraftlos an die kühle Scheibe, und kurz bevor ich meine Augen schloss, sah ich einen Schatten über den Parkplatz huschen. Ich richtete mich auf und wischte mit der Hand an der Scheibe entlang. Nun erkannte ich dich. Du ranntest in meine Richtung und hattest die Rose in der Hand, ich hatte sie bei dir vergessen. Der Bus fuhr so dicht an dir vorbei, dass ich dir noch einmal in die Augen schauen konnte, und ich sah deinen wie zu Eis erstarrten Körper und dein schmerzerfülltes Gesicht. Wir blickten uns an und verzweifelt schloss ich fest meine Augen und speicherte

den Anblick für immer in meinem Herzen. Mit feuchten Augen und schwerer Seele schlief ich kurz darauf ein.

Wenn ich heute an dich denke – und das passiert immer dann, wenn ich Metallica höre, von diesem Sprachkurs damals in Exeter erzähle oder Bilder aus Schottland ansehe oder von der Royal Bank of Scotland die Rede ist oder oder oder – frage ich mich, wie es dir ergangen ist, ob du in deinem Leben glücklich bist, ob du manchmal auch an mich denkst, zu den Sternen schaust, meinen Blick suchst und lächelst. Mir geht es so. Und obwohl ich ein gutes Leben führe, schlummert tief in mir immer die Frage: Wie wäre es gewesen, wenn ich dich damals nicht aus meinem Leben gestrichen hätte? Du hast dich tief in mein Herz gebrannt und jeder Gedanke an dich entlockt mir einen sehnsüchtigen, fast lautlosen Seufzer, der tief aus meinem Bauch kommt. Er lässt mich die Welt im Hier und Jetzt ein wenig leichter tragen.
Do you remember me, my dear?

Love Olivia

"So close, no matter how far
Couldn´t be much more from the heart
Forever trust in who we are
And nothing else matters."   Metallica

John

Sommer 2004

Es war einer dieser seltenen Tage, an denen es sich wirklich lohnt, am Meer zu sein. Die Sonne schien, es war schon fast zu heiß. Der Tag hatte sich bereits morgens als vielversprechend angekündigt, als die Männer vorbeikamen, um mich abzuholen. Wir hatten uns vor zwei Jahren durch eine Zeitungsannonce gefunden, die Paul aufgegeben hatte. Er suchte neue Bandmitglieder für eine Metalband, ich erfuhr es von Pete, meinem Mitbewohner, der mir total begeistert die Zeitung unter die Nase hielt. „Mensch, Johnny (ich hasse es, wenn mich erwachsene Männer so nennen, klingt ein bisschen kitschig, wie in Dirty Dancing), das ist unsere Chance, da kommt mal wieder ein bisschen Leben in die Bude! Hast du dein Schlagzeug noch?" Ja, ich hatte es noch, es stand hoch im Norden, wohl verpackt im Keller meiner Eltern. Ich müsste mir ein neues zulegen, aber daran sollte es nicht scheitern. Ich wollte es versuchen, denn das Musikmachen hatte mir gefehlt in den letzten Jahren. So sehr. Meine Leidenschaft, meinen Zorn, meine Traurigkeit, all das hatte ich immer so gut hineinlegen können in das Spiel. Es befreite mich, und alles wurde klar und deutlich. Diese Gefühle hatten geschlafen in mir, das wollte ich wieder erwecken. Ich bewarb mich und war trotz meines Alters (die anderen Musiker waren alle wesentlich jünger als ich) dabei, als einziger Anwärter auf das Schlagzeug. Die Kondition, die Gelenkigkeit und Kraft hatten zwar nachgelassen, aber auch die anderen hatten lange nicht gespielt und bestimmt hier und da ihre Unzulänglichkeiten. Einen Titel nach dem anderen würde ich schon durchstehen. Die Band vervollständigte sich schnell. Pete wurde für den Bass besetzt, Georg, Hamish und Roger für die anderen Gitarren und um die Technik kümmerte sich Ron. Pauls alter Schuppen im Garten seiner Eltern diente als Proberaum. Hier draußen hatten wir die Freiheit, die wir brauchten, auch die Ruhe, und vor allem hatten die Mitmenschen Ruhe vor uns.

Das Equipment war schon am Vorabend in den kleinen Transporter eingeladen worden und so konnte es sofort losgehen. Roger, unser Organisationsgenie, hatte einen Gig organisiert, am Meer, Dawlish warren, der Ort war ein Touristenmagnet an warmen Tagen. Auf der kleinen Bühne in der Nähe des „Warren traiding" richteten wir uns ein, bauten auf, machten den Soundcheck, und während ich auf das Bier wartete, das ich bei Josi am Bierwagen bestellt hatte, sah ich mir das potentielle Publikum an. Noch war nicht viel los, doch einige Familien mit Kindern und den Großeltern im Schlepptau schlenderten Richtung Strand und Promenade, aufgehalten von Eisbuden und Einzelhändlern, die allerlei Zeug anboten. Badebekleidung, Sonnenschirme, Handtücher, T-Shirts mit vermeintlich lustigen Sprüchen drauf, und bedruckte Tassen, Hüte und vieles mehr. Nicht zu vergessen die diversen Buden, von denen jetzt schon der Geruch alten Frittierfettes herüberwehte und deren Umsatz sich heute wohl ins Unermessliche ausdehnen würde.

Josi vom Bierwagen würde dies bei dem Tempo, in dem sie das Bier zapfte, nicht ganz so weit bringen. Ich überschlug vor Langeweile die Einnahmen, die für sie am heutigen Tage zu erwarten waren, der Job steckte nun mal in mir. Wenn man einmal mit Zahlen und Geld zu tun und seine Passion entdeckt hatte, ließ einen das nicht mehr los. Tja, das war meine andere Leidenschaft. Darum bin ich wohl auch Bankangestellter geworden und weil meine Eltern und mein Opa damals darauf bestanden hatten, dass ich neben der Musikmacherei was Vernünftiges lerne. Endlich war Josi fertig. Sie richtete ihr Namensschild, das sie sich auf die leicht befleckte Bluse geheftet hatte, und schob dabei den üppigen Busen nach vorn.

Dann kassierte sie ab, ich gab ordentlich Trinkgeld, bedankte mich und stellte mich noch einmal vor, denn wir wollten den ganzen Tag hier verbringen, da würde es sicher von Vorteil sein, sich mit der Versorgungsstation gut zu stellen. „Ich danke im Namen der Jungs von der Band, ich bin John und ich komme heute öfter." Sie lachte und entblößte dabei ihre schlechten Zähne. Hm, gut, ich wollte sie ja nicht küssen, ich wollte nur Getränke von ihr. „Okay, Jonny, ich merk´s mir", rief sie mir zu, während ich mich mit dem Tablett zur Bühne wandte.

Die Männer warteten schon auf ihr kühles Bier zu den Sandwiches, nach dem anstrengenden Aufbau hatten wir uns das wirklich verdient. Einige der Bandmitglieder waren Arbeitskollegen, angestellt in der Royal Bank of Scotland, und arbeiteten in der Filiale in Exeter. Darunter waren auch Schotten, die hier lebten, weit entfernt von ihrer Heimat, doch ob Schotte oder nicht, der Schottenrock wurde unser Erkennungszeichen, passend zum Bandnamen: „NOTHING UNDERNEATH".

Den Namen hatten wir uns in einer feucht fröhlichen Nacht gegeben, denn welche Frage bewegt die Menschheit mehr als: Was ist unter dem Schottenrock?

Am frühen Nachmittag spielten wir uns ein und legten los mit der ersten Runde. Der Vertrag verlangte fünf Songs am Stück, jeweils eine halbe Stunde Pause dazwischen. Die Bezahlung war mäßig und nach Abzug aller Kosten blieb nicht viel übrig. Doch darauf kam es uns ja nicht an. Wenn du auf der Bühne stehen darfst, auch wenn es nur eine kleine ist und auch nur drei Leute davorstehen und du eigentlich Lampenfieber hast ohne Ende, aber du liebst, was du tust, fühlst du dich als Künstler, als Held, du fühlst dich so unendlich am Leben und die Endorphine strömen nur so durch dich hindurch und verschaffen dir ein Hochgefühl, das noch Tage anhält. Und die Größten sind wir dann sowieso.

Wir spielten unsere ersten Songs und erregten nur mäßige Aufmerksamkeit unter den Passanten und Ausflüglern. Einige blieben stehen, andere zogen ihre Kinder schnell weiter. Zu laut vielleicht? Ich hatte mich warm gespielt und auch unser Sänger Paul wurde von Titel zu Titel besser. Er hatte eine tolle Stimme, von der sich so mancher Profi hätte eine Scheibe abschneiden können. Wir spielten erst mal einige Eigenkompositionen. Jetzt, wo noch kein kritisches Publikum zuhörte, lief es ab wie eine Probe, wir konnten uns Fehler erlauben, die wir dann in der Pause ausdiskutierten. Natürlich immer mit Getränken von Josi, die mittlerweile ein Fan geworden war und uns zu jeder Zeit bevorzugt bediente: „Weiter so, Jungs, ich bin ganz Ohr." Das sagte sie mit einem gewissen lustvollen Unterton, der gepaart mit ihrem charmanten Lächeln auf mich traf und mir Gänsehaut verursachte.

Gegen Abend gingen wir dann dazu über, Metallica-Songs zu spielen, denn die Anzahl der Zuhörer hatte sich enorm gesteigert. Die erwarteten nun natürlich Bekanntes, und was gab es da Besseres, als die guten alten und neueren Titel meiner Lieblingsband. Die Tische füllten sich und in einer der Pausen beschlossen wir, eine Art Reservierungsschild auf unseren Tisch zu kleben, damit wir in der nächsten nicht stehen mussten.

Wir spielten weitere Songs und ich war vollends auf die Musik konzentriert, so dass ich erst beim Verlassen der Bühne bemerkte, dass an unserem Tisch jemand saß, der da nicht hingehörte, ein weiblicher Jemand. Sie war etwa Ende Dreißig, sehr schlank, recht hübsch, gebräunt und grinste uns frech an, als Roger ihr erklärte, dass dies der Bandtisch sei. Sie antwortete in tadellosem Englisch, jedoch mit Akzent, dass wir sie ja adoptieren könnten und sie so als Teil der Band auch Anspruch auf einen Sitzplatz an dem Tisch hätte. Wir lachten kräftig und wurden neugierig, sie durfte bleiben.

Zum wiederholten Male wurde ich verdammt, meine guten Beziehungen zu Josi zu nutzen, um schnell an kühle Getränke zu kommen. Ich musste mich auf den

Weg zum Bierwagen machen, der jetzt in der Bandpause umringt war von durstigen Fans und Familienvätern, die vor dem Nachhauseweg noch etwas zu trinken für ihre Lieben holten. Es wurde gedrängelt und geschoben und Josi hatte alle Hände voll zu tun. Die Schnellste war sie ja nicht, so war die allgemeine Stimmung um den Wagen herum auch nicht die beste.

Josi blickte plötzlich in meine Richtung und ich erkannte meine Chance.

„Acht Biere, Josi!", schrie ich ihr über die Köpfe hinweg entgegen, in der Hoffnung, erhört zu werden. Josi nickte und im selben Moment schrie mich jemand an: „Was zu Hölle ist mit dir los, mein Ohr ist nun verquirlt." Ich sah nach unten und vor mir stand eine blonde Frau, sah mich wütend an und wurde immer wütender, je mehr ich lachte.

„Wirklich, dein Ohr ist verquirlt?" Ich fand das sehr witzig, bestimmt eine ausländische Touristin. Ich entschuldigte mich artig und fragte sie, woher sie kommt. Sie schien sehr interessiert daran zu sein, die Lage zu klären und legte los, sie erzählte mir, dass sie auf einer Sprachreise wäre und heute der freie Tag war, und dass sie Bier holen und ihre Freundin retten muss, weil die an einem Tisch voller wilder Männer säße. Ich lachte, denn ich wusste nun, dass sie meine Band meinte und die Frau am Tisch wohl ihre

Freundin war. Irgendwie wirkte sie etwas verloren. Ich grinste und stellte mich als Drummer der Band vor, vor dem sie sich dann wohl erst mal selbst retten müsse. Wir lachten und redeten weiter. Ich musste mich allerdings sehr konzentrieren, denn ihr Englisch war dürftig, doch ihr Akzent und die Bemühungen, sich gut auszudrücken, waren so anziehend, dass ich genauer hinsah: vielleicht Mitte Dreißig, weiche Gesichtszüge, schöne Augen, leicht gerötete Haut, bestimmt vom Strand, stolze Körperhaltung, gute große Brüste, deren Ansatz das Shirt, das sie trug, preisgab, und weiblich weich zum Anbeißen.
Olivia war ihr Name, das erfuhr ich noch, bevor die Menschenmasse sich dazu entschloss, mich gegen sie zu schieben und sie buchstäblich mit dem Rücken an der Wand stand. Etwas schmerzhaft wohl, denn sie sah mich dankbar an, als ich meine Arme gegen die Mauer stützte und sie so etwas abschirmte. Gute Sache, ein wenig größer und kräftiger zu sein als andere Männer. Ich gefiel mir nun sehr in der Rolle des Beschützers. Sie lächelte mich an und ich fühlte mich auf eine eigenartige Weise zu ihr hingezogen. Unsere Körper waren sich so nah, dass ich sie riechen konnte und ihre Brüste mich berührten. Ich lächelte benommen zurück und war plötzlich so seltsam erregt und von ihr angezogen, dass ich den Drang verspürte, sie auf ihre wunderbar lockenden Lippen

zu küssen. Doch Josis schrille Stimme kam dazwischen:

„Jonny, dein Bier." Ich riss den Kopf herum, war binnen einer Sekunde wieder in der Realität angekommen und steuerte auf das volle Tablett zu, das Josi mir reichte. „Du kannst nachher bezahlen. Ich weiß ja, wo ich euch finde", scherzte sie und entließ mich. Ich hatte die Frau aus den Augen verloren, bahnte mir mit dem Tablett in den Händen den Weg durch die Menschenansammlung und wurde nun lauthals am Tisch begrüßt, die Biere wurden mir regelrecht vom Tablett gerissen und nach einem gemeinschaftlichen „Slainte Mhath" tranken alle das ungeduldig erwartete kühle Nass, denn die Pause war fast zu Ende. Ich sah von meinem Glas auf, um nach Olivia Ausschau zu halten. Da saß sie doch tatsächlich am anderen Ende unseres Tisches neben der frechen Deutschen, sah mich mit großen Augen über den Rand des Bierglases an und zog die linke Augenbraue hoch. Wow, was hatte das zu bedeuten? Mein Magen krampfte sich leicht zusammen und mir schoss es warm in Bauch und Kopf. Wurde ich etwa rot? Ja, sie hatte mich beeindruckt, ich erinnerte mich sofort an den Moment am Wagen, wie sie sprach, wie sie roch, wie sie aussah und sich anfühlte, und nun wurde es auch noch an anderen Stellen warm. Ich überlegte gerade, wie ich geschickt auf die andere Seite des

Tisches wechseln könnte, um ihr näher zu sein, als Roger das Startzeichen für die letzte Runde gab. Wir standen auf und kletterten auf die Bühne. Ich drehte mich zu ihr um, sah sie bedeutungsvoll an und zeigte auf den Tisch: Bleib noch, ich möchte anschließend gern mit dir reden. Sie lächelte und nickte.

Diese letzten Songs waren die besten des Tages, wollte ich doch nun alles geben, wusste mich unter Beobachtung, zumindest hoffte ich, dass sie mich ansehen würde. Und das tat sie. Immer wenn ich meine Augen öffnete, ich schloss sie oft, um den Rhythmus besser spüren zu können, sah sie zu mir hoch, wippte im Takt der Musik. Ich glaube, „Nothing else matters" sang sie sogar vollständig mit. Sie konnte Metallica-Texte singen? Ich war von den Socken. Was für eine interessante Frau, nicht wie all die anderen, die zu später Stunde betrunken und plump Kontakt suchten und vor denen man sich meist retten musste. Außer Hamish, der nahm, was er kriegen konnte. Ich freute mich schon, Olivia nach dem Auftritt näher zu kommen, weiter mit ihr reden zu können und wer weiß, was noch so passieren würde.

Die Ernüchterung folgte auf dem Fuß. Ich schaute nach ein paar Minuten zum Bandtisch und er war leer. Keine freche Kati, keine Olivia. Ich checkte die Umgebung ab. Als letzten Song spielten wir immer

„Of Wolf and Man". Ich sah mich während des Titels gründlicher um. Wo war sie? Endlich entdeckte ich sie weit hinten auf dem Weg zur Straße, die leuchtend orangefarbene Jacke war schon zu einem kleinen Punkt geworden. „Oh, wie schade", entfuhr es mir und ich spielte den Song eher lustlos zu Ende.

Wir bauten ab, meine Laune war im Keller und ich wusste gar nicht so recht, warum es mir so mies ging. Schließlich kannte ich Olivia ja gar nicht wirklich.

Doch die Gedanken kreisten noch den ganzen Abend und die ganze Nacht um die Begegnung mit ihr, ich konnte sie nicht vergessen und warum ließ sie mich stehen? So geht das nicht. Es brodelte in mir. Ich musste sie wiedersehen. Doch wie sollte ich sie finden?

Am nächsten Tag werteten wir in der Frühstückspause noch einmal den Abend aus und ich erfuhr, dass die freche Kati erzählt hatte, dass beide Frauen mit ihren Mitstreiterinnen täglich im Exeter-College studieren. Ich horchte auf. Als Nächstes telefonierte ich hoffnungsvoll mit dem Büro des Colleges, um herauszufinden, ob das auch stimmte. Leider gab man mir keine Auskunft, doch ich konnte wenigstens die ungefähre Zeit der Mittagspause erfahren und meldete eine besonders ausgedehnte sofort bei meinem Chef an, um meinen Plan umzusetzen.

Gegen 12.00 Uhr erreichte ich das College, alles war ruhig, die Unterrichtszeit noch nicht zu Ende. Gut, ich würde warten. Ich setzte mich auf einen der großen Steine, meine Aufregung stieg und ich nahm einen Stock und begann Muster in den Sand zu malen. Würde sie mich erkennen, wenn sie zur Mittagspause das Gebäude verlässt, denn ich sah ja nun im Anzug etwas anders aus als im Kilt? Würde sie mich überhaupt kennen wollen? Was, wenn es ihr peinlich war und sie mich als aufdringlich empfand? Was, wenn sie in der Pause das Gebäude gar nicht verlässt? Was sage ich, wenn sie zu mir kommt?

Ich hatte keine Zeit, mir weiter Gedanken zu machen über das, was sein könnte, denn die Tür ging auf und Olivia kam auf mich zu. Wie das? Sie setzte sich zu mir und ich konnte nur sagen: „Hi, my dear!" Und: „Surprise!"

Ich war so unglaublich nervös und unbeholfen wie ein Teenager, entsprechend verlief auch das Gespräch sehr stockend, doch ich bekam noch heraus, dass Kati mich wohl durch das Fenster gesehen und Olivia eine Nachricht geschrieben hatte. Ich lief gerade Gefahr, mich wie der letzte Trottel zu benehmen, da dröhnte die Glocke, meine Rettung, die offiziell eingeläutete Mittagspause, denn viele Studenten verließen nun das Gebäude und in dem Gewusel war keine gute Unterhaltung mehr möglich. So lud ich Olivia kurzerhand zu unserem Bandabend im Pub am Fluss ein. „Ich werde da sein", flüsterte sie mir ins Ohr, zwinkerte mit einem Auge und ging zu Kati, die mir von weitem aufgeregt winkte, so dass die anderen Frauen schon aufmerksam wurden. Gut, heute Abend würden wir Gelegenheit haben, uns näher kennenzulernen.

Das Problem der Kleiderwahl stellte sich für mich nicht, denn wir trafen uns an jedem Montag in diesem Pub und natürlich in Bandklamotten. Ich glaubte auch, dass ich ihr im Kilt gut gefallen hatte. So verbrachte ich heute besonders viel Zeit im Bad, was von meinen Mitbewohnern gnadenlos kommentiert wurde. Ich zog mein neustes Hemd über, legte den Kilt an und los ging es unter hämischem Beifall von Pete, der an der Gitarre unschlagbar, als Freund allerdings manchmal ein Flop war.

Ich war unruhig. Würde sie kommen oder mich wieder stehenlassen? Mit diesen Gedanken saß ich im Pub, es herrschte gute Laune am Tisch, denn unser Auftritt am Vortag war gut gelungen und zufrieden werteten wir aus und klopften uns auf Brust und Schultern.

Wie aus heiterem Himmel stand Kati an unserem Tisch: „Na Jungs, habt ihr noch ´nen Platz frei?" Großes Gejohle, denn Kati hatte Eindruck gemacht mit ihrer fröhlichen Art und ihrer Schlagfertigkeit.

Auch erntete sie dafür Anerkennung, ein Metalfan und eine Metallica-Liebhaberin zu sein. Ich stand auf und sah sie erwartungsvoll an. Sie raunte mir zu: „An der Bar!" Ich blickte rüber und sah Olivia dort stehen, wartend und umwerfend, die schwarze Bluse stand ihr hervorragend und sie strahlte mich an, als sie mich sah. Mein Blutdruck stieg, während ich mich in ihre Richtung schlängelte.

„Hi, my dear", flüsterte ich ihr ins Ohr und ich merkte, dass auch sie ein wenig verlegen war, denn sie redete nun ohne Unterlass, meist irgendwelche profanen Sätze, doch ich sah sie an dabei und lächelte ihr aufmunternd zu und meine Knie wurden butterweich. Wir bestellten Bier und Gin-Tonic und dann diskutierten wir doch tatsächlich darüber, wer die Drinks übernimmt. Trotzig bestand sie darauf zu zahlen. Unfassbar, diese Frau wurde mir immer unheimlicher. Wir setzten uns nebeneinander und unterhielten uns, so gut es ging. Ich war bezaubert und konnte die Augen und Ohren nicht von ihr lassen, und bei jeder zufälligen Berührung sahen wir uns verstohlen an.

Kati war in ihrem Element und hatte die vollste Aufmerksamkeit aller Anwesenden, denn sie war unterhaltsam und konnte sich bewundernswert gut in unserer Sprache bewegen.

Irgendwann machte die Musik eine Pause und ich ging mit Olivia zum Rauchen vor den Pub, die frische Luft tat gut und ich konnte endlich mit ihr allein sein. Wir redeten lange über unsere Berufe, sehr leidenschaftlich über Politik, und trotzdem sie sprachlich viele Fehler machte und manchmal verzweifelt nach Worten rang, spürte ich ihre Klugheit und ihre Kraft. Neben uns schrie jemand laut auf, und als sie ihre Aufmerksamkeit wieder auf mich lenkte, sah ich meine Chance gekommen. Ich nahm ihr Gesicht in meine Hände und küsste sie. Sie ließ es tatsächlich geschehen und wir küssten uns so wahnsinnig, dass mir Hören und Sehen verging. Ich spürte sie unglaublich intensiv, als ob wir uns vereinigten, ja, eins wurden. Der Kuss schien ewig zu dauern, meine Hände schienen überall auf ihr zu sein, doch irgendwann kam ich zu mir. Keine Frage, ich war hin und weg und hätte sie am liebsten sofort ins Gebüsch gezogen. Doch so eine war sie nicht. Das war mir klar. Wir rauchten noch eine Zigarette und setzten uns wieder zu den anderen, ich holte neue Drinks und musste erst einmal Hamishs Annäherungsversuche unterbinden, typisch, alles, was bei drei nicht auf dem Baum ist, wird von ihm angegraben. Eifersüchtig raunte ich ihn an, er ließ sofort ab von ihr.

Es wurde ein toller Abend, doch irgendwann hatte Kati genug, denn nach jedem Tanz gab es auch einen Whisky. Sie hatte sich wohl überschätzt und ich ließ ein Taxi rufen. Olivia brachte Kati raus, um sicherzugehen, dass alles gut ging, gute Freundinnen halt.

„Kommst du wieder rein?", fragte ich hoffend. Wieder dieses Zwinkern und ihr entwaffnendes Lächeln. Ja, sie würde wiederkommen. Diesmal würde sie nicht einfach weglaufen.

Und ich? Ich konnte nicht anders, ich brannte lichterloh, ich wollte sie ganz für mich, wollte sie im Verborgenen verführen, konnte mich vor Verlangen kaum zügeln, kannte mich selbst nicht mehr. Ich erwartete Olivia am Gang zu den Toiletten, wollte alles auf eine Karte setzen, auch auf die Gefahr hin, alles zu zerstören. Doch irgendetwas sagte mir, dass ich richtiglag. Olivia kam in meine Richtung und ich nahm sie wortlos bei der Hand, zog sie in den freien Raum, schloss ab und wartete auf eine Reaktion. Ich war auf alles gefasst, auf eine Szene, eine Ohrfeige, eine empörte Standpauke, auf Flucht, doch sie ließ es zu, sie ließ sich küssen und mehr noch, sie küsste mich leidenschaftlich zurück. Dann hielt ich ihre wunderbaren Brüste in der Hand, es gefiel ihr offensichtlich sehr und unser Atem beschleunigte sich, unsere Körper konnten näher nicht beieinander

sein. Ich ließ mich wie zufällig auf den Sitz der Toilette sinken, zog sie heran und mein Kilt glitt beiseite. Jetzt kam es drauf an, und mein Gefühl hatte mich nicht betrogen. Diese Frau war keineswegs prüde, denn sie lächelte fasziniert beim Anblick meines erregten Schwanzes, nickte mir zu und zog langsam ihre Hose aus. Ich war kaum noch Herr meiner Sinne, konnte das wirklich sein oder träumte ich? Ich zog das Kondom über, das ich Hamish kurz zuvor aus seiner Jacke gestohlen hatte, streichelte ihren Oberschenkel, sie kam mir entgegen und als ich in ihr war, setzte mein Verstand vollends aus. Wie sie zu mir passte! Wir begannen uns zu bewegen, ich hörte unser Stöhnen wie durch einen Nebel und ich tauchte erst wieder aus der Ekstase auf, als der Sturm sich geglättet hatte. Feuerwerk im Kopf!
Lange ernsthafte Gespräche und dann das? Ein rätselhaftes Wesen, das war mehr, das wusste ich in diesem Augenblick genau. Frauen wie sie war ich nicht gewöhnt. Getroffen tief im Inneren, das erste Mal seit Jahren wirklich leidenschaftlich rasend verliebt.
Den Rest des Abends konnten wir uns kaum noch trennen. Auf dem Weg in ihr Quartier erzählte ich ihr viel von meiner Arbeit in der Bank und ich wollte, dass sie mich nicht nur als Mann und Musiker wahrnahm, sondern hatte das eigenartige Bedürfnis,

ihr zu beweisen, dass ich auch erfolgreich in meinem Job war. So lud ich sie ein, mich am nächsten Tag abzuholen. Olivia sagte zu. Ich küsste sie zum Abschied und konnte mich kaum losreißen.

Voller Unruhe erwartete ich den Feierabend. Tatsächlich, sie stand vor der Bank, sie war gekommen. Beim Kaffeetrinken hatten wir viel Spaß. Ich mochte auch Kati gern, sie hatte eine erfrischend freche Art an sich und war als Dolmetscher gut zu gebrauchen.

Als Kati draußen war, lud ich Olivia zum Essen ein ins „Church", dieses Mal wollte ich sie für mich allein haben.

Ich fieberte dem Abend entgegen, endlich konnte ich mit ihr allein sein.

Wir aßen eine Kleinigkeit und ich freute mich, mit der Auswahl des Restaurants ihren Geschmack getroffen zu haben. Sie bewunderte das Gebäude, das früher eine Kirche und nun eine Eventlocation war. Ihr gefielen die Kreativität der Innenausstattung und die Gemütlichkeit des Außenbereiches, in dem wir unseren Tisch hatten. Olivia sah bezaubernd aus und der Ausschnitt ihrer Bluse ließ gerade so viel erahnen, dass es mich nicht ständig von unseren Gesprächen ablenkte. Sie hatte ihr Wörterbuch dabei, sodass wir in unserer Verständigung gut vorankamen und versuchten, uns gegenseitig Wörter und Wendungen beizubringen, was bei ungelenker Aussprache enorme Heiterkeit auslöste.

Wir hatten einen wunderbaren Abend. Bis zu dem Augenblick, an dem sie mir sagte, dass sie in drei Tagen zurück nach Deutschland fliegen würde. Es versetzte mir einen Schlag in die Magengegend, mir war schon bewusst, dass sie irgendwann gehen wird, doch hatte ich es erfolgreich verdrängt und noch nicht so bald damit gerechnet. Nach dem Schließen der Gaststätte machten wir einen langen Spaziergang den Fluss entlang. Die alten Steinmauern hatten es Olivia angetan. Wir waren den kleinen Weg schon weit gegangen, hier gab es um diese Zeit keine Beleuchtung mehr. Olivia blieb stehen und bewunderte die Sterne. Für mich war das immer ein wenig kitschig, doch so lange ich sie in meinen Armen halten und wärmen konnte, hörte ich gern zu.

„Ich stelle mir gerade vor, wie viele Menschen eben jetzt zu den Sternen blicken und ihre Wünsche aussprechen und ihre Sehnsüchte hinaufschicken, der ganze Himmel muss voll davon sein."

„Hast du einen Lieblingsstern?", wollte ich wissen. Sie zeigte auf ihn. „Ich mag den Nordstern gern, denn ich kann ihn zu jeder Jahreszeit am Himmel finden, er ist immer da und weist mir ein wenig die Richtung, wie ein Kompass."

„Ich habe mal davon gehört, dass man Sterne kaufen kann. Stell dir vor, es wäre deiner und dann stellt sich heraus, dass er noch an viele andere Menschen verkauft wurde, du müsstest ihn dann mit denen teilen." Sie schüttelte langsam den Kopf und sah mich ziemlich schelmisch an, als sie sagte: „Einen Stern kann man nicht teilen, dann fällt er vom Himmel. Das weiß doch Jeder."
Ich stand hinter ihr, lächelte und fühlte ihre Wärme. Sie kuschelte sich eng an mich, sie roch so gut, fast betörend gut, und ich küsste ihren Hals und glitt mit meinen Händen an ihrem Körper entlang. Ich spürte sofort ihr Beben, bei jeder meiner Berührungen verstärkte es sich. Das machte mich mutiger. Ich tastete mich hinein in ihre Jeans und machte sie auf, sie drehte sich um und fing an, mein Hemd zu öffnen, sie strich mit einer Hand über meine Brust und die andere suchte die Nadel, die den Kilt zusammenhielt. Sie öffnete sie, griff unter den dicken Stoff und umfasste zärtlich meine Männlichkeit, sie bewegte ihre Hand sanft und fordernd. Ich drehte sie um, denn ich wusste, was ich wollte.
Ihr Bein war schnell von ihrer Hose befreit, sie stellte es auf den oberen Stein der Bruchstücke, beugte sich nach vorn und ich glitt in sie hinein. Was passierte hier? Das war nicht nur Sex, das war der Wahnsinn. Ich würde diese Frau nicht so einfach gehen lassen,

ich konnte nicht wieder von ihr lassen, sie verlieren. Sie bäumte sich auf und ich konnte mich nicht zurückhalten. Kräftig stieß ich zu, wieder und wieder, ich packte sie fest an den Hüften und kontrollierte so unseren Rhythmus, der schneller wurde. Unser begehrliches Stöhnen wurde lauter und am Ende rief sie Worte in ihrer Sprache, die ich nicht verstand, die aber eindeutig waren.

Erschöpft und eng umschlungen gingen wir durch die Nacht zum Haus ihrer Gasteltern. Der Morgen dämmerte schon als sie sagte: „Ich muss morgen Nachmittag schlafen, sonst falle ich noch zusammen, lass uns unseren letzten Tag am Meer verbringen, ich kriege das schon hin mit der Schule." „Ich bin froh, dass du so etwas vorschlägst. Ich nehme Urlaub und freue mich jetzt schon auf dich." Und ich fügte fast schüchtern hinzu: „Kannst du dir vorstellen, die ganze Nacht bei mir zu bleiben? Bitte schlag es mir nicht ab, weil uns vielleicht nicht mehr bleibt." „Ich wäre gern bei dir, doch wie stellst du dir das vor? Wir können die Nacht hier nicht verbringen, das verstößt gegen die Regeln. Meine Gasteltern verstehen da keinen Spaß."

„Lass mich nur machen, wir sehen uns am Donnerstag um 9.00 Uhr zum Frühstück bei Starbucks und fahren dann raus ans Meer. Ich schulde dir doch noch ein Bier und ein gesundes Ohr!" Als ich mich umdrehte, um ihr noch einmal zu winken, stand sie noch immer vor der Tür des Hauses und sah mir lächelnd nach.

„Man dreht sich nur um, wenn es einem wirklich was bedeutet." Der Satz schoss mir in den Kopf, ich hatte ihn mal in irgendeinem Film gehört und er war hängengeblieben.

Ich warf ihr einen Handkuss zu und sie verschwand im Haus.

Pünktlich um 9.00 Uhr betrat ich sehr ausgeschlafen das nach frisch gemahlenen Bohnen duftende Café und sah mich um. Keine Olivia! Ich versuchte, die in mir aufsteigende Panik niederzuhalten. Was, wenn sie nicht kommt? Doch kurz vor meinem Verzweifeln betrat sie das Café, fiel mir um den Hals und küsste mich. Ich war überglücklich. Wir kauften uns Kaffee und einen Muffin und frühstückten in aller Ruhe in der oberen Etage, die leer war und uns so viel Privatsphäre gab.

Der Bus fuhr erst gegen 10.30 Uhr vom Busbahnhof ab. Wir genossen die Fahrt, es waren wenige Menschen unterwegs, denn das Wetter hatte umgeschlagen und von sommerlicher Hitze war keine Rede mehr. Egal. Wir hatten einen prima Tag. Olivia liebte es, am Strand zu sein. Ich merkte es ihr an. Mit welcher Begeisterung sie von ihrem uralten Wunsch sprach, einmal am Meer zu wohnen, doch diesen Traum hatte sie nie verwirklichen können. Ich erzählte ihr einiges aus meinem Heimatdorf, aus dem ich geflüchtet war unter dem Deckmantel der Arbeit. Ich hatte es dort nicht mehr ausgehalten, man hat viel zu viel von mir erwartet, ich konnte dem Druck nicht mehr standhalten.

Olivia konnte so mitreißend über die Dinge reden, die ihr wichtig erschienen, dass es trotz der Verständigungsschwierigkeiten ansteckend auf mich wirkte. Ich habe mich an diesem Tag nicht eine Sekunde gelangweilt und war die ganze Zeit über von einem Glücksgefühl erfüllt, an das ich mich bis zu jenem Tag kaum noch erinnern konnte. Kurz bevor der Bus zurückfuhr, tranken wir das obligatorische Bier bei Josi. Die Bluse hatte sie immer noch nicht gewechselt, aber Alkohol desinfiziert ja bekannterweise. Sie blickte auf Olivia, zwinkerte mir zustimmend zu und nahm lächelnd das opulente Trinkgeld entgegen.

Olivia wartete am Abend vor der Cathedrale auf mich. Ich sah sie am Eingang, der Musik lauschend mit geschlossenen Augen. Ich blieb einen Augenblick auf der Treppe stehen und schaute zu ihr nach unten. Sie war ein so wunderbarer Anblick, ihr Haar leuchtete wie ein Zitronenfalter im Frühling und die blaue Bluse, die sie trug, schmeichelte ihrer Form und ihrer Haut. Sie lauschte versunken der klassischen Musik, mit der sie fast verschmolz. Mir schnürte es die Kehle zu, wenn ich daran dachte, dass ich sie schon am nächsten Morgen verlieren würde.

Am liebsten hätte ich ihr gesagt: Ich kann dich nicht gehen lassen, du bist das Beste, was mir in den letzten Jahren passiert ist. Bleib doch hier oder komm zu mir zurück. Du weißt gar nicht, was du mir bedeutest, my dear.

Doch ich konnte es nicht sagen. Ich wusste von ihrem Mann und ihrer Tochter, wusste von ihrem Leben in Deutschland. Wir hatten darüber nie gesprochen, hatten eine stillschweigende Vereinbarung, doch ich hatte Kati ausgefragt, im Pub, als sie schon betrunken war und die Zunge locker saß. Ich wusste nun, ich hatte nicht das Recht, Olivia für mich zu beanspruchen, sie zu bedrängen, sie aus ihrer Familie zu reißen, auch wenn es noch so schwer war.

Meine Mitbewohner hatte ich für diese Nacht ausquartiert und mir besondere Mühe mit meinem Zimmer gegeben. Die Rose lag noch auf dem Tisch, ich hatte vergessen, sie in eine Vase zu stellen. Ich fand es selbst ein wenig abgedroschen, doch ich wollte ihr unbedingt eine rote Rose geben. Geschenke nahm sie sonst nur ungern an, stur wie ein Esel manchmal. Ich führte Olivia in mein Zimmer und hatte nur die eine Bitte, diese eine Nacht sollte sie mir allein gehören, nur meine Frau sein für ein paar Stunden, nach denen ich sie werde gehen lassen müssen.

Diese Nacht wurde unvergesslich. Wir liebten uns oft, wir lachten und redeten und aßen den dürftig bestückten Kühlschrank leer. Sie gab sich mir völlig hin und machte es mir leicht, für sie der perfekte Liebhaber zu sein. Wir wurden eins in Körper und Seele, wie ich es vor langer, langer Zeit das letzte Mal gespürt hatte. Olivia fragte mich nichts, sie war meine Frau, allein meine Frau in dieser Nacht, und sie wollte mich nicht nötigen, Dinge von mir preiszugeben, die ich nicht aussprechen konnte und wollte. Und so nahm sie die große Narbe an meinem Körper einfach hin, als wäre sie selbstverständlich, die Narbe, deren Ursprung mein Leben so verändert hatte. Die Verletzung, die mich fast mein Leben gekostet hatte, vor zehn Jahren in Aberdeen. Die Narbe, die immer zu mir sagt: Warum nicht du!

Als ich aufwachte, schien die Sonne in mein Fenster und kitzelte meine Nase. Ich räkelte mich und tastete nach Olivia. Das Bett war leer. Ich setzte mich abrupt auf. Wo war sie?

Im Bad? Ich lauschte. Kein Geräusch drang an mein Ohr. Ich sah auf die Uhr. 8.30 Uhr.

Oh mein Gott, sie ist weg.

Was ist mit all dem, was ich ihr noch sagen wollte, sogar die Rose lag noch auf dem Tisch. So konnte sie nicht gehen, ich konnte sie so nicht gehen lassen. Ich hatte eine halbe Stunde, dann würde der Bus vom Busbahnhof abfahren.

Während des Gehens zog ich mich an, griff nach der Rose und rannte los, ich rannte um mein Leben.

Ich sah keine Reisegruppe, kein Gepäck, keine Olivia – doch ein Bus setzte sich gerade in Bewegung, als ich um die Ecke bog. Ich stand am Straßenrand, die Rose, fast zerfetzt, in der Hand. Der Bus fuhr direkt an mir vorbei und für einen Augenblick erkannte ich ihre traurigen Augen, die mich voller Schmerz durch die beschlagene Scheibe des Busses ansahen. Ich stand wie versteinert und blickte dem Bus nach, bis er aus meinem Sichtfeld verschwand.

Da brach ich zusammen und fand mich zitternd auf dem Boden sitzend wieder, die Tränen liefen mir über das Gesicht, doch es war mir egal, denn ich hatte nichts mehr zu verlieren, ich hatte wieder die Liebe verloren.

Irgendwann stellte ich mich auf die Beine und mir gingen wilde Ideen durch den Kopf.

Ich könnte mir zum Beispiel Hamishs Auto borgen und dem Bus hinterherfahren, ihn einholen und sie noch einmal in den Armen halten, bevor sie in London ins Flugzeug steigen würde. Doch würde das nicht nur ihren und auch meinen Schmerz verlängern? Sie hatte es so gewollt, sie hatte sich diesen Abschied ausgesucht, ich musste es respektieren, auch wenn alles in mir schrie und ich überhaupt nichts akzeptieren wollte.

Ich konnte mich kaum beruhigen. Auf dem Weg nach Hause sahen mich die Passanten mitleidig an, ein jämmerlicher Haufen Elend, das war das, was ich im Spiegelbild der Schaufenster sah. Ich konnte für Stunden mein Zimmer nicht betreten, saß stumpf in der Küche und starrte aus dem Fenster. Das Knacken des Türschlosses rüttelte mich auf. Ich verzog mich nun doch in mein Zimmer, denn die Männer sollten mich so nicht sehen. Ich schlug das Bett auf und öffnete das Fenster. Etwas blinkte mir entgegen, auf dem Laken lag einer von Olivias Ohrringen, silbergrau, geformt wie ein Stern. Ich lachte bitter auf. Nun hatte sie ihren Stern doch noch mit mir geteilt. Die Rose legte ich auf den Schrank, sollte sie vertrocknen und verstauben, wie vielleicht auch die Erinnerungen an diese Woche, an die bemerkenswerteste Frau, die ich je gekannt hatte.

Ich legte mich so wie ich war in mein Bett, den Ohrring fest umschlossen, und konnte sie noch riechen. Ich presste das Kissen fest an mein Gesicht und weinte mich in den Schlaf.

Als ich aufwachte, brauchte ich einige Minuten, um zu realisieren, was passiert war. Olivia war weg, ich war wieder allein und der Schmerz übermannte mich erneut. Ich stand auf, die Wohnung war leer, so wie ich. Ich suchte und fand in der Küche eine fast volle Flasche Whisky, schraubte sie auf und trank in vollen Zügen daraus. Wozu ein Glas benutzen? Ich würde die Flasche sowieso allein austrinken, 18 Jahre alt, eine teure Marke, jawoll, nur das Beste für den Verlierer. Mit jedem Schluck wurde mein Selbstmitleid größer und ich verkroch mich wieder in meinem Bett, das immer noch nach ihr roch.

„Wach endlich auf, nun ist es aber genug!" Pete rüttelte an mir und stieß dabei mit dem Fuß an die leere Whiskyflasche, die scheppernd unter das Bett rollte. Mir zersprang fast der Kopf bei dem lauten Geräusch.

„Lass mich in Ruhe! Hau ab!", knurrte ich ihn wütend an.

„Komm schon, steh auf, du musst dich zusammenreißen, wir spielen heute Abend im Pub! Los, wir brauchen dich."

„Keiner braucht mich! Alle verlassen mich, lass mich in Ruhe, ich kann nicht", raunte ich ihn an.

„Jetzt reicht´s aber, hör auf, dich zu bemitleiden! Was hast du denn geglaubt? Dass Olivia nach fünf Tagen mit dir ihr Leben in Deutschland wegwirft, um hier bei dir zu bleiben, einem 40-Jährigen, der in einer Wohngemeinschaft lebt und ihr nichts anderes bieten kann als guten Sex und vielleicht auch große Gefühle? Wach auf! Es war ein schöner Traum. Es war eine gute Zeit, aber es war einmal, das hat doch nichts mit Realität zu tun! Und außerdem hast du Sack meinen guten Whisky ausgesoffen. Den ersetzt du mir aber! Und jetzt ab mit dir unter die Dusche, ich koche Kaffee und mache dir was zu essen."

Ich konnte mich Petes Standpauke nicht erwehren und mehr gehorsam als einsichtig quälte ich mich aus dem Bett und wankte ins Bad. Nachdem ich mich übergeben und geduscht hatte, ging es mir besser. Die Eier mit Speck und der Kaffee taten ihr Übriges, so dass ich halbwegs einsatzfähig mit Petes Hilfe am Abend im Pub aufkreuzte und auch den Auftritt irgendwie über die Bühne brachte. Die anderen Jungs der Band ließen mich komischerweise zufrieden, keine stichelnden Bemerkungen, keine Witze auf meine Kosten, nur Mitleid in ihren Gesichtern, die ich schon bald nicht mehr klar sah, denn das Bier verhalf mir dazu einzutauchen in einen sanften Nebel, der mich dann, zu Hause angekommen, wieder einschlafen ließ.

Das Erwachen am Sonntag war umso schlimmer. Ron tauchte auf, er war am Wochenende bei seiner Freundin gewesen und hatte von dem Ganzen nichts mitbekommen. Wir trafen uns in der Küche, in der ich mir gerade ein Sandwich machte. „Na, Alter, gestern wohl etwas zu tief ins Glas geguckt?" Missmutig ging ich, ohne ihm zu antworten, in mein Zimmer, setze mich aufs Bett und kaute mechanisch. Hunger war es nicht, was mich zum Essen zwang, wohl eher ein Überlebensinstinkt. Mein Blick fiel auf Olivias Ohrring, und sofort krampfte sich mein Magen wieder zusammen. Ich nahm ihn in die Hand und legte ihn in meine Geldbörse.

Was wird aus einem Menschen, der immer wieder seine Träume begraben soll und muss, einen nach dem anderen? Aus mir wurde ein Geist, der lebte und funktionierte. Ich ging am Montag und all die anderen Tage zur Arbeit, erledigte dort meinen Aufgaben gewissenhaft in gewohnter Manier. Ich traf mich montags mit den Jungs im Pub und an den Wochenenden traten wir auf, wo auch immer Rogers Spürsinn uns eine Gelegenheit brachte, oder wir probten im Schuppen. Die Auftritte taten mir gut, ich hatte Abwechslung und meine ganze aufgestaute Wut konnte sich beim Spiel entladen und verschaffte mir für Augenblicke ein Gefühl des Friedens. Doch vor einem Song fürchtete ich mich: „Nothing else matters". Immer, wenn wir ihn spielten, schloss ich meine Augen und gab mich den Erinnerungen hin,

und wenn ich die Augen öffnete, sah ich Olivia für den Bruchteil einer Sekunde vor der Bühne stehen, im Abendlicht, den Song mitsingend. Dann war sie weg und ließ mich zurück.
Ja, ich lachte vielleicht nicht mehr so viel, dafür trank ich umso mehr. Whisky war ein gutes Schlafmittel. Ich wurde zu einer seelenlosen Hülle, nichts konnte mich wirklich im tiefen Inneren erreichen, alles blieb an der Oberfläche und glitt einfach an mir ab. Ich hatte die Freude am Leben nun vollends verloren, wo ich doch das Glück gerade erst wiedergefunden hatte.
Ich fühlte mich schlecht, wie betäubt, ich wollte schlafen und nicht wieder aufwachen, denn beim Aufwachen kommen die Erinnerungen zurück und der Schmerz und die Sehnsucht.

Dezember 2004

Es war Georgs Frau, die mich eines Abends, nach einem Konzert, beiseite nahm, uns zwei Biere hinstellte und mich ansah, als wäre gerade ihr Hund gestorben.
„Hör mal, wir machen uns Sorgen um dich. Du bist gar nicht mehr richtig hier. Du musst damit abschließen. Versuch, sie zu vergessen, sonst gehst du noch vor die Hunde."

„Ah, doch der Hund", bemerkte ich sarkastisch und Mona sah mich verwirrt an, „Mensch und da schicken sie dich? Können sie mir das nicht selbst sagen, die Feiglinge, wollen sie mich raus haben aus der Band, bin ich ihnen nicht mehr gut genug?"
„Darum geht es doch gar nicht, keiner will dich irgendwo raushaben. Sie dachten nur, dass ich dich als Frau besser verstehen kann und du dich vielleicht mal aussprechen willst. Wir denken, dass die Trauer nach all den Monaten ein Ende haben muss, damit du wieder leben kannst."
„Ach, denkt ihr das? Großartig! Und wie soll ich das deiner Meinung nach anstellen? Glaubst du nicht, ich hätte auch schon mal dran gedacht? Denkt ihr, da gibt es einen Knopf, den ich einfach drücke und zack: alles ist wieder supertoll? Aber so geht es nicht, verdammt noch mal! Ich kann und will mich einfach nicht damit abfinden, dass das alles gewesen sein soll. Mona, versteh doch, ich vermisse Olivia so unendlich. Da finde ich sie endlich, DIE Frau für mich, und dann muss ich sie wieder gehen lassen! Ich hab doch auch ein Recht, glücklich zu sein, oder nicht? Oder muss ich jetzt für den Rest meines Lebens dafür büßen? Für damals? Für meine Schuld?" Mona legte mir die Hand auf die Schulter. Ich schüttelte sie ab. „Ich will kein Mitleid, lasst mich am besten in Ruhe!"

„Aber glaubst du denn wirklich, dass sie bei dir geblieben wäre? Ihr ganzes Leben für dich aufgegeben hätte?"
„Woher soll ich das denn wissen?", zischte ich Mona an. „Ich war immer verständnisvoll und rücksichtsvoll. Scheiß drauf! Ich hätte ihr sagen müssen, dass sie die Liebe meines Lebens ist, dass ich glaubte, sie schon Jahre zu kennen, dass sie alles war, was ich immer gewollt hatte, dass ich sie nie wieder loslassen möchte. Aber ich hab es nicht gesagt! Sie weiß es gar nicht! Wie kann sie denn so, ohne meine Gefühle für sie zu kennen, eine Entscheidung treffen? Wie könnte ich, ohne ihr das gesagt zu haben, nur den Hauch einer Chance haben? Mona, wir haben doch nur das eine Leben und manchmal muss man vielleicht auch getroffene Entscheidungen revidieren, um glücklich zu werden. Sie hätte es vielleicht getan, wenn ich ihr all das gesagt hätte."
Ich zog das Bier zu mir heran und leerte es in einem Zug.
„Danke, Mona, für den Versuch, sag den feigen Ärschen, dass es mir gut geht. Ich geh nach Hause."
Dort wartete noch eine angefangene Flasche Whisky auf mich.
In der Wohnung angekommen, setzte ich mich mit meinem „Glen Garioch" ans geöffnete Küchenfenster, legte die Füße auf den Küchentisch, nahm

einen kräftigen Schluck aus der Flasche und sah in den Nachthimmel. Die Sterne waren heute wieder gut zu sehen. Mir fiel Olivias Ohrring ein, der noch immer in meiner Geldbörse lag und mir jedes Mal, wenn ich ihn beim Bezahlen in die Finger bekam, einen Stich versetzte. Ich holte ihn heraus, nahm ihn in die Hand und hielt ihn in Richtung Himmel.

„Hm, mein Freund, ein bisschen blass gegenüber deinen Kollegen, was? Gott, jetzt rede ich schon mit einem Ohrring! Aber egal, ich sag dir mal was: Vielleicht hat Mona ja recht. Ich bin ein guter Mensch und ich habe es verdient, ein gutes Leben zu haben."
Ich schaute wieder zu den Sternen, dachte an unseren Abend am Fluss und flüsterte in die Nacht: „Olivia, meine Liebe, ich werde dich heute verlassen. Ich muss dich vergessen, weil ich sonst verrückt werde, muss mich zwingen, dich zu vergessen, darf mich dem Schmerz und der Sehnsucht nicht mehr hingeben, sonst werde ich unglücklich sein für den Rest meines Lebens. Vielleicht siehst du ja auch gerade jetzt zum Himmel und unsere Blicke treffen sich dort oben, ein letztes Mal."
Ich nahm den Ohrring fest in meine Hand und verließ die Wohnung in Richtung Fluss, dort warf ich ihn in das schwarze, bewegte Wasser. „Good bye, my dear."

Irgendwie fühlte ich mich besser, trotz des Hämmerns in meinem Kopf, das ich dem Whisky vom Vorabend zu verdanken hatte. Ich räumte sofort die leere Flasche weg, auch damit war jetzt Schluss. Pete begegnete mir im Flur.
„Alles okay, Mann?"
„Alles okay, ich mache Frühstück, willst du auch?"
Wir frühstückten gemeinsam und überlegten uns, was wir mit Rons Zimmer anstellen würden, denn er würde im Frühjahr heiraten und mit seiner Frau zusammen in ein Haus am Stadtrand ziehen. Das hatte er Pete gestern Abend eröffnet. Die anderen wussten es noch nicht, leider würde er wohl auch die Band verlassen, sobald wir einen Ersatz für ihn gefunden hätten. Wie schade, ich mochte Ron sehr gern, er war immer so ausgeglichen und entspannt und er war ein sehr guter Techniker. Er trank fast nie, weil er schon von einem Schluck Whisky so betrunken wurde wie andere nach einer halben Flasche. So stand er uns auch immer als Fahrer zur Verfügung. Was für ein Verlust! Pete und ich entschlossen uns, erst einmal abzuwarten, eine Weile wollten wir uns den Luxus leisten, die Miete für das leerstehende Zimmer zu teilen und zu sehen, wie uns der neue Zustand so gefällt. Dann gingen wir ein paar neue Songtexte durch und abends ins Kino.

Ich erstickte mit Gewalt jede Regung in Olivias Richtung. Und so machte ich es am nächsten Tag, in der nächsten Woche, im nächsten Monat und in den Monaten darauf. Und es schien zu funktionieren. Das Leben hatte mir ein Bein gestellt und ich habe das Bein geschient und nun konnte ich wieder laufen.

Mai 2005

Rons Hochzeit fand im Mai des darauffolgenden Jahres statt. Sie hatten ein Hotel gemietet und feierten mit 120 Leuten das Wunder der Ehe. An den Junggesellenabschied konnte ich mich, wie die anderen, nur bruchstückartig erinnern. Da waren Pubs, jede Menge Alkohol, anzügliche Spiele und leicht bekleidete Frauen. Der Himmel für Hamish.
Für die Hochzeit hatten wir uns wieder zivilisiert und saßen angemessen gekleidet an einem Tisch, Band und Arbeitskollegen. Zwischen den Mahlzeiten schleppte sich der Ablauf etwas dahin, die anderen gingen mit ihren Begleitungen spazieren und ich setzte mich mit einem Bier an die Bar und beobachtete die Hochzeitsgesellschaft. Da waren die Brauteltern und die des Bräutigams, herausgeputzt und sich unsicher bewegend in der ungewohnten Kleidung. Ah, der Tisch mit den nächsten

Verwandten, der dicke Onkel, der über seine eigenen Witze lachte und dessen Bauch dabei mächtig wackelte, die engsten Bekannten und Freunde des Brautpaares, die Damen farbenfroh und freizügig gekleidet, auch wenn es figurtechnisch oft nicht von Vorteil war und manchmal eine optische Herausforderung darstellte. Und jede Menge Kinder, die wild, kaum zu bändigen und lautstark umherrannten.

Ich hatte mich geschickt abgesetzt, hatte mich retten wollen vor Mona, der ich wohl etwas leidtat, allein auf einer Hochzeit. Sie hatte mir ihre Freundin als Begleitung angeboten, doch ich kannte ihre Freundin. Sie war wie Mona, eher alternativ eingestellt, kannte sich gut aus mit der Kunst des Kartenlegens und las gern auch mal die Zukunft aus der Hand. Nein, ich hatte dankend abgelehnt. Über meine Zukunft wollte ich nichts wissen und mich auch nicht über Sinn und Unsinn der Astrologie unterhalten.

Ich sah gerade drei Rotznasen dabei zu, wie sie unter den Tisch mit den Verwandten krochen, und malte mir aus, was in deren naher Zukunft passieren würde, als mich etwas Hartes und Nasses an meinem Rücken traf. Ich drehte mich reflexartig um und sah in ein erschrockenes Gesicht, das das Lachen jedoch kaum zurückhalten konnte.

Clara hatte ein Tablett voller Mixgetränke von der Bar holen wollen, doch war sie über eines der herumliegenden Spielzeuge der Kinder gestolpert. So landete das Tablett auf meinen Rücken. Mein Hemd hatte nun verschiedene Farben und klebte unangenehm auf meiner Haut. Claras Lachen steckte an.

„Was machen wir denn jetzt?", fragte ich in gespielter Hilflosigkeit.

Kein sauberes Hemd weit und breit.

„Bleib, wie du bist, ich lasse mir was einfallen." Sie rannte los und kam nach zehn Minuten mit dem Ersatzhemd des Brautvaters zurück.

„Wird ein wenig zu groß sein, doch es ist trocken." Während sie aufräumte, zog ich mich um und ließ gleich die Krawatte weg, wenigstens dafür war es gut. Später kam Clara, die, wie sich herausstellte, eine Cousine der Braut war, an unseren Tisch und entschuldigte sich noch einmal ausgiebig für das Missgeschick. Sie blieb, feierte nun an meiner Seite und tanzte mit ihren Freundinnen. Ich fand sie hübsch, ein wenig zu jung für mich, doch ich ließ mich anstecken von ihrer unbeschwerten Fröhlichkeit und wir kamen uns näher. Die Party wurde sehr feucht-fröhlich und am nächsten Morgen fand ich mich mit ihr im Bett des Gästezimmers des neu bezogenen

Hauses von Ron und seiner Frau wieder. So lernte ich Clara kennen.

Seitdem trafen wir uns regelmäßig. Clara tat mir gut. Sie mochte zwar keine Metal-Musik, die war ihr zu laut, zu hart, doch Clara versprühte die Lebensfreude, die mir fehlte – und ich saugte sie auf und füllte damit all die leeren Speicher in mir. Es ging mir offensichtlich besser. Die Männer sahen mich nicht mehr an mit diesem prüfenden Blick, nur Mona strich mir manchmal noch sanft übers Haar, küsste mich auf die Stirn und flüsterte mir zu: „Ich weiß."

Ich mied Mona, denn ich wusste es im Stillen.

Sie sah mich wirklich, sie wusste es, sie konnte in die Katakomben meiner Seele sehen und versuchte Trost zu spenden. Doch das wollte ich nicht. Ich hatte die unterirdischen Gänge fest verschlossen mit Gitterstäben und übergroßen Schlössern und ich hatte die Schlüssel dazu weggeworfen.

Juli 2005

Pete lag auf der Erde. Er blutete aus der Nase, sein rechtes Auge nahm gerade alle Farben an, schwoll stetig zu und er krümmte sich vor Schmerzen. Ich stand vor ihm und brüllte. Ich brüllte um mein Leben, ich brüllte ihn an und meinen Zorn und meine Verzweiflung heraus. Bruce, unser neuer Mitbewohner und Kollege, stand wie erstarrt in seiner Tür und wusste offensichtlich nicht, was er tun sollte. Es klingelte. Bruce schob sich, mich mit großen Augen anstarrend, an mir vorbei und öffnete die Tür. „Was ist denn bei euch los?" Entsetzt lugte unser Nachbar in den Flur und sah Pete stöhnend am Boden liegen. Ich stand noch immer vor ihm und merkte erst jetzt, dass ich beide Fäuste fest geballt hatte.

Mr Logan drängte mich beiseite und half Pete aufzustehen. „Ich, ich …", stammelte ich vor mich hin.

„Warst du das?", fragte mich der Nachbar streng.

„Ich … glaube … ja", stammelte ich weiter.

„Du Vollidiot hast mir die Nase gebrochen! Ich muss ins Krankenhaus, Scheiße, du hast sie doch nicht alle!", fluchte Pete.

Mr Logan ergriff das Wort: „Ich fahr jetzt den Kleinen ins Krankenhaus." Dann sah er streng zu mir und ordnete herrisch an: „Und DU bleibst, wo du bist!"

Ich nickte abwesend, drehte mich um und schlich in mein Zimmer. Was war passiert? Was war in mich gefahren, meinen Freund zusammenzuschlagen? Was war in mich gefahren, überhaupt jemanden zu schlagen? Mein Blut kochte noch immer und ich beruhigte mich nur langsam, der Puls hämmerte in meinen Schläfen und ich konnte lange keinen klaren Gedanken fassen. Erst als ich mein Fenster geöffnet hatte und die kühle Nachtluft ins Zimmer strömte, konnte ich tief durchatmen. Ich sog die Frische und den Sauerstoff in mich ein und kam langsam wieder zu mir. Die Bilder formierten sich zu einem Ganzen und gaben den Blick frei auf das, was gerade geschehen war:

Ich war mit Pete nach einem Auftritt, bei dem es im Anschluss viel Freibier gab, nach Hause gewankt. Es war Juli, die Nächte rochen angenehm und wir waren gut drauf, denn es war auch der letzte Arbeitstag gewesen vor unserem wohlverdienten Urlaub. Unsere Freundinnen hatten sich schon rechtzeitig verabschiedet, fuhren in Rons Haus, mussten noch packen, denn wir wollten am nächsten Tag zu viert ein paar Tage an die Küste, ans Meer. Clara hatte irgendwann eine Arbeitskollegin mitgebracht, und schneller als man gucken konnte, war Pete verliebt und Ann-Marie seine Freundin. Als wir die Wohnung erreicht hatten, bat mich Pete, noch einen Drink mit ihm in der Küche zu nehmen. Ich hatte zwar genug, doch er bestand regelrecht darauf, denn er hätte mir was Wichtiges zu erzählen. Pete war einer meiner besten Freunde, so tat ich ihm den Gefallen, vielleicht konnte ich ihm ja bei einem Problem helfen. Und dann fing er unsicher an zu erzählen:

„Du erinnerst dich doch noch an unser Bandtreffen letzten Montag? Wir hatten gerade eine neue Runde geholt und uns über Rons Berichte, die das Zusammenleben mit seiner Schwiegermutter beschrieben, amüsiert. Und du hattest den Arm um Clara gelegt und ihr habt euch geküsst."

„Ja, ja, ich erinnere mich an den Abend, aber was willst du mir denn nun sagen?"

„John, flipp jetzt nicht aus, aber ich muss es dir sagen, ich bin fast dran erstickt", lallte Pete. Mir wurde zunehmend flauer im Magen.

„Was denn, nun sag es schon, Mensch, ich hab nicht ewig Zeit."

„Versprich mir, dass du ruhig bleibst."

„Ja, ich verspreche es, und nun spuck es endlich aus, Herrgott noch mal!"

„Also, ich trank mein Bier und guckte euch so an, ich saß ja gegenüber, und dann guckte ich weg, weil ihr euch ja geküsst habt, und da guckte ich so zur Bar und da stand auf einmal …" Pete nahm einen großen Schluck aus seinem Glas. „WER? WER stand da?", raunte ich ihm ungeduldig zu, und ich glaube, dass sich an der Stelle in mir schon die Antwort zusammenbraute.

„Olivia." Pete schluckte und sah mich prüfend an. „Ich dachte erst, dass ich voll bin und es mir nur einbilde, aber ... John, geht´s dir gut?"
„Red´ weiter!", sagte ich steif wie ein Roboter.
„Also, ich schaue so zur Bar und da steht sie und starrt in unsere Richtung und ich will aufstehen, aber sie schüttelt mit dem Kopf und legt den Finger auf den Mund und schüttelt noch einmal heftig mit dem Kopf und legt so bittend die Hände zusammen und winkt mir zu und geht raus. Und ich hinterher, hab gesagt, dass ich aufs Klo muss, und erwische sie noch und frage sie so: Warum kommst du nicht rein? Aber sie wollte nicht und ..."
Blechern und monoton fielen die Worte aus meinem Mund und wurden immer lauter: „OLIVIA war in unserem Pub, SIE war da, leibhaftig, und DU hast sie gesehen und DU hast es nicht für nötig gehalten, es mir zu sagen, mir sofort zu sagen, dass sie da steht? Stattdessen lässt du sie wieder gehen, verstehe ichdasrichtig–? Du Vollidiot hast sie gehen lassen?"
„John? John! Hör doch ..." Ich sah in Petes Augen, dass er Angst vor mir bekam, er sprang auf und wollte in sein Zimmer flüchten, doch mein unkontrollierter Zorn traf ihn mitten im Flur und mitten ins Gesicht. Ich hatte zweimal zugeschlagen. Er brach zusammen, fiel mit dem Rücken auf die kleine Kommode und

landete vor Schmerzen stöhnend auf der Erde. Und ich stand über ihm und brüllte und brüllte und brüllte.

Die Erinnerung ließ mich erschauern. Und Olivia! Oh Gott, Olivia! Olivia! Hier! Hier in Exeter und sie war im Pub gewesen. Wo könnte sie jetzt sein? Ich überlegte krampfhaft, welcher Tag heute war. Freitag. Ja, heute ist Freitag und Pete hatte sie am Montag gesehen, also war es erst fünf Tage her. Sie war vielleicht noch in der Stadt. Ich hatte nur eine Chance: Ich musste zu Pete und ihn um Einzelheiten bitten. Nach allem, was ich ihm angetan hatte, ein kühnes Vorhaben, doch ich musste es versuchen. Ich zog mich um und klopfte an Bruce´ Tür, die er zögernd öffnete.

„Ich bin ein Idiot. Ich war völlig weggetreten, ich muss zu Pete und mich entschuldigen, kannst du mich fahren?" Bruce willigte missmutig ein und fuhr mich mit seinem Auto zum Krankenhaus, die ganze Zeit angespannt, mich skeptisch beobachtend.

„Ich hab so was noch nie gemacht. Es war wegen Olivia, du kennst sie nicht, das war letzten Sommer und Pete hat sie gesehen und mir nichts gesagt und jetzt könnte sie wieder weg sein und ..."

„Ich kenn die Story, Alter, das mit der Frau aus Deutschland! Weiß Clara davon?" Er machte eine Pause. „Gehen mich ja auch nichts an, deine

Weibergeschichten. Aber ich hätte nie gedacht, dass du dazu fähig bist, deinen Freund blutig zu schlagen", raunte er mir abwertend zu.
„Das hätte ich auch nicht gedacht. Wir sind da. Danke."
Bruce brummte nur, ich stieg aus und er fuhr sofort weiter. Tja, ich würde auch nichts mit mir zu tun haben wollen.
Im Krankenhaus kam mir Mr Logan entgegen.
„Was willst du denn hier, Mann? Hast du nicht schon genug angerichtet?"
„Wie geht es Pete? Ich will zu ihm, mich entschuldigen."
„Sie haben ihn aufgenommen, er hat eine gebrochene Nase und zwei Rippen sind geprellt. Du hast Glück, er hat dem Arzt erzählt, dass er die Treppe runtergefallen ist. Ich hab ihm geraten, dich anzuzeigen. Du spinnst doch! Aber er wollte es nicht, hat irgendwas gefaselt, dass es seine Schuld war und so. Aber die lassen dich heute sowieso nicht mehr zu ihm", entgegnete Mr. Logan und bewegte sich kopfschüttelnd auf den Ausgang zu.
Ich setzte mich in den Raum vor der Anmeldung und wartete auf eine Schwester. Wahrscheinlich machte ich einen so mitleiderregenden Eindruck, dass ich es schaffte, ihr Petes Zimmernummer zu entlocken. Ich versprach, wirklich nur zehn Minuten zu bleiben.

Leise schlich ich den Flur entlang zu Pete und öffnete lautlos die Tür. Er war allein und schlief fest. Im Tropf waren sicher auch jede Menge schmerzstillende Medikamente und dazu noch der Alkohol, den er im Blut hatte. Kein Wunder! Ich setzte mich auf den Stuhl und wartete.

Die scheppernden Geräusche von Geschirr- und Transportwagen weckten mich am Morgen auf. Pete schlief noch und ich ging ins Bad, nachdem ich mich orientiert und sortiert hatte. Mein Rücken, mein Kopf und meine Hände schmerzten. Gut so, mindestens das hatte ich mir verdient. Als ich wieder ins Zimmer kam, blinzelte mich Pete mit einem Auge an, das andere war übel geschwollen. „Gute Linke, mein Freund!"
„Pete, es tut mir so leid, ich weiß gar nicht, was in mich gefahren ist. Hast du große Schmerzen? Wie kann ich das je wiedergutmachen? Aber mir ist irgendwie eine Sicherung durchgebrannt."
„Ja, danke, jetzt hör auf, dich in den Dreck zu werfen, ich hatte meinen Anteil an der Misere. Ach, ich bin übrigens die Treppe runtergefallen! Hat jeder geglaubt, so besoffen, wie ich war. Nicht, dass du was anderes erzählst!" Pete versuchte, sich im Bett etwas hochzuschieben.

„Wo ist sie?", fragte ich kaum hörbar. „Pete, weißt du, wo sie ist?"

Pete antwortete zögerlich: „Ich hab sie angefleht zu warten, wenn sie schon nicht mit reinkommen wollte, wegen Clara und so, und sie wollte nicht dein Glück zerstören, aber ich wollte dich doch wenigstens rausschicken, dass du sie sehen kannst. Aber sie sagte was von Schicksal nicht herausfordern und so und ich musste es ihr hoch und heilig versprechen, dass ich es dir nie erzähle, dass sie hier im Pub gestanden hat, damit du deinen Frieden hast. Und dann hab ich es ihr versprochen, weißt du, ich wollte ihr den Gefallen tun, denn ich mag sie eigentlich mehr als dich, du Schläger!" Pete versuchte zu grinsen, doch er verzog nur schmerzerfüllt das Gesicht. „Aber ich Schwatzmaul konnte es am Ende nicht für mich behalten."

„Pete, denk nach, wo wohnt sie? Hat sie irgendwas erwähnt? Denk nach!" „Hmh, ich glaube, sie hat gesagt, dass sie wieder für einen Sprachkurs da ist, diesmal ganz privat. Aber wo sie wohnt, weiß ich nicht."

„Pete, ich muss los! Werd´ gesund, mein Freund, ich komme morgen wieder."

Ich rannte los. Wenn sie hier war, wohnte sie vielleicht wieder bei diesen Gasteltern. Der nächste Bus fuhr erst in einer halben Stunde, also setzte ich mich in ein

Taxi und fuhr direkt zum Haus der ehemaligen Unterkunft. Ich klingelte, mein Herz klopfte bis zum Hals. Eine junge Frau öffnete die Tür und hielt ihr Kleinkind davon ab, sich nach draußen abzusetzen. Nein. Keine Olivia, keine Informationen.

Meine Gedanken überschlugen sich. Wo könnte sie sein? Wo sollte ich suchen? Sprachschulen! Ich fuhr mit dem Taxi nach Hause und nahm mir das Telefonbuch, ich telefonierte mit jeder eingetragenen Sprachschule und erzählte ein Märchen von toten Verwandten und unerreichbaren Angehörigen – und dann, bei der dritten Schule hatte ich Glück.

„Ja, Olivia Mordas, die war hier, aber sie hatte gestern ihren letzten Unterrichtstag. Sie hat eine Wohnadresse angegeben: Hotel Holiday Inn."

Ich rief sofort im Hotel an: „Verbinden Sie mich bitte mit Olivia Mordas."

„Einen Moment bitte." Ich drückte den Hörer erwartungsvoll an mein Ohr. Gleich würde ich Olivias Stimme hören und ich malte mir aus, wie es sein würde.

„Hallo? Hören Sie? Die Dame aus Deutschland ist heute früh abgereist. Hallo?"

„Wann?"

„Vor ca. zwei Stunden, sie wollte zum Busbahnhof, ich habe ihr ein Taxi gerufen, daran erinnere ich mich noch."

Wortlos legte ich auf.
Nein! Nicht noch einmal, bitte nicht, Gott, hab Erbarmen und lass mich das nicht noch einmal erleben, flehte ich, während ich wie ein Besessener zum Busbahnhof rannte. Völlig außer Atem kam ich an und drehte mich im Kreis, suchte jede Ecke mit weit aufgerissenen Augen ab: kein Bus, keine Olivia, meine Hoffnung brach zusammen wie ein Kartenhaus.
Ich saß reglos auf der Bank. Es hatte aufgehört zu regnen und ich begann zu frieren und merkte jetzt erst, dass ich bis auf die Haut durchnässt war. Wie lange war ich schon hier?
„Nothing else matters" sang es in meinem Kopf, als ich langsam, matt lächelnd nach Hause ging.
Ja, und nichts anderes ist von Bedeutung.
Die Schlösser waren gesprengt, die Gitterstäbe zerbrochen und in den Katakomben brodelte es. Mona hatte es kommen sehen.

So lebte ich weiter – nun mit der Gewissheit, dass sie mich hat sehen wollen, sie war ihr nicht egal gewesen, unsere Zeit, ich war ihr nicht egal.
Pete und ich blieben vor den Frauen bei unserer Version des Treppensturzes und verpflichteten die anderen, sich genau dieser Version anzuschließen. Sie machten es Pete zuliebe, ich war unten durch.

Nach Petes Entlassung fuhren wir trotz seiner Rippenschmerzen noch für ein paar Tage ans Meer. Doch die Wellen, das Rauschen, der salzige Geschmack auf meinen Lippen, die unendliche Weite ließen meine Gedanken immer wieder wegdriften, so sehr ich auch dagegen ankämpfte. Clara fiel auf, dass ich nicht ganz bei der Sache, nicht ganz bei ihr war, doch ich hatte gute Ausreden und Clara war schnell zufrieden zu stellen. Sie tat mir gut und ich mochte sie wirklich sehr gern. Es war so vernünftig, mit ihr zusammen zu sein. Und so versuchte ich auch, vernünftig zu sein. Wir verbrachten die Tage am Strand bei herrlichem Wetter, wir aßen zu viert und saßen abends sehr lange auf der Terrasse des Hotels. Manchmal, wenn Pete mich ansah, konnte ich es in seinen Augen lesen: Verzeih mir, mein Freund.

Es war Claras und mein erster Urlaub. Wir sahen uns sonst meist nur am Wochenende, denn sie lebte und arbeitete als Krankenschwester in Plymouth, nicht gerade um die Ecke. So gaben wir uns besondere Mühe, und auch ich versuchte mich so zu verhalten, wie man es von mir gewöhnt war. Doch in Wirklichkeit konnte ich kaum etwas spüren, konnte ich mich nicht mehr spüren, alles war tot. Wieder.

Frühjahr 2006

Die Monate vergingen, Bruce war wieder ausgezogen. Wir hatten uns seit dem Vorfall mit Pete nicht mehr gut verstanden, und ich hatte vor, in dieses größere Zimmer zu ziehen, denn Clara war jetzt öfter bei mir. Ich brauchte mehr Platz. Pete half und Paul machte sich auch nützlich. Das letzte große Möbelstück war der alte wuchtige Schrank, den mir damals beim Einzug der Vormieter günstig überlassen hatte. Ich hatte ihn schon ausgeräumt und wir drei Helden wollten ihn nun bewegen. Der Schrank kippte aber seitlich weg und krachte auf den Boden. Der Staub, der sich auf dem Schrank gesammelt hatte, wirbelte auf, noch eine Stelle, die ich beim Putzen vernachlässigt hatte.
Mein Blick fiel auf das, was da noch vom Schrank gefallen war. Eine vertrocknete, eingestaubte, zerfledderte Rose. Die beiden Jungs beachteten sie nicht und schickten sich an, nochmals zuzugreifen, und traten wieder näher an den Schrank heran. Dabei traf Pauls Schuh auf die Rose und zerlegte sie restlos in ihre Einzelteile. Sie bröselte auseinander, es war nichts mehr zu retten.
Mein Magen machte sich bemerkbar, ein Ziehen, das mich schmerzlich an den Tag erinnerte, an dem ich

diese Rose auf den Schrank geworfen hatte. Und nun war endgültig nichts mehr zu retten.
Ich dachte an das alte Sprichwort: Die Zeit heilt alle Wunden. Ja, vielleicht, wenn man sie in Ruhe heilen lässt, nicht an ihnen herumzerrt, so dass sie aufbrechen, immer wieder. Es gibt wohl Wunden, die nie heilen werden, denn sie sollen es nicht. Man verdeckt sie schön steril, lebt mit ihnen und den Schmerzen, die sie unterschwellig stets verursachen, und von Zeit zu Zeit sieht man genau hin und sucht eine Antwort auf die Frage: Was soll nun werden?

An einem verregneten Morgen im Mai lag auf dem Schreibtisch in meinem Büro ein wenig geschäftsmäßig anmutender, ungewöhnlicher Brief. Er war knallgelb und die Anschrift war mit der Hand geschrieben worden. Ich sah auf den Absender und mir stockte der Atem.
Kati Schmidt.

Ich öffnete ungläubig den Umschlag so langsam ich konnte und zog den Inhalt heraus. Im Inneren fand ich einen Zettel und noch einen anderen Briefumschlag.
Auf dem Zettel stand:

Lieber John,

ich hoffe, dass dich dieser Brief erreicht. Ich habe den Auftrag, ihn an dich zu schicken, wenn die Umstände es erfordern. Das mache ich hiermit und erfülle meine Pflicht. Ich habe mir erlaubt, ihn für dich zu übersetzen, und meine englische Version beigelegt. Ich hoffe, dass es dir gut geht. Grüße die Band! Ich hoffe, ihr spielt noch immer zusammen. Ich denke oft an die tolle Zeit damals.

Liebe Grüße.

Auch deine Freundin

Kati

Welche Umstände konnten das wohl sein? Von welchen Umständen sprach Kati?

In dem zweiten Umschlag musste ein Brief von Olivia sein. Ging es ihr gut? War sie in Schwierigkeiten? Ich steckte den Brief wie einen Schatz in meine Tasche. Ich wollte unbeobachtet sein, wenn er mir seinen Inhalt offenbarte.

Erst abends, endlich allein in meinem Zimmer, goss ich mir einen Whisky ein, öffnete den Umschlag und las:

Berlin im April 2006

Liebster John,

wenn ich an dich denke, sehe ich dich immer auf dem großen Stein sitzen vor dem College, im dunkelblauen Anzug, deiner Arbeitskleidung, mit einem Stock im Sand kratzend. Es war so ein schöner Anblick …

Kapitel I

Mai 2006

Als John sich gefangen hatte, legte er den Brief endlich aus der Hand. Er hatte ihn fest an sich gedrückt, so, als würde er Olivia an sich drücken. Er streichelte den von ihr geschriebenen Brief, dessen Worte er nicht lesen konnte, doch SIE hatte ihn geschrieben. Sein aufgewühltes Inneres ließ keine Zweifel aufkommen: Er musste jetzt handeln, seine eigenen Befehle missachten, er konnte sich nicht mehr verstecken. Alles in ihm rief: Meuterei!
Katis Adresse stand auf dem ersten Umschlag, ein seidener Faden, aber die einzige Verbindung, die er hatte. John suchte nach Briefpapier. Er fand einen alten Werbeblock, das musste reichen. Die Gedanken krochen zähflüssig durch seinen Kopf. Er goss sich noch ein Glas Whisky ein und schrieb:

LIEBE KATI,
ICH HABE HEUTE DEINEN, ALSO OLIVIAS BRIEF BEKOMMEN. OH MEIN GOTT, WAS FÜR EIN BRIEF! WARUM ERST JETZT?

WARUM SCHICKST DU IHN MIR? WARUM SCHICKT SIE IHN MIR NICHT SELBST? WAS SIND DAS FÜR UMSTÄNDE, VON DENEN DU SPRICHST? BITTE, DU MUSST MIR ALLES ERZÄHLEN! KANN ICH IHR SCHREIBEN? KANN ICH SIE SPRECHEN? KANN ICH SIE SEHEN? WAS IST PASSIERT? MELDE DICH BALD. BITTE MELDE DICH BALD! LASS MICH NICHT HÄNGEN.
AUCH DEIN FREUND
JOHN

Er faltete den Zettel und steckte ihn in den einzigen Umschlag, der zu finden war. Keine Briefmarke in der ganzen Wohnung, er würde den Brief morgen zur Post bringen und ihn abschicken. Katis Anschrift hatte er Buchstabe für Buchstabe und Zahl für Zahl auf den Brief übertragen und seine Adresse in die andere Ecke geschrieben. Noch neun Stunden, dann würde er die Post stürmen und seine Antwort auf die Reise schicken.

Schon eine Stunde, bevor die Post öffnen sollte, lief John ungeduldig vor dem Eingang auf und ab. Er rauchte schon die vierte Zigarette, obwohl er eigentlich mit dem Rauchen aufhören wollte. Die Zeit kroch dahin, alle zwei Minuten sah er auf die Uhr und fluchte leise. Endlich! Hinter der schweren Tür tat sich etwas. Schlüsselgeklapper und scharrende Geräusche sagten: Wir öffnen jetzt. Da John der erste in der Reihe der Wartenden war, wurde er sofort bedient. Er schob den Brief wie eine besonders wertvolle Sendung durch den Schlitz.

„Nach Deutschland, bitte, so schnell wie möglich."
Die Dame hinter dem Schalter erklärte ihm alle Vor- und Nachteile einer Express-, Luft- und Normalsendung. John konnte sich kaum konzentrieren und entschied: Express.

Der Preis, den er zu zahlen hatte, war ihm egal.

Beflügelt machte er sich auf den Weg zur Arbeit und kaufte unterwegs noch ordentliches Briefpapier und Briefmarken, denn er wollte vorbereitet sein, vorbereitet auf Katis Antwort, vorbereitet auf den Brief, den er bald an Olivia schreiben konnte?

Tage vergingen, in denen John voller Hoffnung den Briefkasten öffnete und den Inhalt nach einem Brief aus Deutschland durchsuchte. Und jedes Mal ging er mit gesenktem Kopf die Treppe nach oben in die Wohnung. Morgen vielleicht. Bestimmt morgen.

Er musste fast zwei Wochen warten, bis ihn beim Öffnen des Briefkastens ein schreiend gelber Umschlag anleuchtete. Er zerrte ihn heraus, sah auf den Absender. Ja! Endlich!

Er rannte nach oben, stürmte in sein Zimmer und legte den Brief vorsichtig auf seinen Tisch. Er wollte warten, so schwer es ihm auch fiel, warten, bis die anderen Männer die Wohnung verlassen hatten und er allein war. Ungeduldig lauschte er hinter seiner Zimmertür.
Da fiel endlich die Wohnungstür ins Schloss. John goss sich ein, seinen Lieblingswhisky, öffnete erwartungsvoll und doch voller Angst den gelben Briefumschlag und fing an, Katis Zeilen zu lesen, die wie immer in perfektem Englisch geschrieben waren:

Berlin im Mai 2006

Lieber John,
ich habe noch nie eine Liebesgeschichte so hautnah erlebt wie die eure. Und es ist eine, glaube mir. Ich habe Olivia erlebt mit dir, ohne dich, im Bus, im Flugzeug, in den Monaten danach. Äußerlich ließ sie sich nichts anmerken, doch ich sah ihre traurigen Augen hinter jedem Lächeln, und ich wusste, worum sie trauerte. Sie trauerte um dich, um eure gemeinsame Zeit, und ich hatte sie noch nie so reden hören wie von dir, sie hatte sich unsterblich in dich verliebt. Ich weiß, wie schwer es ihr fällt, ihr Leben hier

in Deutschland weiterzuführen, so, als wäre nichts geschehen.

Als sie mich anrief und mir mit erstickter Stimme erzählte, dass man in ihrem Kopf eine Zyste entdeckt hatte und diese entfernt werden muss, dachte ich: Nicht das auch noch. Sie hatte so eine Angst vor dieser Operation, hatte Angst davor, nicht wieder aufzuwachen oder mit einem Hirnschaden nicht mehr die Alte zu sein. Das Risiko war groß und sie hatte keine Wahl.

Aus diesem Grund gab sie mir kurz vor der Operation einen Stapel Briefe. Sie wollte, dass alle Menschen, die ihr je etwas bedeutet hatten, einen Abschiedsbrief von ihr bekommen. Sie wollte sich bei ihnen verabschieden, im Vollbesitz ihrer geistigen Kräfte, ohne zu schönen, die ganze Wahrheit für immer festgehalten. Ich sollte die Briefe abschicken, wenn sie die Operation nicht überstehen würde.

Sie lebt. Aber sie liegt seit drei Wochen in einer Art Koma und ich habe den Brief, den sie an dich geschrieben hat, trotzdem abgeschickt. Ich weiß auch nicht genau, warum. Ich denke, ich möchte einfach, dass du ihren Brief schon kennst, dass du in Gedanken bei ihr sein kannst.

Die Ärzte sagen, dass sie in einem minimalen Bewusstseinszustand ist, sie können keine Schäden feststellen, aber sie will einfach nicht aufwachen. Lieber John, ich bin nicht gläubig, doch ich bete jeden Tag darum, dass sie einfach nur die Ruhe genießt und sich bald genug ausgeruht hat. Sie fehlt mir so sehr (wie dir?). Ich gehe ins Krankenhaus so oft ich kann und lese ihr schottische Geschichten auf Englisch vor, weil ich weiß, dass sie dein Land und die Sprache so liebt, und jedes Mal setze ich ihr Kopfhörer auf und spiele ihr zwei Lieder von Metallica vor. Eines davon ist immer „Nothing else matters". Ich bin mir sicher, dass sie alles hört.
Und so bitte ich dich: Schreib ihr, damit ich ihr deinen Brief vorlesen kann, sie wird auch das hören und es wird ihr guttun. Schicke den Brief an mich. Vertraue mir.
Auch deine Freundin
Kati

P.S. Viele Grüße an die Jungs!

John war fassungslos. Olivia im Koma. Er ließ seinem Kummer freien Lauf, er fluchte, lief im Zimmer umher, schlug auf den Tisch, schluchzte laut und weinte, ohne sich zu zügeln. Alles verschwamm vor seinen Augen und er ließ sich gehen.
Irgendwann las er Katis Brief noch einmal, dann las er Olivias Brief noch einmal, wie er es auch in den letzten Wochen oft getan hatte. Und dann holte er sein neu erworbenes Briefpapier hervor, kramte aus seiner Arbeitstasche einen gut funktionierenden Kugelschreiber und begann, zwei Briefe zu verfassen, einen an Kati und einen an Olivia.

Kati saß an Olivias Bett, streichelte mit einer Hand Olivias Arm und hielt den Brief von John in der anderen Hand. Olivia sah sie mit großen Augen an. Gestern war sie plötzlich aufgewacht, wie aus einem Traum, einem langen Traum. Wie aus dem Nebel waren nach und nach all die Dinge in ihrem Kopf aufgetaucht, die sie glauben machten, dass alles gut war: Sie ist Olivia Mordas, sie ist fast 42 Jahre alt, sie hatte eine Operation am Gehirn und sie erkannte ihren Mann, ihre Tochter und sie erkannte Kati.
„Du bist aufgewacht", sagte Kati mit Tränen in den Augen, „wurde ja auch Zeit, du Schlafmütze, was fällt dir ein, mich so lange hier allein zu lassen, und du

weißt genau, wie ungern ich Geschichten vorlese."
Olivias Gesicht hellte sich auf und sie lächelte Kati an. Krächzend kamen die Worte aus ihrem Mund: „Wie schön, dich zu sehen." Sie war überglücklich, dass an ihrem Körper und vor allem in ihrem Kopf alles funktionierte und sie dem Tod von der Schippe gesprungen war. Sie freute sich so sehr über Katis Besuch und flüsterte ihr zu: „Erzähl mir was Schönes oder was Lustiges, ich kann es gebrauchen."
„Okay, ich erzähle dir was Schönes, und ich finde, dass es was Schönes ist, aber reg dich bitte nicht auf. Also, ich habe vor drei Wochen den Brief an John abgeschickt." Entsetzt sah Olivia auf, doch bevor sie etwas sagen konnte, sprach Kati schnell weiter: „Er hat geantwortet. Ich habe den Brief dabei. Kannst du das schon verkraften?" Olivia bekam sofort feuchte Augen. Sie war noch schwach und nicht sehr belastbar.
„Soll ich lieber morgen noch einmal kommen?", schlug Kati vor.
„Lass mir den Brief einfach hier, ich werde schon das meiste verstehen", stammelte Olivia angestrengt. Ja, das wird sie, dachte Kati, denn Olivia hatte von dem Tag des Abschiedes an zwei Jahre wie eine Besessene Englisch gelernt, Sprachkurse belegt und Kati hatte ihr zur Seite gestanden, ihre Arbeiten korrigiert, hatte

sie angetrieben und war ihr beim Lernen behilflich gewesen.

Olivia lag in ihrem Bett und betete. Das tat sie nicht oft. Sie hatte gebetet, dass sie John wieder treffen würde, damals vor einem Jahr. Sie hatte gebetet, dass sie die Operation gut übersteht, und nun hauchte sie: „Lieber Gott, lass mich gesundwerden, lass mich die Kraft haben, die richtigen Entscheidungen zu treffen und lass es John gut gehen." Dann schlief sie entkräftet ein.

Am nächsten Tag ließ sie die Visite, die verschiedenen Untersuchungen und die Physiotherapie ungeduldig über sich ergehen. Ihr Mann und ihre Tochter würden erst am Abend kommen. So hatte sie am Nachmittag Zeit, Johns Brief zu lesen. Noch etwas ungelenk öffnete sie den Umschlag und zog den Brief heraus. Gutes Papier und sogar ein Wasserzeichen der Cathedreal of Exeter konnte sie erkennen. Sie schmunzelte sanft. Da hatte sich jemand wirklich Mühe gemacht. Johns Handschrift ist wie er, kantig und ungleichmäßig, dachte sie und begann zu lesen:

Meine liebe Olivia,

Kati schrieb mir vor kurzem, dass du eine Operation hattest und in so einer Art Koma liegst. Das hat mich erschüttert und ich habe Angst um dich. Ich habe ganz ganz tief in meinem Inneren immer die Hoffnung gehegt, dass wir uns irgendwann wiedersehen werden. Und als Pete mir dann von deinem Besuch im Pub letzten Sommer erzählte, habe ich ihn niedergeschlagen (es geht ihm gut und er ist tatsächlich noch mein Freund), doch wusste ich jetzt, dass unsere gemeinsamen Tage auch für dich so viel bedeutet haben. Dein Brief ist so wunderschön, ich lese ihn fast jeden Tag und er gibt mir ebenfalls Hoffnung, die Hoffnung, dich irgendwann noch einmal in die Arme schließen zu dürfen.

Ich musste mir eingestehen, dass man sich nur eine begrenzte Zeit etwas vormachen kann, ich wollte mich zwingen, dich zu vergessen, mein Leben ganz ohne dich weiterzuleben, doch ich musste erkennen, dass ich dich wohl verleugnen und die Gedanken an dich ignorieren kann, dass du aber doch bei mir sein wirst, die Zeit mit dir abgespeichert in jeder Faser meines Körpers. Du bist bei mir, denn ich habe mich so sehr in dich verliebt, dass ich mich nicht mehr vollständig fühle, seit du gegangen bist. Ich hoffe so sehr, dass du aufwachst und gesund wirst, und dass Katis Stimme dich erreicht, wenn sie dir diesen Brief vorliest.

Ich liebe dich. Ich werde dich nie vergessen. My dear!

Dein John

„Ich liebe dich auch", flüsterte Olivia schweren Herzens und schüttelte ihren Kopf vorsichtig, denn sie sah keinen Weg, der sie in Johns Arme führen konnte, um ihre geheime Sehnsucht zu stillen. Sie war gefesselt an dieses Bett, an dieses Krankenhaus, an dieses Leben. Der Kopf begann zu schmerzen und sie fühlte mit ihren Fingern die Stelle unter dem Verband, die die Ärzte geöffnet hatten. Dann legte sie mit einem tiefen Seufzer den Brief in ihre Schublade unter die Bibel, die sie hier im Schrank an ihrem Bett gefunden hatte, und sank erschöpft zurück.
Kati las Johns Brief am nächsten Tag.
„Antworte ihm bitte, du siehst doch, was mit ihm los ist", bat Kati.
„Ich kann nicht. Am besten du schreibst ihm. Sag ihm, dass ich noch nicht wach bin. Ich brauche Zeit, ich muss mir über so vieles klarwerden und ich muss gesund werden. Verschaff mir die Zeit. Bitte!" Olivia sah ihre Freundin so flehend an, dass sie ihr das nicht abschlagen konnte. So schrieb Kati an John und log. Sie tat es nicht gern, aber sie verfasste den Brief hoffnungsvoll und zuversichtlich. Auch John brauchte einen Lichtstreif am Horizont.

Am 01. August 2006 trat Olivia ihre Rehabilitationsmaßnahme an. Was für ein Wort. Sie hatte es sich aussuchen können und natürlich eine Kurklinik an der Nordsee ausgewählt. Am Meer. Auf Norderney. Wo allein die Aussicht und die Luft Menschen glücklich machen konnten, so der Reiseführer. Da würde sie besonders schnell genesen. Sie ließ sich von ihrem Mann bringen. Erik hatte sich zwar seit einiger Zeit etwas von ihr zurückgezogen – sie vermutete, dass er die Belastungen, die ihre Krankheit, die OP und die Genesungszeit mit sich gebracht hatten, nicht gut verkraftete –, doch er tat, was er konnte, um sie zu unterstützen. Sie musste irgendwann mit ihm reden, das war ihr klar, denn auch sie fühlte schon lange, dass die Kluft zwischen ihnen immer breiter wurde. Doch nicht jetzt. Sie schob den Gedanken beiseite, nun erwarteten sie fünf Wochen Erholung, Seeluft, Strandspaziergänge und Zeit für sich.

Nach vier Wochen Kurklinikaufenthalt hatte Kati endlich Zeit, zu Besuch zu kommen. Es war eine Herausforderung für sie, denn sie wurde schnell seekrank, nahm aber Olivia zuliebe die Fahrt zur Insel auf sich. Kati hatte sich ein Zimmer in einer Pension gebucht und wollte ein paar Tage bleiben. Olivia freute sich so sehr darüber. Die Kur tat ihr gut, all die Ablenkungen, der volle Tagesplan und die Nähe zur

See ließen sie erwachen. Sie hatte den Arzt belächelt, als er gestelzt behauptete, dass eine Reha der Besserung und Wiederherstellung der Gesundheit und Leistungsfähigkeit dienen soll. Nun sollte also der Arzt tatsächlich Recht behalten. Bei ihr hatte es geklappt. Olivia war voller Leben und Unternehmungslust.

Kati und Olivia hatten an diesem Tag sehr spät zu Mittag gegessen und sich schöngemacht, denn darauf hatte Kati bestanden. Beide Freundinnen waren angemeldet für ein Teeseminar.

„Ein Teeseminar? Wirklich? Du hast hoffentlich nicht vergessen, dass ich Tee nicht ausstehen kann", hatte Olivia gespottet.

„Also ich finde, dass jemand, der ein Fan von Großbritannien ist, wie er von sich selbst behauptet, wenigstens ein wenig über Tee wissen sollte. Auch wenn es nur Ostfriesentee ist", antwortete Kati streng.

„Ja ja, und danach lesen wir noch aus den Teeblättern unsere Zukunft. Und dann lade ich dich doch zum Kaffeetrinken ein." Olivia lachte aus vollem Hals.

„Lach nur! Schlauer sind wir nach dem Kurs allemal, oder wusstest du, dass der bekannte Ostfriesentee aus 20 verschiedenen Teesorten gemischt wird? Das stand so im Flyer."

„Toll! Ich bin erstaunt, was dich in letzter Zeit alles so interessiert: Tee …" Plötzlich stockte Olivia der Atem. Sie glaubte, eine Fata Morgana zu sehen, dachte, dass ihr Hirn ihr nun doch noch einen Streich spielen würde.
Am Ende der Eingangshalle stand John.
Sie kniff die Augen zusammen und öffnete sie wieder. Er war noch da, er stand wirklich vor ihnen.
Sie hätte ihn fast nicht erkannt in seiner Jeans und dem braunen Hemd, das an ihm herunterhing. Dünn war er geworden, besorgt sahen seine Augen auf sie und trotzdem strahlte sein ganzes Gesicht. Olivia konnte es nicht begreifen.
„Was? Wie? Woher?", stotterte sie und blieb wie angewurzelt stehen, während er langsam und unsicher auf sie zuging.
Kati trat beiseite und nickte John aufmunternd zu, dann sagte sie leise zu Olivia: „Ich konnte ihn nicht mehr belügen. Verzeih mir! Ich hab dich lieb." Kati küsste Olivia auf die Wange, gab den Weg frei und ging, nachdem sie John umarmt hatte.
Olivia sah John in die Augen. John sah Olivia in die Augen. Es war so unwirklich, wie in einem Traum.
„Du bist hier? Wie …?"
„Olivia! My dear." Er nahm ihre Hände in seine und küsste sie. Dann streichelte er ihre Wange, beugte sich

zu ihr nach unten und küsste sie vorsichtig auf den Mund.

„Ich gehe nicht kaputt, ich bin so gut wie neu", flüsterte Olivia und es amüsierte sie nun, wie erstaunt John die Augenbrauen hob, denn dass er sie mal so gut verstehen könnte, hatte er nicht erwartet. Sie umarmten sich fest und lange und sie küssten sich noch einmal.

„Mir ist, als hätten wir gestern damit aufgehört", raunte John ihr ins Ohr und Olivia wurde überflutet von versunkenen Gefühlen.

„Du bist wirklich hier, das ist doch kein Traum? Und Kati hat dich hergeholt?"

„Ja, ich bin vor zwei Tagen mit ihr zusammen auf die Insel gekommen. Sie hat mich abgeholt aus Hamburg, vom Flughafen. Wir haben in den letzten Wochen regelmäßig telefoniert. Ich hatte sie darum gebeten, mich auf dem Laufenden zu halten, ich habe mir solche Sorgen gemacht. Sie ist eine Verbündete, unsere Verbündete. Wie Pete, weißt du noch?"

„Ja, ich weiß, der arme Pete. Verdammt zum Schweigen, hat er wohl nicht lange durchgehalten."

„Das kann man so sagen."

„Aber das heißt, du warst die ganze Zeit schon hier und ich hab es nicht gewusst?"

„Kati wollte erst einmal sehen, ob du das schon aushalten kannst, mich zu treffen. Sie hat mir verboten, mich in deine Nähe zu wagen. Und Kati kann sehr bestimmend sein. Gestern Abend rief sie mich an und wir beschlossen, dass heute der richtige Zeitpunkt sei. Ich habe die ganze Nacht nicht geschlafen, Olivia, ich habe wahrscheinlich in den letzten zwei Jahren nicht richtig geschlafen, und nun bin ich hier und ich stehe dir gegenüber und ich rede mit dir und ich kann dich berühren. Es ist für mich wie ein Wunder." Er nahm ihre Hand in seine Hände und küsste sie erneut.

„Ja, es ist ein Wunder, so ein schönes." Olivia strahlte ihn an und strich ihm übers Haar. „Und ich bin froh, dass ich mich für dieses dämliche Teeseminar so herausgeputzt habe, sonst wärst du vielleicht gleich wieder abgereist."

Sie lachten. „Wo ist Kati?" Olivia drehte sich suchend im Kreis.

„Sie fährt nachher wieder nach Hause. Sie hat gesagt, dass sie ihre Aufgabe hier erfüllt hat", teilte John ihr wissend mit.

„Ach, meine Kati, das Teeseminar war also nur ein Fake. Da bin ich froh, und wir gehen jetzt einen Kaffee trinken, hast du Lust?"

„Ich bin zu allem bereit, Hauptsache, ich bin bei dir." Wie sehr hatte sie den Klang seiner Stimme vermisst. In einem gemütlichen Cafè suchten sie sich einen kleinen Tisch in der Ecke aus und bestellten sich jeder einen großen Kaffee. Sie sahen sich unentwegt in die Augen und konnten gar nicht mehr aufhören zu lächeln. Olivia blickte ihn an, und alles, was sie sah, wärmte sie. Seine grünen Augen, sein umwerfendes Lächeln, die kleinen Narben unter dem kurzen Bart, seine braunen Haare, seine breiten Schultern und sein Geruch, den sie so liebte. Und es öffnete sich in dem großen Raum, den sie Seele nannte, eine blau-weiße Kiste, verstaubt, im hintersten Eck stehend – und all die verstauten Erinnerungen strömten heraus und alle zu Grabe getragenen Hoffnungen bahnten sich ihren Weg in die Freiheit.

„Du bist hier. Ich hatte nicht mehr daran glauben wollen, dass wir uns jemals wieder treffen, nachdem ich dich letzten Sommer gesehen hatte. Im Pub. Mit deiner Freundin, mit deinen Freunden. Ich hatte mit mir gerungen, Tag für Tag bin ich nach dem Sprachunterricht an der Bank of Scotland vorbeigeschlichen und habe verstohlen zur Tür geschaut, in der Hoffnung, dich zu sehen. Der Mut fehlte mir, zu dir zu kommen. Ich wusste nicht, was ich dir wirklich bedeutet hatte. Den Entschluss zu dieser Reise hatte ich gefasst, als ich eines Tages mein Wörterbuch aufschlug, um ein Wort nachzuschlagen. Und da sah ich es. Zwischen „louse" und „lovebite". I LOVE YOU. Hineingekritzelt mit einem blauen Kugelschreiber. Mein Hals hatte sich zugeschnürt, ich

sah uns wieder sitzen vor diesem tollen Restaurant, wühlend in diesem Wörterbuch. Du hast es reingeschrieben, als ich mal kurz weg war. Stimmt´s?"
John lächelte verschmitzt und nickte.
„Und nun glaubte ich es zu ahnen. Ich war nicht nur ein Flirt, eine kurze leidenschaftliche Affäre. Du hattest etwas für mich empfunden. Aber ich war mir nicht sicher. Waren diese Gefühle noch da oder waren sie mit mir zusammen weggeflogen? Und dann kam der Montag und ich wusste, es war meine letzte Chance, und ich wusste, wo ich dich finden werde. Ich war so aufgeregt, und als ich dann dort an der Bar stand und dich beobachtete, wurde mir klar, ich hatte nicht das Recht, mich in dein Leben zu drängen, dir weh zu tun oder dich zu verwirren." Olivia seufzte. „Es tut mir so leid, ich konnte mich nicht zu erkennen geben. Mir war so elend, ich hätte mich fast übergeben, als ich merkte, dass ich die Reise umsonst gemacht hatte, meine Erwartungen sich nicht erfüllen werden, doch du sahst so glücklich aus mit der Frau, ich wollte nicht dein Leben zerstören. Es sollte wenigstens einer von uns richtig glücklich sein."
„Das hättest du nicht, mein Leben zerstört, es war nicht mehr zu retten von dem Augenblick an, als du gegangen bist", antwortete John und küsste sie. Olivia stiegen die Tränen in die Augen und sie lehnte sich an ihn.

„Und ich, ich hab den armen Pete zusammengeschlagen, als er mir die Geschichte ein paar Tage später erzählte. Ich hab dich gesucht und dich verpasst, nur um ein paar Minuten."
„Der arme Pete, was ich ihm da zugemutet hatte."
„Aber es geht ihm gut. Er hat eine Freundin und Nase, Auge und Rippen sind längst verheilt. Ich soll dich von ihm grüßen. Ich glaube, er mag dich auch sehr."
„So wie Hamish?", scherzte Olivia. John lachte. „Nein, ich denke eher wie ein Freund."
Olivia hob nach einer kleinen Pause die Augenbraue: „Wo wohnst du eigentlich?"
„Komm mit, ich zeig es dir, du wirst staunen", sagte John augenzwinkernd.
Sie gingen eng umschlungen auf der Strandpromenade in Richtung Hotel, blieben oft stehen, sahen sich immer wieder an, als könnten sie es gar nicht glauben, was hier gerade passiert. Er lobte ihr Englisch und sie verbeugte sich stolz, denn stolz war sie enorm auf die Fortschritte, die sie in den letzten zwei Jahren gemacht hatte.
Vor einem Hotel, direkt an der Promenade, blieben sie stehen. „Ich wusste sofort, dass es dir auch gefallen würde. Man kann das Meer sehen, die ganze Zeit, und man kann es hören."

Johns Zimmer war sehr geräumig und man hatte einen tollen Blick, sie konnten tatsächlich das Meer sehen und hören.
John setzte sich auf das Bett und blickte zu Olivia:
„Komm zu mir, my dear. Du hast mir so gefehlt!"
Olivia bewegte sich langsam, fast schüchtern auf ihn zu, setzte sich neben ihn und schaute ihn liebevoll an. Er streichelte ihre Schulter und legte seinen Arm um sie. Sie ließen sich nach hinten fallen und lagen lange, sich nur in den Armen haltend, auf dem Bett. Dann schliefen sie miteinander, vorsichtig, leise und voller Liebe.
Olivia wachte als Erste auf, ihr Magen knurrte und sie hatte großen Durst. Bevor sie aufstand, um ins Bad zu gehen, sah sie zärtlich zu John, der lang ausgestreckt auf der Bettdecke lag und leise Grunzgeräusche von sich gab. Sie schmunzelte und küsste ihn sacht auf die Stirn. John war hier, und plötzlich tauchten die Bilder in ihr auf, die Bilder des Morgens, an dem sie ihn verlassen hatte, damals in Exeter in seiner Wohnung, aber heute würde sie ihn nicht verlassen, nein, heute nicht.
Sie schwang sich aus dem Bett und drehte im Bad die Dusche auf. Das Wasser rann an ihr herunter, sie atmete tief und genoss die Wärme. Eingehüllt in ein großes Handtuch schlich sie sich zurück ins Bett und schob sich vorsichtig an den schlafenden John heran.

Plötzlich schossen zwei Arme aus dem Nichts und umklammerten sie von hinten. Nein, John schlief nicht mehr, er war aufgewacht, während sie geduscht hatte, und wusste, Olivia ist noch hier, sie würde bleiben, was für ein Glück. Sie quietschte vor Schreck laut los und schrie um Hilfe.
„Nicht so laut! Mein Ohr könnte sich verquirlen", jammerte John.
Sie lachten ausgelassen. Ja, so ein Fehler würde Olivia heute nicht mehr passieren und doch war dieser Fehler der Anfang ihrer Geschichte. John küsste ihre Schulter und sie spürte seinen Atem auf ihrem Hals. Er liebkoste ihren Körper, und sie flüsterte ihm zu: „Es geht mir gut, es geht mir so gut. Liebe mich, komm, ich bin so am Leben." Damit brach sie das Eis und alle Vorsicht und Angst waren verschwunden. John erlaubte seiner Leidenschaft, die Situation ungehindert zu übernehmen. Er zog Olivia zu sich heran. Er wollte sie so sehr, und als er in sie eindrang, hatte er das Gefühl zu verschmelzen – mit ihr, seiner Liebe. Er fühlte sich wie der König der Welt und er bewegte sich in ihr erst langsam und bedächtig, doch bald konnte er sich nicht mehr zügeln und nahm sie vollends in Besitz. Olivia genoss es so sehr, endlich konnte sie ihn wieder spüren, sich wieder spüren, so spüren wie vor zwei Jahren, voller Leidenschaft und Begehren. Sie schaltete den Kopf aus und gab sich

den Stößen, seinen kräftig zupackenden Händen und dem lustvollen Stöhnen hin, sie fühlte sich so schön, so gewollt, so perfekt, und die Lust packte sie und auch sie seufzte laut und spornte ihn damit noch an. Später fielen beide keuchend aufs Bett.

„Ich habe dich so vermisst", wisperte Olivia und knabberte an Johns Ohr, „und ich könnte ein Stück von dir abbeißen, so einen Hunger habe ich."

„Hhm, bitte nichts abbeißen", John simulierte Entsetzen und hielt schützend seine Hände über des Mannes bestes Teil.

„Aber nicht doch! Was wäre das für eine Verschwendung!"

„Ach so, du willst also nur das eine", scherzte John weiter.

„Ja, ich will dich, und ich will etwas essen, sonst falle ich um." Olivia lächelte ihn an und er war fasziniert davon, wie sich die vielen Monate einfach wegradiert hatten, es war, als hätten sie sich letzte Woche getrennt und wieder zusammengefunden, nur, dass sie sich nun problemlos unterhalten konnten. Doch ihr Akzent war geblieben und die Freude, wenn sie Sätze gut hinbekommen hatte und mit Leichtigkeit die Konversation vorantrieb. John hörte immer noch fasziniert zu, er liebte es, wie sie redete, und er war begeistert davon, dass sie sich nun so ungehindert austauschen konnten. Ihm war, als würde er sich eben jetzt aufs Neue in sie verlieben, als sein Magen laut zu knurren anfing.

„Tja, da werden wir wohl gegenseitig an uns knabbern", sprach er und begann, an ihr zu nagen, was sie in die Flucht schlug und unter lautem Geschrei eine Kissenschlacht begann. „Wir müssen was essen gehen, gleich!", rief sie. Olivia wurde schon ganz schwindlig, wie spät war es eigentlich? Wo bekamen sie noch was zu essen her?

Die einzige Möglichkeit war die Bar im Hotel, dort servierte man auch zu später Stunde noch Snacks. Dazu gab es Bier. Das erste seit Monaten, schon beim ersten Schluck spürte Olivia die Wirkung. Der Alkohol schlängelte sich durch ihre Adern und hinterließ eine wohlige Wärme. Sie fühlte sich so frei, frei von der Angst zu sterben und frei von der Zukunftsangst, die ihr seit Langem nicht mehr von der Seite gewichen war.

Endlich ohne Krankenhaus, ohne Ärzte, ohne Medikamente und ohne die unendliche Sehnsucht nach John, denn er saß tatsächlich neben ihr und aß gierig seine Pommes frites.

In den nächsten Tagen sah man Olivia selten in der Kurklinik. Sie nahm ihre wichtigsten Termine wahr, ließ aber ihren smarten Sporttherapeuten, der aussah wie Sascha Hehns Sohn, und die sehr braun gebrannte durchtrainierte Physiotherapeutin auf sie warten, denn sie hatte Besseres vor.

Spazierengehen am Strand mit John, essen mit John, trinken mit John und reden mit John und schlafen mit John und einfach nur John. Sie schlenderten Hand in Hand durch die Fußgängerzone, tranken Kaffee und beobachteten die Leute. Sie fanden in den Souvenirläden lustige, aber sinnlose Mitbringsel und sie kauften sich gegenseitig eine kitschige Tasse, auf der Möwen und das Meer und ein Boot und der Name der Insel abgedruckt waren, als Erinnerungsstück. Sie genossen abends in der „Milchbar" den unsagbar fantastischen Sonnenuntergang mit Cocktails und guter Musik. Und die Nächte verbrachten sie in Johns Zimmer, in dem man das Meer hören konnte, eng aneinandergeschmiegt, nachdem sie sich geliebt hatten.

Sie saßen auf der Erde vor der bodentiefen Terrassentür, tranken Bier und John traute sich endlich sie zu fragen:

„Wie geht es dir, my dear? Ich kann mir gar nicht vorstellen, was du durchgemacht hast. War es schlimm?"

Olivia schluckte und trank aus ihrem Glas, sie wollte sich nicht so gern an die Zeit vor und nach der Operation erinnern, doch nun war sie in der Stimmung, darüber zu reden:

„Ich hatte monatelang Kopfschmerzen. Ich dachte, das wäre der Stress, aber keine Medikamente halfen, so ging ich dann doch zum Arzt. Tja, und die Kernspintomographie brachte es ans Licht: Eine Zyste im Gehirn. Das ist so ein Schock. Du hörst gar nicht mehr, was der Arzt dir erklärt. Ich dachte nur noch: Nun ist es vorbei, nun wirst du sterben. Aber als ich mich etwas beruhigt hatte, nahm ich wahr, nein, ich muss nicht sterben. Man kann das Ding aufmachen, fenstern heißt das, und die Flüssigkeit läuft ab und alles kann wieder gut sein. Der Arzt meinte, eine Knieoperation dauert länger. Meine Zyste lag günstig unter der Schädeldecke, nur ein kleiner Teil meiner Haare wurde abrasiert und ein 8 mm kleines Loch in meinen Schädel gefräst, mit einem Diamantbohrer! Nobel geht die Welt zugrunde!"

„Darf ich die Narbe anfassen?", fragte John vorsichtig.

„Darfst du. Alles gut verheilt und die Haare wachsen dort auch wieder, hast du ja schon gesehen oder nicht?" John nickte und berührte voller Respekt die Narbe an Olivias Kopf und küsste sie.

„John, ich hatte furchtbare Angst, dass ich das nicht überleben werde. Allein der Gedanke, dass an meinem Kopf herumgeschnitten wird und an meinem Gehirn, in dem alles sitzt, was mich

ausmacht, meine Gefühle, Gedanken und mein Gedächtnis! Ich war dankbar, dass es unter Vollnarkose passieren sollte."
„Ich bin so froh, dass du mich nicht vergessen hast." John lächelte sie an und Olivia fuhr fort: „Mir vorzustellen, danach eine Andere zu sein, überstieg meine Leidensfähigkeit. Ich wollte, dass sich alle, die mich mochten, so an mich erinnern, wie ich war, und so schrieb ich diese Briefe, die alle noch immer bei Kati lagern. Ich bin ihr sehr dankbar, dass sie meine Anweisung missachtet und dir den Brief geschickt hat. Als deine Antwort ankam, war ich schon wach. Ich war so glücklich, dass du bei mir warst, wenn auch nur in Form eines Briefes." John zog sie an sich und legte seine Arme um sie.
„Kannst du dich an die Zeit im Koma erinnern?"
„Nicht wirklich, ich erinnere mich an das Zählen vor der Narkose und dann war alles wie in einem Traum, wie im Nebel. Kennst du das, wenn du nachts intensiv geträumt hast und am nächsten Morgen nicht mehr weißt, wovon, aber das Gefühl dir noch im Bauch steckt?"
„Ja, ich kenne mich aus mit Träumen."
„Und so war es, als ich aufgewacht bin. Und mir war schlecht und ich hab als Erstes die Schwester vollgekotzt. Dann fiel mir ein, dass ich eine OP hatte. Ich heulte wie ein Schlosshund, als ich merkte, dass

ich normal denken konnte, dass ich wusste, wer ich bin, dass ich alles bewegen konnte und meine Haare waren noch da. Abends kamen mein Mann und meine Tochter und ich hab sie erkannt und wusste auch ihre Namen. Das war ein Glück. Am nächsten Tag brachte mir Kati deinem Brief. Ein Brief von meinem lieben John." Olivia kuschelte sich fröstelnd an ihn.

„Komm ins Bett", flüsterte er ihr zu. Sie schmiegten sich eng aneinander und Olivia seufzte tief, bevor sie in seinen Armen einschlief.

Am nächsten Tag hatte Olivia den Beiden Kultur verordnet.

„Das muss sein, man kann nicht immer nur rumgammeln." John lachte, doch er war ihrer Meinung und fügte sich ihrem Willen. Sie wollte zuerst eine Kirche besichtigen, das tat sie immer, wenn sie andere Orte besuchte, und dann wollte sie zum Leuchtturm. So wanderten sie nach Olivias Kurverpflichtungen los.

Die Tür zur Inselkirche St. Ludgerus stand offen und aus ihr konnte man Orgelklänge hören. Leise schlichen sie sich hinein, setzten sich und genossen in der fast leeren Kirche die schöne Musik.

„Ich liebe das, so kraftvoll und gewaltig." Der Orgelspieler probte offensichtlich, denn er begann nach einer kurzen Pause, dasselbe Stück noch einmal zu spielen.

„Ich fühle mich in Kirchen immer sehr wohl, sie haben so etwas Erhabenes, es war sicher auch so gedacht, dass sich der Mensch klein fühlt und demütig wird."

„Glaubst du an Gott, Olivia?" Olivia stutzte.

„Also, was ich sagen kann, ist, ich glaube, dass etwas in uns allen ist, das man nicht erklären kann, ich glaube an die Seele und daran, dass wir Menschen nie alles verstehen werden, was um uns und mit uns passiert. Den Glauben an die Institution Kirche habe ich schon vor langer Zeit verloren. Zu viele menschliche Schwächen, zu viel Narzissmus und Egoismus. Menschen in Not helfen kann man auch gut, ohne Kirchensteuer zu zahlen." Olivia holte tief Luft. „Und was ist mit dir?"

„Ich habe vor langer Zeit aufgehört, an Gott zu glauben." Er stockte. „Wenn dir etwas ganz Furchtbares passiert, glaubst du an nichts mehr."

„Pst!", zischte es hinter ihnen. Sie sahen sich um und blickten in verständnislose Augen. Schuldbewusst verließen sie die Kirche.

„John, was ist dir Furchtbares passiert? Ich möchte dich nicht bedrängen, aber die Narben und …"

„Ich kann nicht, nicht jetzt. Ich werde es dir bald einmal erzählen, aber heute ist kein guter Zeitpunkt." Olivia wollte nicht nachhaken, sie konnte das akzeptieren, irgendwann würde er bereit sein.

Sie fuhren mit dem Bus zum Leuchtturm. Seit April konnte man gegen einen kleinen Eintrittspreis den Turm erklimmen bis zur Zuschauergalerie. Olivia hatte den ehrgeizigen Entschluss gefasst, trotz ihrer etwas angeschlagenen Kondition die 253 Stufen nach oben zu steigen. Mit vielen Pausen und der tatkräftigen Unterstützung von John, der sie teils schob oder zog, standen sie endlich auf dem Turm. Die Aussicht war atemberaubend. Man konnte weit übers Meer sehen, weil das Wetter so klar war. Weiter hinten lugten sogar andere Inseln aus dem leichten Dunst hervor, Langeoog und Spiekeroog, wie gerade ein gut informierter Tourist seiner Gattin erklärte, die mit hochrotem Kopf seinen Ausführungen eher gelangweilt lauschte.

Olivia hatte heute ihren Fotoapparat dabei und bat eben diese Dame darum, ein Bild von sich und John vor dieser Kulisse zu machen. Sehr freundlich kam sie der Bitte nach.

„Was für ein schönes Paar Sie sind. Ich hoffe, dass es gut geworden ist. Soll ich noch eins machen?"

„Nein, danke, es geht schon. Vielen Dank für Ihre Mühe", Olivia versuchte lächelnd die Kurve zu kriegen. Sie hatte keine Lust auf ein längeres Gespräch, Smalltalk war nicht ihr Ding und die Fotofrau legte es offensichtlich darauf an. John zog sie an sich und rettete sie damit.

„Unser erstes gemeinsames Bild. Ich hoffe, dass ich es irgendwann einmal in der Hand halten werde." Als John diesen Satz ausgesprochen hatte, verdunkelte die unausweichliche Realität den Himmel über ihnen. Nur noch dieser Tag und sie würden sich wieder trennen müssen. Morgen würde Kati kommen und John zum Flughafen bringen, Olivia würde abgeholt werden von ihrer Familie. Das war ihnen plötzlich beiden klar, und sie sahen sich an und hielten sich so fest im Arm, dass sie fast keine Luft mehr bekamen. John flüsterte ihr ins Ohr:
„Nein. Ich will dich nicht wieder gehen lassen, ich will dich nicht verlieren, nicht schon wieder. Du hast doch auch gespürt, dass wir füreinander geschaffen sind. Kannst du das nicht fühlen, tief da drinnen?" Er nahm ihre Hand und legte sie ihr auf die Brust. Und dieses Mal wollte er egoistisch sein, keine Rücksicht nehmen auf Olivias Mann, auf ihre Tochter. Er sah ihr in die Augen und flehte: „Hör mir zu, ich konnte früher nie über meine Gefühle sprechen, ich war Frauen wie dich nicht gewöhnt, ich wusste gar nicht, dass es so sein kann wie mit uns. Ich bin so verliebt, ich liebe dich so sehr. Du musst bei mir sein, ich will den Rest meines Lebens nur mit dir verbringen, ich will mich nicht mehr zufriedengeben, ich will nicht mehr vor mich hin leiden, ich könnte dich niemals

vergessen. Was soll das für ein Leben werden? Ohne dich? Wo ich doch weiß, wie es mit dir sein könnte."
Und dann kniete er sich vor sie auf den Boden und sah sie mit entschlossenem Blick an:
„Werde meine Frau, Olivia, und komm mit mir. Du liebst mich doch auch, und du liebst mein Land. Wir können es schaffen, wir können glücklich sein, sei mutig, mein Herz! Komm mit mir!"
Olivia kniete sich bestürzt zu ihm auf den Boden und nahm sein Gesicht in ihre Hände. Die Tränen rannen ihr über die Wangen.
„John, ich liebe dich auch so sehr. Ich möchte mit dir zusammen sein, jede Minute, jede Stunde meines neu geschenkten Lebens. John, sieh mich an! Du weißt, ich bin verheiratet, ich habe einen Mann und ein Kind, das mich braucht, dass auf mich setzt. Sie dachte bis vor Kurzem, dass sie ihre Mutter verliert. Wie soll sie weiter aufwachsen mit dem Gefühl, dass ihre Mutter sie wirklich verlassen hat? Ich kann ihr das nicht antun und ich will es auch nicht, sie ist doch mein Kind, mein Fleisch und Blut!"
Sie küsste John auf die Stirn und auf die Wangen und auf den Mund. Er hatte den Kopf gesenkt.
„Bitte mach es nicht noch schwerer, als es ohnehin schon ist. Ich weiß, dass uns viel Dunkelheit erwartet, aber wenn wir uns an die hellen Tage erinnern, können wir vielleicht damit leben, davon zehren. Ich

kann meine Welt nicht kaputt machen. Ich bin stark, aber manchmal reicht selbst mein Mut nicht aus."
„Ich könnte dir Mut und Kraft abgeben, ich habe so viel davon, seit ich dich kenne." Traurig stand John auf und zog Olivia hoch.
„Ich will nicht den Rest meines Lebens in Erinnerungen schwelgen, ich bin noch zu jung, um mich damit abzufinden. Ich hab in den letzten Tagen so oft gedacht: Mein Leben kann nicht besser werden, ich liebe die beste Frau, die es für mich geben kann und sie liebt mich. Ich habe einen tollen Job, in dem ich erfolgreich bin, ich bin gesund, mehr geht doch nicht? Endlich hat sich das Blatt gewendet, das Schicksal hat mich wieder bemerkt, mir wurde verziehen. Aber du kannst es nicht, mich so sehr lieben wie ich dich. Ich verstehe und ich verstehe nicht. Ich bin traurig und wütend und doch voller Mitgefühl. Olivia, DU bist es. Verlass mich nicht ein drittes Mal! Bleib bei mir, bleib bei dir, höre auf dein Inneres! Sei meine Frau, meine Frau allein."
Olivia riss sich los und rannte die Stufen des Leuchtturmes hinunter. Sie konnte kaum sehen, denn Tränen vernebelten ihren Blick. John kam ihr nach und erreichte sie am Eingang, er nahm sie fest in die Arme und drückte sie an sich. „Uns bleiben nur noch Augenblicke, John, kannst du das, kannst du das aushalten? Wenn nicht, muss ich jetzt gehen." Er

antwortete ihr nicht, denn er fand keine Worte mehr. Er zitterte am ganzen Körper, nahm ihre Hände und küsste sie.

Dann gingen sie eng umschlungen und schweigend in Richtung Bushaltestelle. „John, ich möchte diesen Abend gern mit dir am Strand verbringen, wenn du willst."

„Natürlich will ich, my dear, das ist doch alles, was ich noch haben kann."

Sie mieteten sich einen Strandkorb und blieben dort, bis es dunkel wurde. John holte aus dem naheliegenden Restaurant Essen und Trinken und versorgte sie damit für den Rest der Nacht. Nach Sonnenuntergang lichtete sich der Strand, nur vereinzelt kamen noch Urlauber vorbei. John hatte auch eine Decke mitgebracht und, wie es aussah, den Vermieter der Strandkörbe bestochen, denn keiner kam, um das Gitter anzubauen. Sie blickten aufs Meer und in die Weite des Nachthimmels.

„Hier kann man glücklich sein", schwärmte Olivia nach einiger Zeit, „und ich kenne noch einen Ort, an dem ich gedacht habe, dass mein Kompass endlich auf Norden steht, dass ich angekommen bin, zuhause, verschmolzen mit dem Hier und Jetzt."

„Ich weiß, die Highlands. Ich erinnere mich gut, als du mir damals in Exeter von deinem ersten Urlaub in Schottland erzählt hast. Ich habe deine unbändige

Begeisterung gespürt, obwohl du viel weniger Worte zur Verfügung hattest als heute. Aber weißt du, wenn man dort zuhause ist, verliert man manchmal den Blick für das Schöne, das Herrliche, das einen umgibt, weil einem der Alltag, das Leben alles abverlangt."
Der Wein schmeckte schwer und ergriff Besitz von John und Olivia. Und er tat noch etwas für sie, er ließ sie vergessen, dass dies vielleicht das Ende war, für immer. John küsste Olivia zärtlich auf ihre vom Wein benetzten Lippen. Und trotz aller Trauer ob dem, was sie in den nächsten Stunden erwarten würde, erwachte das, was sie zusammengeführt hatte unausweichlich. Aus dem zärtlichen wurde schnell der leidenschaftlichste Kuss, den sie sich hier am Nordseestrand gegeben hatten. Sie küssten sich, als ob es der letzte Kuss sein würde, und sie zogen sich an wie Magnete. Ihre Hände konnten voneinander nicht lassen. Sie verloren sich im Rausch des Augenblickes, rissen sich die Kleidung vom Leib und im Schutz der Dunkelheit schwang sich Olivia herum und ließ sich auf ihn sinken. Sie bewegte sich stetig, immer wieder küsste sie John und er flüsterte ihr leidenschaftliche Worte zu, bis sie den Tanz zu Ende getanzt hatten.
Unter der kratzigen Decke lauschten sie in die Nacht, sie lauschten den Wellen, die sich am Strand brachen,

dem Wind und den Geräuschen, die er mitbrachte. So fern und doch so nah. Wie sie beide.

In den frühen Morgenstunden schlich sich Olivia in ihr Zimmer. Sie legte sich auf ihr ungenutztes Bett und starrte hilflos an die Decke. Nein, das war nicht fair. Doch so war das Leben.
Einige Zeit später stand sie unter der Dusche, machte sich die Haare, schminkte sich und packte ihre Koffer. Das alles tat sie mechanisch, wie fremdgesteuert.
Sie stand am Fenster, alles war bereit, und plötzlich brach es laut aus ihr heraus. Sie sank in den Sessel, legte die Hände vors Gesicht, schluchzte und weinte, bis sie ein Klopfen hörte. Kati war an der Tür.
„Komm frühstücken, ich hole John später ab. Oh, wein´ doch nicht, Liebes, ich weiß." Sie streichelte Olivias Wange und wischte einige ihrer Tränen ab.
„Es geht mir gut. Alles okay. Geh schon vor, ich mach mich noch frisch und komme gleich nach", antwortete Olivia. Als Kati widerwillig den Raum verlassen hatte, nahm sie fest entschlossen einen Zettel, schrieb etwas darauf und steckte sich das Papier in die Hosentasche, dann schlich sie ins Bad, um ihr Make up aufzufrischen.
Fast schweigend würgte Olivia ihr Frühstück herunter und schlürfte gerade am Kaffee, als ihr Mann und ihre Tochter den Frühstücksraum betraten. Alles in ihr

wehrte sich dagegen zu gehen, und doch umarmte sie liebevoll ihre Tochter, die sie sehr vermisst hatte, und ihr Mann küsste sie zur Begrüßung auf die Stirn. Olivia verabschiedete sich von Kati und steckte ihr den Zettel zu. Kati nickte unmerklich mit dem Kopf. Dann holten sie Olivias Gepäck aus dem Zimmer, Olivia unterschrieb das Entlassungsformular und alle drei gingen zum Kfz- Aufstellplatz, der unmittelbar am Fähranleger die Autos der Besucher aufnahm. Sie warteten nun auf die Fähre zur Norddeich-Mole, diese kam bald, und bevor Olivia ins Auto einstieg, sah sie sich noch einmal um.

John stand abseits des Platzes und schaute aufs Meer. Er drehte ihr den Kopf zu und lächelte sie traurig an. Sie sah, dass an seinem Herzen schwere Gewichte hingen, die ihn fast hineinzogen in das kalte Wasser und den Nebel, der aufzog. Er hatte ihren Zettel in der Hand. Olivia atmete tief ein, beugte sich nun dem Unausweichlichen und stieg ins Auto. Langsam fuhren sie auf die Fähre.

John hielt den Zettel nun in beiden Händen und las noch einmal, was Olivia darauf geschrieben hatte, die ersten Zeilen ihres Lieblingsliedes:

„So nah, egal wie fern
Es könnte nicht stärker von Herzen kommen
Ewig auf das vertrauend, was wir sind
Und nichts anderes zählt."
Love O.

Ein stechender Schmerz bahnte sich den Weg aus seinem Inneren nach außen. Er sah der Fähre nach, schrie stumm dem Wind entgegen und hämmerte mit den Fäusten auf die Mauer. Als er realisierte, was er tat, waren sie schon aufgeschlagen und blutig.
Auf dem Weg zum Hotel wünschte er sich, der immer dichter werdende Nebel würde ihn für immer verschlingen.

Kapitel II

Am Abend saß Olivia auf ihrem Balkon und rauchte eine Zigarette. Sie würde aufhören mit dem Rauchen, doch die Ereignisse des Tages hatten sie so aufgewühlt, dass sie es verschieben musste. Ihre Tochter war zu Bett gegangen, nachdem sie lange mit ihr auf dem Sofa gekuschelt hatte. Emma hatte sich so eng an ihre Mutter geschmiegt wie lange nicht mehr, die weiche rote Decke über sich gezogen ließ sie sich ohne Widerworte streicheln und liebkosen.
„Ich bin so froh, dass es dir wieder gut geht, Mum!"
„Ich auch, mein Schatz!"
„Ist jetzt alles okay? Oder kommt das wieder, so wie Krebs?"
Olivia versuchte, den mütterlichsten Tonfall hinzukriegen, denn sie musste ihrer Tochter die große Zuversicht, ja, Gewissheit geben, dass alles gut wird und ihre Mutter sie nie wieder verlässt. Die arme Emma hatte unaussprechliche Ängste ausgestanden und lechzte nach der beruhigenden Umarmung der Sicherheit. „Ich denke, dass die Ärzte alles im Griff haben und der Fall erledigt ist. Hab keine Angst, du wirst dich noch lange mit deiner alten Mutter streiten können." Emma lächelte. Seit sie 14 war, hatten sie

sich oft in den Haaren. Pubertät, eine gruselige Laune der Natur! Olivia hoffte, dass es bald vorbei sein würde und aus dem kleinen Monster wieder ihre Tochter werden würde. Heute bekam sie einen Vorgeschmack darauf. Und das gefiel ihr gut. Obwohl Emma nun schon 17 war, waren sie sich lange nicht mehr so nah gewesen wie an diesem Abend.

Olivia legte die Beine hoch und betrachtete ihre Balkonpflanzen, die sich prächtig entwickelt hatten. Was für eine Oase, und das mitten in Berlin. Sie erinnerte sich daran, wie sie vor 16 Jahren die Möglichkeit bekamen, diese Wohnung in Friedrichshain zu kaufen. Sie war in einem erbärmlichen Zustand gewesen, doch die Lage machte ihren Zustand wett. Eine schmale Straße ohne Durchgangsverkehr, gesäumt von großen Laubbäumen. Ausschließlich Altbauten standen stolz aufgereiht hinter den doch sehr baufälligen Gehwegen. Das Haus hatte einen kleinen Hof und die Wohnung lag im 3. Stock, ohne Fahrstuhl, doch das störte sie nicht. Wichtig war Olivia der große Balkon, denn es gehörte zu ihren Grundbedürfnissen, wann immer sie wollte im Freien sitzen zu können. Damals hatten Olivia und Erik alles Geld zusammengekratzt, einen Kredit aufgenommen und waren das Wagnis eingegangen. Nach Wochen und Monaten des Renovierens, Restaurierens,

Abschleifens, Abbeizens, Tapezierens und Einrichtens war es fertig, ihr Nest, in dem ihre Tochter Emma aufwuchs. Emma hatte es gut. Ihr Vater, Versicherungsvertreter und Finanz- und Anlageberater, war flexibel und hatte Zeit, wenn andere Väter an ihre Arbeitszeiten gebunden waren. Und Olivia konnte sich ihre Zeit als Lehrerin auch größtenteils selbst einteilen. So lebten sie in den letzten 16 Jahren in dieser schönen Altbauwohnung, finanziell ging es ihnen gut, sie hatten einen tollen Freundeskreis und waren in ihrer Arbeit zufrieden und ausgefüllt. Olivia hatte das Bedürfnis, und das hatte sie ständig, sich weiterzuentwickeln. Sie sagte dann immer, ihr wäre langweilig im Kopf und im Nu fing sie irgendeinen Kurs an oder schrieb sich z. B. für diese Weiterbildungsmaßnahme ein, um auch Englisch unterrichten zu dürfen. Ohne große Vorkenntnisse war das ein kühnes Unterfangen, doch sie liebte Herausforderungen und stellte sich auch dieser voller Tatendrang. Dass diese spontane Idee ihr Leben grundlegend verändern würde, hatte sie nicht geahnt.

Ihr Mann Erik trat auf den Balkon und setzte sich mit einer Flasche Bier in der Hand zu ihr.

„Möchtest du auch?" Sie nahm die Flasche und trank einen kräftigen Schluck. „Emma schläft fest und

glücklich, ich glaube das erste Mal seit Wochen." Er musterte seine Frau von oben bis unten.
„Du hast dich erholt, siehst gut aus."
„Dank dir, ich fühle mich auch gut, gesund." Sie trank noch einen Schluck und fing stockend an zu sprechen: „Erik, wir müssen reden." Erik räusperte sich, stand auf und stellte sich an die eiserne Brüstung des Balkons. Er senkte den Kopf und auch seine Stimme. „Ich weiß es, Olivia, ich weiß von John." Sie schwiegen eine Weile.
„Ich wollte im Krankenhaus die Zeitschriften in deine Schublade legen, als du zur Therapie warst, und da habe ich ihn gefunden, seinen Brief, unter der Bibel." Erik lachte auf. „Ausgerechnet da. `Du sollst nicht begehren deines Nächsten Weib!´ Geht das nicht so, eines der Gebote? Bah! Der blanke Hohn."
Erik fasste sich an die Stirn und schüttelte langsam den Kopf, dann sah er Olivia an. „Ich habe den Brief einfach gelesen."
Olivia schnürte es die Kehle zu, Erik so zu sehen, und sie sagte:
„Es tut mir so leid, ich hätte längst mit dir sprechen müssen."
„Ja, das hättest du! Natürlich habe ich gemerkt, dass was anders war nach dieser Reise vor zwei Jahren. Du warst immer so abwesend, so verschlossen, aber ich dachte, es sei einfach Frauenkram. Damit habe ich

nicht gerechnet, nicht bei uns, Olivia. Wie konntest du mir, wie konntest du uns das antun? Was ist mit diesem Kerl? Hast du mit ihm geschlafen? Natürlich hast du das. Und, ist er besser als ich? Liebst du ihn? Olivia, ist das was Ernstes zwischen euch? Und wenn ja, warum bist du dann noch hier?" Erik war nun völlig aufgelöst, er zitterte und vergrub seinen Kopf in seinen Händen.

„Schatz."

„Nenn mich nicht so!"

„Erik, ich liebe dich schon so lange und ich liebe dich auch jetzt in diesem Augenblick, doch ich habe mich in John verliebt und ich kann nichts dagegen machen." Tränen bahnten sich ihren Weg.

„Okay, Olivia, dann sag mir: Wie sehr hast du dich dagegen gewehrt, damals in England? Und wie sehr hast du dich gewehrt auf Norderney? Das war er doch? Der Typ, der abseits stand und dich angestarrt hat? Mensch Olivia, ich bin doch nicht blöd! Weißt du, wie verletzend das ist? Ich stelle mir dauernd vor, wie ihr es treibt und euch lustig macht über den dämlichen Trottel von Ehemann."

„Nein, Erik, so war es nicht, wir haben nie über dich gesprochen."

„Oh, wie gnädig. Aber das war das Erste, was du tun musstest, nachdem du fast tot warst? Erst mal ficken mit JOHN? Wir bangen hier um dich, ja, ich hab mir trotz des Briefes noch Sorgen um dich gemacht, und du? Olivia, ich bin wegen Emma geblieben und ich bleibe auch wegen ihr, sie ist das Beste in meinem Leben, doch ich kann nicht mit dir sein. Jetzt nicht. Ich schlafe vorerst bei Emil, ich muss hier raus." Erik stand auf und Olivia versuchte ihn aufzuhalten, sie stellte sich ihm in den Weg und sah ihn flehend an.

„Geh nicht, lass uns reden, wir finden eine Lösung, lass dir doch erklären …" Doch Eriks Entschluss stand fest. Er hatte seine Tasche schon gepackt, er schob sie beiseite und verschwand durch die Tür.

Olivia ging auf den Balkon zurück und beobachtete ihn, wie er in seinem Auto davonfuhr. Sie sank auf den Stuhl und schluchzte laut. Ausgerechnet die Liebe war gerade dabei, ihr Leben zu zerstören. War sie nicht dazu da, alles schöner zu machen?

Erik bekam Trost von Emil, sie brauchte den Trost genau wie er.

Sie nahm den Telefonhörer in die Hand und wählte Katis Nummer.

„Kati? Kannst du kommen? Ich brauche dich."

„Ich bin in einer Stunde bei dir." Kati stellte keine Fragen. Füreinander da zu sein, machte ihre Freundschaft aus, da gab es keine Schlafenszeiten oder andere Ausreden.

Olivia legte auf, schlich zu ihrer friedlich schlafenden Tochter und setzte sich auf den Boden neben ihr Bett.

Sie legte ihre Hand auf Emmas und wiegte sich sanft, bis es an der Tür klopfte.
Kati hatte sich beeilt:
„Was ist los? Du klangst so verzweifelt am Telefon."
„Erik ist weg, er schläft bei Emil. Ich glaube, er hat mich verlassen", presste Olivia hervor.
„Hast du ihm von John erzählt?"
„Das ist es ja, ich wollte es ihm erzählen, aber er wusste es schon, er hat Johns Brief gefunden im Krankenhaus und er hat ihn gelesen. Er denkt auch, dass ich John nach Norderney gerufen habe. Er ist verletzt, natürlich, ich stelle mir gerade vor, ich wäre an seiner Stelle. Erik und eine andere Frau! Ich weiß nicht, ob ich das ertragen könnte."
Kati blieb und sie tranken Rotwein und redeten die ganze Nacht.

Am Sonntag gingen Emma und Olivia in den Park. Olivia hatte ihre Tochter in dem Glauben gelassen, dass ihr Vater mit seinem Arbeitskollegen Emil an einer Präsentation arbeiten muss und erst wieder auftaucht, wenn diese fertig ist. Emma kannte das, sie war die Arbeitszeiten ihres Vaters gewöhnt. So schlenderten sie durch das schon etwas angeschlagene Grün, das den Weg säumte, und Emma erzählte ihrer Mutter all die kleinen großen Begebenheiten und Ereignisse der letzten Wochen. Sie war nun fest zusammen mit Konrad, ihrem Mitschüler, für den sie sich schon länger interessierte. Olivia beobachtete diese Schwärmerei seit Monaten. Die Lerngruppe, in der zufällig auch Konrad war, die Besuche auf dem Sportplatz, wenn Konrad trainierte, die besonderen Anstrengungen gut auszusehen, wenn auch Konrad zu der anstehenden Party eingeladen war. Konrad war nicht ihr erster Freund. Die Gespräche über Sex und Verhütung hatten sie schon geführt, als Emma 14 war. Sie plauderten locker und Emma öffnete sich ihrer Mutter, wie schon lange nicht mehr. Ja, die Angst um sie hatte Emma gezeigt, wie wichtig ihr die Mutter doch war, hatte sie reifen lassen. Im Eiscafé leisteten sie sich jeder einen großen Eisbecher, zur Feier des Tages mit Sahne, dann traten sie den Rückweg an. Emma wollte sich noch auf einen Test am Montag vorbereiten. Sie hatte sich vorgenommen, im nächsten Jahr ihr Abitur so gut wie möglich zu machen und dann zu studieren. Auf keinen Fall auf Lehramt, wie ihre Mutter. Und schon gar nicht bei den Analphabeten! So nannte sie die Grundschüler immer, wenn sie genervt die Basteleien und unendlich vielen Lernmittelsammlungen ihrer Mutter ausgebreitet in der ganzen Wohnung ertragen musste. Emma hatte ein Fable für Biologie, hatte etliche Praktika hinter sich gebracht, die sie in diesem Wunsch bestärkten. Gut, wenn man so früh schon genau weiß, was man will. Emma verschwand in ihrem Zimmer und Olivia fing an, ihre Koffer und Taschen auszupacken. Sie sollte langsam mit dem Waschen beginnen, denn in zwei Wochen würde auch sie wieder in der Schule sein. Zuerst nur für ein paar Stunden in der Woche, also so eine Art Schonplatz, dann aber richtig, wie vorher, vor der Operation. Sie hatte sich vorgenommen, den Tag, an dem sie erwacht war, als zweiten Geburtstag zu feiern. Zwei Geburtstage, der 21. Juni, der Tag ihrer Geburt, und der 21. Mai, der Tag ihrer Wiedergeburt. Sie fing an, die Wäsche zu sortieren und stellte all ihre Dinge dorthin, wo sie hingehörten. Ins Bad, ins Arbeitszimmer, in den Flur – und da fiel ihr die Tasse in die Hände. Vögel, ein Boot, Norderney, die Tasse, die John ihr geschenkt hatte, die Tasse, die er auch von ihr bekommen hatte. Olivia atmete tief durch, trug sie wie einen Schatz in die Küche, spülte die Tasse ab und machte sich einen Kaffee. Dann setzte sie sich mit dem duftenden Inhalt auf den Balkon und ihre Gedanken wanderten weit. John, mein John. Wo mag er jetzt sein? Wie geht es ihm? Wird er damit klarkommen? Wird sie selbst damit klarkommen? Olivia wusste, es würde noch sehr lange wehtun und sie musste es zulassen, denn sie sah keinen Ausweg. Plötzlich fiel ihr etwas ein. Sie stellte die Tasse auf den Boden, suchte ihren Fotoapparat und legte ihn vor sich auf den kleinen Balkontisch. Da war es drin, das einzige Bild, das es von ihnen gab. Von Olivia und John. Morgen würde sie den Film abgeben. Sie starrte auf das Gerät, bis der Kaffee kalt war und Emma nach ihr rief. Schnell nahm sie den Film heraus und steckte ihn in ihre Schultasche. Da würde ihn niemand finden. „Ich hab dich bei mir", flüsterte Olivia und verließ den Raum, um mit Emma zu Abend zu essen.

Nachdem Emma am nächsten Morgen die Wohnung verlassen hatte, rief Olivia Erik an. Er ging nicht ans Telefon. Dann versuchte sie es bei Emil.
„Hallo, Olivia, was kann ich für dich tun?" Emil, der Aufmerksame.
„Gib mir bitte Erik, ich muss mit ihm sprechen."
„Er ist nicht hier, nicht mehr, und ich glaube, er will mit dir im Moment nicht reden."
„Ich weiß, aber es geht um Emma, wir müssen reden, ich weiß nicht, was ich ihr sagen soll. Bitte, überzeug ihn, mich anzurufen."
„Okay, ich gebe mein Bestes. Für Emma."
„Danke." Emils Reaktion machte sie traurig, war er doch sonst oft auf ihrer Seite gewesen, doch nun hatte sie ihren Kredit wohl verzockt.
Eine Stunde später rief Erik zurück. Sie verabredeten sich in ihrer Lieblingskneipe. „Wenn die öffnen, ist es noch nicht so voll", erklärte Erik kühl seine Wahl.

Olivia war einverstanden. Sie zog den Pullover über, den Erik an ihr so mochte, sah sich im Spiegel an und seufzte: „Wie konnte das alles nur passieren?"
Überpünktlich stand sie vor dem „Ronald ZZZ..." und wartete, dass eben dieser Ronald die Tür öffnete. Emma traf sich heute mit ihrer Lerngruppe und wollte am Abend mit Freunden ins Kino. Es war also genug Zeit.
Ronald schloss die Tür auf und ließ Olivia hinein.
„Hallöchen, meene Kleene, lange nich jeseen, wa? Watt willste denn?" Olivia musste lächeln, denn Ronald zelebrierte es, Berliner in 12. Generation zu sein. „Nich soone Zujezogenen wie ihr da seid!", verkündete er meist abfällig, aber immer mit einem Augenzwinkern dabei. Olivia bestellte sich einen großen Kaffee und Wasser und steckte sich eine Zigarette an. Ronald hatte die Kneipe gemütlich eingerichtet, gemütliche Nischen, gemütliches Licht.
„Willste ooch watt essen?"
„Noch nicht, ich warte auf Erik."
„Is jut, ruf mir, wenn watt fehlt." Roland trabte ab und wenig später hörte sie Eriks Stimme, der sich beim Wirt einen Kaffee bestellte.
„Deen Frauchen sitzt hinten drinne, wa, kricht ooch gleich een Kaffe."

„Du wolltest doch aufhören." Erik zog grußlos seine Jacke aus und hängte sie an die Garderobe. Er schüttelte den Kopf, als Olivia an der Zigarette zog.
„Ich kann gerade nicht."
„Hm, was willst du mit mir besprechen?"
Sie murmelte kleinlaut: „Erik, wir müssen reden, über Emma, was wir ihr sagen, wie das nun weitergehen soll mit uns und überhaupt", und sie spürte, wie der Kloß in ihrem Hals langsam größer wurde.
Ronald kam mit den Getränken.
„Wollt ihr watt zu essen? Ick kann euch watt machen, watt richtiges jibt et erst, wenn Heiko da is. Is mein neuer Koch, macht dett janz jut."
„Nein, jetzt nicht, danke."
„Bisschen jenervt, wa? Ick spür schlechte Weibräischens, ick jeh ma wieder, wa."
„Was willst du ihr denn sagen außer der Wahrheit: Ich, deine Mutter, habe mir einen Liebhaber angelacht und deinen Vater hintergangen und betrogen." Erik wühlte mit seinen Händen durch seine Haare und strich sich über das Gesicht.
„Ich wollte das nicht, Erik, ich bin doch nicht nach England gefahren, damals, um dich zu betrügen, es ist einfach passiert, ich habe mich verliebt. Ich weiß selbst nicht genau, wie es dazu kommen konnte." Erik sah sie mit großen, vom Schlafmangel und Alkohol gezeichneten Augen an, und er stellte die Frage, die

ein Mann einer Frau nie stellt ohne Angst vor der Antwort:

„WAS! WAS in Gottes Namen hat dir denn gefehlt? Was hat dir gefehlt, das du mir nicht sagen konntest und stattdessen mit diesem Typen was anfängst. Und das Schlimmste kommt ja noch, du lebst dann ein Jahr mit mir und fliegst darauf wieder nach England, um ihn noch mal zu treffen? Ist ja leider nichts draus geworden! Und dann das mit Norderney. Olivia, ich kenne dich nicht mehr. Was zur Hölle ist passiert?" Er hatte seine Fäuste geballt und starrte sie entgeistert an.

Und Olivia flossen nun all die Worte in den Mund, die in ihrem Gehirn umherwanderten und ihr keine Ruhe ließen, seit sie selbst sich diese Frage gestellt hatte. Wieder und wieder.

„Erik, ich habe mich immer wohl gefühlt mit dir, mit Emma, hier in Berlin, in unserer Wohnung. Ich fand mein Leben gut. Ich war zufrieden. Ich liebte euch beide und das tue ich noch." Erik schnaufte verächtlich.

„Alles war so wohl geordnet, so perfekt. Ich habe nie hinterfragt, warum wir in den letzten Jahren kaum noch miteinander geschlafen haben, und ich habe nie hinterfragt, warum es immer gleich ablief. Aber sag mir: Wo ist die Leidenschaft geblieben? Und dann ... Immer sind dieselben Leute um uns herum, immer dieselben Rituale. Uns ist die Lust am Abenteuer abhandengekommen. Ja, ich glaube, dass wir festgefahren waren – und ich, ich bin einfach ausgestiegen."

„Hach, du meinst wohl AUFGESTIEGEN? Auf JOHN! Sag doch endlich. Was kann er, was ich nicht kann, sag es mir!" Erik wurde laut und sein ganzer Schmerz und seine Verletztheit brachen aus ihm heraus. Er stand auf, beugte sich über den Tisch zu Olivia herüber und schrie es ihr ins Gesicht:

„WAS IST ES? WAS HAT ER, WAS ICH NICHT HABE??" Olivia wich zurück.

„Erik, du machst mir Angst, setz dich doch, bitte! Erik, ich habe nichts gesucht, es ist einfach passiert, man kann die Liebe nicht planen."

„Scheiß drauf, ich kann dich nicht ansehen, ohne dich mit ihm zu sehen. Was wolltest du denn? Mehr Sex? Ist es das? Ging es nur darum? Wer hatte denn so oft Kopfschmerzen und war genervt von der Arbeit? Und für wen, glaubst du, habe ich gerackert wie ein Tier, bis zur Erschöpfung, damit der Kredit schnell abbezahlt ist? Nein, Olivia, ich kann das nicht. Ich habe einen Entschluss gefasst." Er räusperte sich und dann kam es gequält aus ihm heraus:

„Ich werde mich von dir trennen. Sag du es Emma! Ich könnte ihre enttäuschten Augen nicht ertragen."

Völlig entkräftet sank Erik in sich zusammen und schickte sich an zu gehen.
„Aber ... Ich kann ihr nicht die Wahrheit sagen", schluchzte Olivia. „Sie dachte, dass ihre Mutter stirbt, und nun ist sie frisch verliebt und alles ist wieder gut für sie. Wir können ihr das nicht kaputt machen. Bitte Erik. Ich möchte ihr sagen, dass wir uns für eine Weile getrennt haben, weil wir nach meiner Krankheit erst wieder klarkommen müssen miteinander. Bitte, lass das für sie die Wahrheit sein."
„Für Emma. Aber nur für Emma! Ich hole morgen Mittag meine Sachen ab. Versuch nicht da zu sein. Ich will dich nicht sehen." Erik stand auf und ging wortlos nach vorn.
Keine Gnade für den Angeklagten, dachte Olivia und schniefte in ihr Taschentuch. Dann steckte sie sich noch eine Zigarette an und trank ihren Kaffee aus. Alles bricht zusammen und ich sitze hier und rauche. Das Leben ist scheiße.

Als Emma aus dem Kino kam, nahm Olivia sie mit ins Wohnzimmer und erklärte ihr die Situation. Sie war kein kleines Kind mehr, doch alle Kinder sind schockiert, wenn sich die Eltern trennen. Weinend lagen sie sich in den Armen. Ihre Tochter tat ihr so unendlich leid. Emma wollte unbedingt noch ihren Vater anrufen, nahm ihr Handy und ging in ihr

Zimmer. Später sah Olivia nach ihrer Tochter, sie lag angezogen auf ihrem Bett, den kleinen Teddy mit dem grün bemalten Hintern in der Hand, und schlief fest. Olivia deckte sie zu, stellte ihren Wecker und setzte sich auf den Balkon. Sie hatte Wein in die Nordseetasse gegossen und das Bild von ihr und John auf dem Leuchtturm aus ihrer Tasche geholt.

Was sollte nun werden? Die Nacht war lau, unten hupte ein Auto und jemand schlug eine Tür zu. Vertraute Geräusche. In der Ferne hörte sie das Rappeln der S-Bahnwagen. Sie trank schlückchenweise den Wein und schaute in den Nachthimmel. Da war er, ihr Stern, und sie wünschte sich, dass auch John nach oben sieht, jetzt, und sich ihre Blicke treffen. Und obwohl sie unendliche Trauer empfand, konnte sie nicht weinen, denn es waren keine Tränen mehr da.

Sie hatte das Gefühl, dass das Leben sie betrogen hatte.

Manchmal hält man fest an einem Lebensstil, obwohl man spürt, dass er gar nicht für einen geeignet ist. Es ist ein Leben, in dem man sich eingerichtet hat, das so schön bequem und unkompliziert ist.

So tat es auch Olivia. Sie lebte weiter in ihrer Wohnung, mit Emma, die regelmäßig ihren Vater besuchte. Erik hatte Wort gehalten und Emma nichts von John erzählt. Dafür war Olivia ihm sehr dankbar. Sie konnte sich die Wohnung leisten, denn der Kredit war getilgt und die laufenden Kosten konnte sie mit ihrem Gehalt gut stemmen. Erik lebte mittlerweile im Haus seiner neuen Freundin, einer ehemaligen Kundin, am Rande Berlins. Er hatte sich schnell getröstet. Kati meinte zwar, es sei eine Trotzreaktion, dass er seiner verletzten Männlichkeit was beweisen muss, aber Olivia dachte oft, dass Erik es vielleicht auch schon gespürt, aber verleugnet hatte, dass ihre Liebe langsam hinübergeschlichen war in die sicheren Arme einer Freundschaft.

Sie arbeitete und lebte in ihrem zweiten Leben, wie sie es immer nannte, entspannter, sie hatte gelernt, das wirklich Wichtige von anderen Dingen zu unterscheiden und nahm vieles einfach mit Humor. Das half ihr auch im Job, den Stress zu minimieren, denn der Alltag verlangte ihr viel ab. Doch abends saß sie oft auf dem Balkon, trank Wein aus der Nordseetasse und blickte verträumt in den Himmel.

Manchmal war Kati dabei und sie schwatzten bis in die Nacht und oft verirrten sich ihrer beider Erinnerungen und fanden sich wieder in England und bei John.

„Weißt du, ich denke an ihn, fast jeden Tag, wenn ich Englisch unterrichte und wenn ich den Kindern dann erzähle, dass ich schon dort war, in England. Und wenn dann meine Hand auf der Landkarte den Ort findet, in dem John lebt, kribbelt es in mir und ich muss aufpassen, dass mir nicht die Tränen in die Augen steigen. Ich vermisse ihn so, Kati." Kati beugte sich vor und legte ihre Hand auf Olivias Arm.

„Ruf ihn an, du hältst einfach Kontakt mit ihm, wer weiß, was daraus noch werden kann. Schreib ihn doch nicht ab. So eine Liebe findest du nie wieder!" „Na, vielen Dank, liebe Freundin, du machst mir Mut. Du hast mir doch erzählt, wie ramponiert er war, und du meintest nicht nur seine Hände, als du ihn in Hamburg am Flughafen abgesetzt hast. Kati, ich kann und will ihn nicht hinhalten, er ist doch kein Objekt in der Warteschleife. Wie lange soll er sich denn noch plagen mit einem Vielleicht? Das hat er nicht verdient. Nein. Ich möchte, dass er glücklich sein kann." Sie sagte die Worte und sie meinte es auch so, der Verstand sah alles kristallklar, es musste sein. Aber in ihrem Bauch begann es zu brodeln und ihr wurde speiübel.

„Aber vielleicht würde er ja dir zuliebe hier in Deutschland leben, Banken gibt es hier doch auch genug, in denen er arbeiten könnte."

„Soll ich das von ihm verlangen? Alles aufzugeben? Seinen geliebten Job, seine Freunde, seine Band, sein Land, seine Sprache. Und er kann kein Wort Deutsch.

Er würde einsam werden und traurig und mir irgendwann die Schuld daran geben. Nein, Kati, diesen Mann kannst du nicht entwurzeln, der geht kaputt." Olivia sog die kühle Nachtluft in sich ein und eindringlich verlangte sie von ihrer Freundin: „Kati, wir müssen alle Kontakte abbrechen, nur so kommt man über etwas hinweg."

„Du glaubst doch wohl nicht im Ernst, dass du John jemals wirklich vergessen kannst?"

„Nein, aber er vergisst vielleicht mich."

Als Kati auf der Toilette war, löschte Olivia in ihrem und Katis Handy Johns Nummer. Symbolisch. Es musste Schluss sein, es MUSSTE Schluss sein. Die Tasse wusch sie ab und stellte sie in die hinterste Ecke des Schrankes.

Und sie nahm Kati das Versprechen ab: kein Kontakt, kein Brief, kein John mehr. Nie wieder. Kati nickte traurig.

„Sag: Ich verspreche es, beim Leben meiner Eltern. Sag es laut und deutlich!" Kati hob den Kopf sprach es laut aus: „Ich verspreche es dir." Olivia nickte, trank den Rest Rotwein aus der Flasche in einem Zug und flüsterte:

„Good bye, my dear!"

Frühling 2007

Die Wochen und Monate vergingen und es wurde Frühling. Seit Neuestem weigerte sich Emma, ihren Vater und seine Freundin zu besuchen. Kersten! Was für ein blöder Name! Die war schwanger und man zelebrierte jetzt die kleinbürgerliche Idylle, da passte das Kind aus gescheiterter erster Ehe schlecht. Die Scheidung lief, es war nur noch eine Frage der Zeit, dann war er frei und konnte Kersten heiraten, das hatten sie Emma verkündet, gepaart mit der Botschaft, dass sie nun bald ein Geschwisterchen haben würde. Emma kam damit schlecht klar. Ihr Vater hatte sich verändert, sie spürte, dass sie nun bald nicht mehr das Wichtigste in seinem Leben sein würde. Im Sommer hatten sie vor, zu zweit noch eine Reise zu machen, als Geschenk zum Abitur, nach Spanien, ans Meer. Emma hatte darauf bestanden, mit ihrem Vater allein zu fahren. Sie hatte gewonnen, dieses eine Mal. Ein paar Tage ausspannen, bevor sie ihr großes Praktikum vor Studienbeginn im Tierpark Hagenbeck antrat. Acht Wochen in ihrem Element, die Freude war groß, als die Zusage kam, denn normalerweise nahm man dort nur Lehrlinge. Aber Erik war geschäftlich mit der Leitung des Tierparks verbunden und hatte seine Beziehungen spielen lassen. Olivia freute sich für Emma und hoffte sehr, dass auch der Traum vom Studienplatz sich für sie erfüllen würde.

Am 21. Mai stand Kati mit einer Flasche Sekt und einem Gehirn aus Wackelpudding vor der Tür.
„Happy birthday! It´s Brain-Day."
„Witzig! Komm rein und stell das Wackel-Hirn in den Kühlschrank. Emma wird sich freuen." Sie setzten sich auf den Balkon und Kati holte feierlich einen Umschlag aus ihrer Tasche.
„Hier ist ein Geschenk für dich. Für die nächsten fünf Jahre zu den Geburtstagen, zu Weihnachten und zu Ostern."
„Nein, du sollst mir doch nichts schenken!"
„Doch, ich will, das hast du dir verdient und außerdem ist es auch sehr egoistisch von mir, du wirst schon sehen."
Olivia öffnete langsam den Umschlag und zog zwei Karten heraus. Sie starrte auf das, was sie da in den Händen hielt.
„Bist du wahnsinnig?" Ein Ticket für das Live Earth Festival am 7. Juli und ein Ticket für den 8. Juli. Metallica – Die „Sick of the Studio-Tour!" 2007. Und beides im Wembley-Stadium in London.
„Bist du wahnsinnig?", fragte Olivia noch einmal und sah Kati sprachlos an. „Nein, abenteuerlustig, das sagst du doch immer, und du sagst immer, dass du ohne mich nicht halb so viel erleben würdest. Also

los, erlebe was mit mir! Das Hotel und den Flug habe ich schon gebucht und bezahlt." Olivia spottete: „Natürlich hast du das, du verrückte Nuss. Danke, danke, danke. Ich liebe dich!" Olivia warf sich Kati an den Hals und drückte sie fest.

„Darauf trinken wir! Prost, Herr James Hetfield, wir kommen!" Dann lachten sie, legten ihr Lieblingsalbum von Metallica auf, das schwarze natürlich, und stellten sich beim Hören vor, wie sie schreiend und die Songs mitgrölend und manchmal auch heulend auf der Tribüne stehen würden.

„Aber Schlüpfer werfen wir nicht mehr, aus dem Alter ist man irgendwann raus."

„Genau! Also, ab jetzt Texte lernen. Gibt es schon eine Setlist?"

Olivia freute sich so über das tolle Geschenk. Erik hatte nie verstanden, was sie an dieser Musik mochte. Bei ihm düdelte das Radio den ganzen Tag vor sich hin, er nahm Musik nicht wirklich wahr. Für Olivia gehörte Musik, gute Musik, schon immer zum Leben dazu. Aber die Musik, egal aus welcher Richtung sie kam, musste sie erreichen können, tief hineingehen und in jede Ecke dringen.

„Hab ich dir schon mal erzählt, wie ich zu meiner ersten Metallica-Platte gekommen bin?", fragte Olivia Kati.

„Nein, das muss ja ein Abenteuer gewesen sein oder gab es die damals bei euch in der DDR einfach so im Laden?"

„Ja, sicher, die lagen gleich neben den Bananen und Apfelsinen und der Seife und den Wrangler-Jeans." Sie lachten sich schief.

„Nein, ich kannte jemanden, der jemanden kannte, du weißt ja, wie das war, äh, oder auch nicht, jedenfalls bin ich bis nach Rostock gefahren, um die Platte abzuholen, weil der Typ, der sie mir für 500 DDR-Mark verkauft hat, nichts der Post anvertraute."

„500 Mark? Wirklich, ich weiß nicht mehr, was die hier gekostet haben, bestimmt nicht mal ein Zehntel davon. Wirklich 500 Mark?"

„Ja", Olivia lachte, „und der Witz ist, dass ich damals nur 600 Mark verdient habe, im Monat. Aber, was das Herz will! Und außerdem legte der noch ein Poster drauf. Das habe ich auch noch irgendwo."

„Und da sagst du zu mir, ich wäre verrückt!"

„Ja, das war Leidenschaft! Alle anderen Alben konnte ich mir dann nach 1990 etwas preiswerter kaufen." Olivia atmete tief ein, sie fühlte sich immer jung und frei, wenn sie eine dieser Platten auflegte.

„Und jetzt sag du mir, wo du die Karten her hast!"

„Ich kenne da einen, der einen kennt, du kennst das ja." Sie bogen sich vor Vergnügen.

„Mal im Ernst, ich habe Beziehungen. Mein Bruder ist doch im Fanclub und die kommen an so was ran. Als ich ihm sagte, dass die Karten für dich und mich sind, hat er sich gleich ins Zeug gelegt. Du weißt ja, dass er ein Auge auf dich geworfen hat, seit wir uns kennen." Kati zwinkerte Olivia zu. Olivia rollte mit den Augen.

„Dein Bruder ist gefühlte zehn Jahre jünger als ich. Der fällt unter Welpenschutz."

„Es sind nur fünf Jahre! Und glaube mir, der kann schon richtig bellen."

„Wuff!", kläffte Olivia und knurrte Kati an.

Sie hatten immer viel Spaß miteinander, wenn sie sich trafen. Leider kam das viel zu selten vor, denn beide hatten stets viel zu tun und wohnten auch zu weit auseinander, um sich eben mal sehen zu können. So blieben die Wochenenden und freien Tage in den Ferien. Oft schlief Kati dann im Gästezimmer. Sie waren auf bis in den frühen Morgen und schraubten in den Stunden die Zeit meist um Jahrzehnte zurück. Emma bekam davon nichts mit. Sie suchte freiwillig das Weite, schlief bei einer Freundin oder bei Konrad, wenn sich Kati angesagt hatte. Auf alberne, alte Frauen, die schreckliche Musik hören, hatte sie keine Lust.

Sommer 2007

Am Morgen des 5. Juli verabschiedete sich Emma von ihrer Mutter. Erik hatte schon zweimal geklingelt. Nun musste sie los. Eine Woche Mallorca mit ihrem Vater allein, das war der Lohn für all die Anstrengungen der vergangenen Monate, das Abitur bestanden mit einem Durchschnitt, der sich sehen lassen konnte, und einen Studienplatz so gut wie in der Tasche. Olivia war so stolz auf sie. Nun musste alles schnell gehen, denn sie war spät von Konrad nach Hause gekommen.
„Ich wünsche dir eine schöne Zeit, mein Schatz! Pass auf dich auf und auch auf deinen Vater", mahnte Olivia.
„Pass du auch auf dich auf zwischen all den Hippies und langhaarigen Rockern!", entgegnete Emma.
„Also, vor den Metalfans brauche ich mich nicht zu fürchten, die gucken nur so böse, sind meistens ganz friedliche Gesellen, da machen mir die betrunkenen Horden am Ballermann mehr Sorgen." Lachend ergriff Olivia Emmas Koffer und trug ihn nach unten. An der Haustür stand Erik und nahm ihr den Koffer ab.
„Du fliegst nach London?"
„Ja, morgen, Katis Geschenk, du weißt schon. Ich wünsche euch viel viel Spaß!" Sie drückte ihre Tochter

noch einmal fest an sich, Emma stieg ein und der Wagen verschwand hinter der nächsten Ecke.

Fast zeitgleich bog das Taxi in die Straße, in dem Kati saß. Olivia sah es, und während sie Kati erwartete, bemerkte sie die ersten Sonnenstrahlen des Tages, die durch die Blätter der Bäume brachen. Sie genoss es, wie sie ihre Haut wärmten. Auch der Gedanke an die bevorstehenden Tage wärmte sie. Olivia atmete tief durch. Seit Wochen freute sie sich nun schon auf den Trip nach London, endlich mal raus, endlich mal wieder ein bisschen Abenteuer, endlich mal wieder Spaß. Sie freute sich auch sehr darüber, dass Erik sein Versprechen gehalten hatte und allein mit seiner Tochter verreiste. Es war unendlich wichtig für Emma, dass sie mit ihrem Vater wieder in Kontakt kam, sich nicht mehr zweitrangig fühlte.

Kati und Olivia wollten den restlichen Tag und die Nacht hier in der Wohnung verbringen. Ihr Flug ging sehr früh am Morgen, sie hatten vor, zusammen zum Flughafen zu fahren. Katis jüngerer Bruder Ole und sein phlegmatischer Freund Volker flogen ebenfalls mit. So waren sie zu viert, das versprach lustig zu werden.

Wenn doch dieser blöde, unvermeidliche Flug bloß schon vorüber wäre.

Olivia wurde schon immer von Flugangst heimgesucht, gut, dass die Strecke kurz war und die

Angst meist nur beim Landevorgang kam, wenn das Flugzeug mit dem Sinkflug begann und die Turbinen eigenartige Geräusche von sich gaben. Luftlochartige Phänomene raubten Olivia dann allen Mut und sie benötigte jemandes Hand, um nicht in Panik zu verfallen. Zur Not tat es auch die Hand eines Fremden. In diesem Fall war es Oles Hand, die zur Verfügung stand. Er gab sie ihr nur allzu gern und redete beruhigend auf sie ein, bis die Räder des Flugzeuges den Boden berührten. Olivia kam wieder zu sich und entzog Ole sofort ihre Hand und ihre Aufmerksamkeit. Nicht, dass der noch auf falsche Gedanken kam, der Süße. Ole war zwar etwas jünger als Olivia, doch fand sie ihn bei genauerem Betrachten sehr reif und vernünftig für sein Alter. Am besten gefielen ihr sein Humor, schwarz wie seine Kleidung bei Konzerten, und sein selbstsicheres Auftreten. Er arbeitete als Ingenieur in einer großen Baufirma und laut Katis Berichten ließ er sich dort nicht so schnell die Butter vom Brot nehmen. Sie suchten sich ein Taxi und fuhren sofort zum Hotel. Kati hatte das „Hilton" in der Nähe des „Wembley Stadiums" ausgesucht. Sie hatte sich nicht lumpen lassen. Das Sparschein war nicht nur geplündert, sondern brutal geschlachtet worden, nahm Olivia an. Alle Zimmer lagen auf demselben Flur, die Männer teilten sich ein Doppelzimmer, die Frauen logierten ebenfalls in

Doppelzimmern, allerdings zur Einzelnutzung, weil Kati schnarchte wie ein kanadischer Holzfäller und Olivia das nicht zumuten wollte. Den Rest des Tages verbrachten sie damit, Essen zu gehen, etwas zu trinken und dann ging es beizeiten in die Betten, denn das sehr frühe Aufstehen und der Flugstress machten sich bemerkbar. Am nächsten Tag wollten sie doch fit sein für die erste Runde: Das große Live Earth Festival in London. Olivia wusste nicht erst seit Kati beim Essen einen langen Vortrag gehalten hatte, dass Al Gore und Kevin Wall es ins Leben gerufen hatten, weil sie in dem Glauben waren, dass Musik und Unterhaltung eine Macht haben. Die Macht, die Weltgemeinschaft zum Handeln zu bewegen, den Klimawandel zu bekämpfen. Ein hoch gestecktes Ziel. Kati erzählte, dass es in Deutschland und in anderen Ländern der Welt ebenfalls Konzerte gibt, aber dieses hier das beste und größte und, was die Künstler angeht, natürlich auch das attraktivste wäre. „Nun, vielen Dank für die Infos, Frau Lehrerin", sinnierte Volker, der sonst kaum sprach, „die Typen haben eine hohe Meinung von der Menschheit. Da gehe ich nicht unbedingt mit. Realistisch betrachtet ist sich doch jeder selbst der Nächste. So ist der Mensch halt. Auf seinen Vorteil bedacht. Ich persönlich würde mir das hier auch nicht antun, wenn nicht Metallica ebenfalls mit ein paar Titeln dabei wäre."

„Sieh es als Fortbildung in Sachen zwischenmenschliche Beziehungen, kann ja nicht schaden in deinem Fall!", frotzelte Kati in seine Richtung.

Olivia kannte große Stadien von anderen Konzerten und immer überkam sie ein Gefühl des Überwältigtseins, wenn sie diese betrat. Doch der Anblick dessen, was sie am nächsten Tag beim Betreten dieser Tribüne fühlte, stellte alles Bisherige in den Schatten. Das Ausmaß war atemberaubend. Neunzigtausend Menschen konnten hier aufgenommen werden. Die riesige Bühne war enorm beeindruckend. Olivia musste sich setzen, ließ alles auf sich wirken, beobachtete die letzten Arbeiten der Bühnenbauer und stellte sich vor, wie die Künstler sich fertig machten für ihren Auftritt und vielleicht genauso aufgeregt waren wie sie.
Kati hatte Karten für Plätze rechts der Bühne im mittleren unteren Block und somit gab es eine hervorragende Sicht auf alles. Morgen würde es auch so sein. Die Männer besorgten Bier, hoffentlich kalt, wenn schon aus Plastikbechern. Der Zugang zum Wembley-Stadium hatte beim Hergehen angemutet wie ein Gewerbegebiet mit engen Straßen, und der Platz um das Stadium herum war ein Loch, London eben. Aber die Toiletten, die sie schon gesucht und

gefunden hatten, waren sauber und modern, mal sehen, wie lange noch. Doch für den Notfall kannten sie sich schon mal aus. Olivia hatte sofort die Beschilderung der Notausgänge gecheckt. Für den Ernstfall.

„Mein Gott, man kann es auch übertreiben! Entspann dich mal."

„Ja, Volker, wenn´s brennt oder nach einem Meteoriteneinschlag darfst du dich gern an meine Fersen heften, damit du hier heil rauskommst", antwortete Olivia und tat beleidigt.

Ole lachte und fügte hinzu: „Ich kauf dir noch ´nen gelben Schirm, den spannst du auf und bittest die deutsche Reisegruppe dann, dir diszipliniert und geordnet zu folgen, in diesem Fall, ohne Fragen zu stellen."

Volker versuchte, nicht zu grinsen. Die vier hatten viel Spaß und verfolgten die Veranstaltung. Volker und Ole hielten sich meist draußen am Bierverkauf auf, denn Genesis, Coldplay, Foo Fighters, Duran Duran, Gerald Buttler und all die anderen Künstler interessierten sie nicht sonderlich. Erst als Metallica die Bühne betrat, saßen sie auf ihren Plätzen. Sie lauschten den vier Songs wie in Trance und jeder Ton raunte ihnen verheißungsvoll zu: Morgen sind nur wir für euch da!

Die Aufregung stieg. Die vier suchten in der Nacht noch die Bar des Hotels auf und ließen sich einige Drinks schmecken. Der Barkeeper machte einen hervorragenden Gin-Tonic. Volker fing nach dem dritten Whisky an, Witze zu erzählen, die so platt waren, dass sie darüber schon wieder lachen mussten. Ole saß an der Bar auf der weichen, etwas abgenutzten, gemütlichen, roten Lederbank an Olivias Seite und bemühte sich sehr um sie. Ab und zu berührte er sie am Arm, stieß beim Lachen mit seiner Schulter an die ihre und sah ihr, so oft es ging, tief in die Augen. Olivia genoss es, von Ole umgarnt zu werden, denn in den letzten Monaten hatte sie nicht viele Gedanken an Freude und Spaß verschwendet. Sie hatte hart gearbeitet und ihre Tochter beim Lernen unterstützt, wo sie nur konnte. Ab und zu war sie mal ausgegangen, mit Freundinnen, ins Kino, aber sie hatte sich zurückgenommen. Doch am Ende war sie immer noch eine Frau, und welche Frau mag es nicht, wenn ihr so viel Interesse entgegengebracht wird von einem jüngeren, gut aussehenden, intelligenten Mann? Und Ole sah gut aus. Er war groß, hatte kurzes, blondes Haar, das sich schon lichtete, blaue Augen, einen Dreitagebart und mutete, wie Kati es immer sagte, etwas pummelig an. Aber für Kati, die gefühlte 40 Kilo wog, muteten alle pummelig an. Olivia gefiel es.

„An einem Mann muss was dran sein", pflegte ihre Oma immer zu sagen. Recht hatte sie, die Oma. Kati sprach ein Machtwort: „So, Leute, ab in die Zimmer, morgen ist unser Abend!"
Ole blieb dicht an Olivias Seite, im Fahrstuhl, im Flur, an ihrer Zimmertür. Olivia lächelte ihn müde an und verabschiedete ihn mit einem Kuss auf die Wange. „Schlaf gut und träum was Schönes!" Sie zwinkerte ihm zu.
„Du auch", antwortete Ole, ging betont langsam weiter und drehte sich noch einmal schelmisch grinsend um. Olivia zog die Augenbraue hoch und verschwand im Zimmer. Morgen vielleicht, dachte Ole und steuerte schmunzelnd seine Zimmertür an.

Er war da! Der Tag der Tage! Olivia hatte sich erlaubt, sehr sehr lange zu schlafen. Die anderen wollten sich noch ein wenig in London umhertreiben, doch sie hatte keine Lust auf den Stress. Die Menschenmassen in der U-bahn, im Zentrum, nein, sie wollte ausgeruht sein, wollte alles genießen heute Abend. Sie kaute genüsslich an einem Apfel und machte es sich mit einem Buch gemütlich, denn ein Buch hatte Olivia immer in der Tasche. Das Lesen war eine ihrer Leidenschaften. Schon von Kindesbeinen an waren Bücher oft ihre besten Freunde gewesen und sie trug, seit sie lesen konnte, stets ein Exemplar bei sich. Um

die Mittagszeit bekam sie Hunger. So machte sie sich zurecht und ging ins Restaurant. Olivia genoss die Ruhe und das gute Essen und malte sich in Gedanken aus, wie es wohl sein würde, heute Abend die Helden ihrer Jugend live und in voller Länge zu sehen. Schon der Vorgeschmack gestern hatte sie schwelgen lassen. Sie saß allein, beobachtete die Leute und träumte vor sich hin. Und sie dachte an John. Natürlich. Sie war in England, sie hatte Metallica im Ohr. Da lag es auf der Hand. Dann aber schüttelte sie sich und verscheuchte die sehnsüchtigen Gedanken. Amüsiere dich, Olivia, du hast es dir verdient! Sie bestellte sich noch einen großen Kaffee, den nahm sie mit aufs Zimmer und las, bis Kati an ihre Tür klopfte.
„Bist du fertig?" Olivia ließ Kati rein.
„Ich bin fix und fertig. Ich bin so aufgeregt wie ein Teenager vor seinem ersten Kuss! Und wie war es bei euch?"
Kati stöhnte: „Sei froh, dass du hier geblieben bist, die Stadt war voller, als es eigentlich geht. Reingekommen sind wir natürlich nirgends, aber wenigstens konnten wir den Tower und die Tower Bridge von außen betrachten und leckeren Kuchen essen. Volker hat sich so viel Zeug in den Mund geschoben, dass ihm jetzt schlecht ist."
„Da hilft nur Bier", spottete Olivia.

„In diesem Sinne, lass uns losgehen. Du siehst übrigens toll aus. Du hast Glück, dass dir schwarz so gut steht", lobte Kati. „Ich sehe in Schwarz immer aus wie der Tod auf Latschen."
Olivia lachte: „Das sagt meine Mutter auch immer. Aber es ist okay. Komm, wir legen noch ein bisschen Rouge auf, dann merkt keiner, dass du der Tod bist, und deine Sense lässt du einfach auf dem Zimmer."
Die Stimmung war prächtig. Die Männer waren heute auch sichtlich aufgeregter als am Vortag. Sorgsam hatten sie ihre Kleidung ausgesucht, die aus einer schwarzen Jeans und einem schwarzen Shirt bestand, das natürlich mit dem Logo der besten Band aller Zeiten, wie Ole sie immer nannte, bedruckt war. Da sie sich nun schon auskannten, kamen sie schnell ans Ziel. Olivia hatte fast denselben Platz wie am Vortag. Links von ihr saß Kati und rechts Ole. Olivia schnupperte in seine Richtung. Ole roch heute besonders gut, hatte mit seinem Eau de Toilette nicht gespart. Er machte Olivia Komplimente und übernahm gentlemanlike das Heranschaffen der Getränke.
„So, alle noch mal auf die Toilette gehen, bevor es losgeht!", rief Olivia im Grundschullehrerton und löste damit allgemeine Heiterkeit aus.

„Also, den langen Weg mache ich nur, wenn´s gar nicht mehr geht", murmelte Volker humorlos von der Seite.

Die Vorbands interessierten Olivia und Kati nicht so sehr. Kati wollte nun vorsichtshalber doch noch einmal zur Toilette gehen, bevor Metallica auf die Bühne kam. Dann hatte sie nicht vor, auch nur einen Ton zu verpassen. Olivia unterhielt sich gerade angeregt mit Ole und hatte keine Ambitionen sie zu begleiten. So ging sie allein.

Eine Schlange! Was sonst! Wahrscheinlich hatten viele der Besucherinnen die gleiche Idee. Eine Menge schwarzer Puppen, dachte Kati belustigt und reihte sich ein.

Sie beobachtete gelangweilt das Geschehen um sie herum und wurde jäh aus ihrer Lethargie gerissen, als ihr jemand auf die Schulter fasste. Sie drehte sich ruckartig um und gerade wollte sie sich empören, da sah sie in ein Gesicht, das sie noch sehr gut in Erinnerung hatte.

„John? Bist du das wirklich, John?"

John lächelte sie an und sagte: „Hallo, Kati, was in Gottes Namen machst DU denn hier?"

„Ähm, ich bin hier wegen Metallica, James Hetfielt? Sagt dir das was?"

„Witzig wie immer!", kommentierte John ihre Antwort.

„In welchem Hotel bist du abgestiegen?", wollte John wissen. Kati suchte krampfhaft nach einer Lösung. Panisch rasten ihre Gedanken durch den Kopf. Sie durfte nichts verraten. „Denk an dein Versprechen, Kati!", mahnte sie sich selbst.

„Ach, ganz in der Nähe." John nickte.

Sie sahen sich einige Sekunden schweigend an.

„Kati, ist Olivia auch hier?"

Kati schoss das Blut in den Kopf. Sie senkte den Blick.

„Kati, sieh mich an. Ist sie hier?", fragte John eindringlich.

„John, ich kann nicht. Ich kann nicht, ich hab es ihr versprochen."

John legte seine Hände vorsichtig auf Katis Schultern, so, als hätte er vor, es aus ihr herauszuschütteln.

„Kati, ich bitte dich, du bist doch unsere Verbündete, du hast mir den Brief geschickt, du hast mich an die Nordsee geholt, du hast immer an uns geglaubt, du musst es mir sagen!"

Kati schluckte: „Ja, sie ist hier. Ich habe es ihr aber versprochen, hoch und heilig, beim Leben meiner Eltern!"

„Was, was hast du Olivia versprochen?"

„Ich habe ihr versprochen: keine Telefonate, kein Kontakt, kein John."

John senkte den Kopf: „Hat sie mich vergessen?"
Kati sah John an: „Nein, sie wird dich nie vergessen, du Trottel, sie wollte, dass DU sie vergisst, damit du das Glück in deinem Leben noch einmal finden kannst."
„Kati, sieh mich an. Sieht so ein glücklicher Mann aus? Sag mir, wo sie ist, sag es mir! Bitte, ich bitte dich."
„Ich kann nicht, sie ist mir so wichtig, ich kann sie nicht enttäuschen, ich kann es nicht." Sie schüttelte energisch den Kopf.
„Hör zu, ich möchte sie nur sehen, gib mir wenigstens die Chance, sie zu sehen, vielleicht von Weitem, bitte. Sag mir, wo ihr steht oder sitzt."
Kati brach ein, denn sie sah die Verzweiflung in seinen Augen, die sie so rührte, dass auch ihre Augen sich mit Tränen füllten.
„Okay, aber du musst mir hoch und heilig versprechen, dass du sie nicht ansprichst, dich nicht zu erkennen gibst, versprich es mir, sonst sag ich dir gar nichts mehr."
„Ich verspreche es", flüsterte John und sah sie erwartungsvoll an.
Kati beschrieb ihm genau, wo sie saßen und versicherte sich noch einmal:
„John, du darfst sie nicht ansprechen, bitte nicht, sie will es so. Bitte, sonst verliere ich sie auch." Kati liefen

plötzlich die Tränen übers Gesicht und John nahm sie in seine Arme.
„Ich weiß, Kati. Ich weiß. Gib gut Acht auf sie. Ich danke dir für alles. Mach´s gut."
Er drückte sie und ging davon. „Viele Grüße an die Jungs der Band!", rief Kati ihm nach.
Das Konzert hatte schon begonnen, als Kati endlich zurück war. „Wo bleibst du denn! Der Wahnsinn!" Völlig euphorisch begrüßte Olivia Kati. Sie war entfesselt und begeistert und fühlte sich um 20 Jahre verjüngt. „Du siehst aus, als hättest du einen Geist gesehen! Ist alles in Ordnung?", fragte Olivia besorgt. „Wenn du den Geist der Kloschüssel meinst, dann habe ich ihn gesehen, das Bier bekommt mir anscheinend nicht. Ich lass mal die Fingen davon", log Kati. Olivia gab sich zufrieden und konzentrierte sich nun wieder vollends auf die Show. Metallica stürmten durch das Konzert – fantastische Musik, gespickt mit Feuerwerk, Pyrotechnik und Explosionen. Was für eine Energie, was für Songs, was für ein Publikum. Gefangen im Sog der Ereignisse, die sie in ihren Bann zogen, bemerkten die vier nicht, dass sie beobachtet wurden. Beobachtet von einem, der unten stand und lange gebraucht hatte, sie zu entdecken. Die Bühnenshow interessierte ihn nur noch am Rande. Sie leuchtete mit ihrem goldenen Haar heraus, er hatte sie gefunden und er sah sie an. Er sah sie singen,

schreien, pfeifen und als dann IHR Song kam, sang sie voller Inbrunst den Text mit. Sie sah zur Bühne und sie sah nach oben, als ob sie im Himmel einen Stern suchen würde, und sie weinte und nahm die Hände vor ihr Gesicht, ließ sich fallen auf ihren Sitz. Er konnte es nicht länger ertragen, John hatte keine Kraft mehr. Die Sehnsucht nach Olivia überströmte seinen Körper und er war sich sicher. Sie liebte nicht nur diesen Song, sie liebte ihn – und was immer sie dazu veranlasst hatte, Kati dieses Versprechen abzuverlangen, es geschah nicht aus Mangel an Liebe zu ihm.
Das Konzert war zu Ende. Die Begeisterungsstürme wollten kein Ende nehmen. James Hetfield hatte sich bei den Konzertbesuchern dafür bedankt: „Das ist es, warum wir tun, was wir tun." Olivia fand, dass das genau den Kern der Sache traf. Sie war überwältigt. Voller Adrenalin und Glücksgefühle verließen die vier den Ort des Geschehens, um es sich noch in der Bar des Hotels gemütlich zu machen. Sogar Volker schien enthemmt und fröhlich zu sein. Sie bestellten sich ihre Lieblingsgetränke und werteten lautstark das Konzert aus.
„Gefällt dir der Ziegenbart von James?"
„Nein, nicht wirklich. Aber er ist schon ein toller Mann. Ich bin ihm verfallen", scherzte Olivia und

setzte dabei die schwärmerischste Mine auf, die sie auf Lager hatte. Ole mimte den Eingeschnappten: „Soll das heißen, dass wir normalen Männer keine Chancen mehr haben?" „Na ja, James ist ja nur was zum Anhimmeln. Alltagstauglich ist der nicht."
„Schon gar nicht als Ziege", raunte Volker aus der Ecke. Alle bogen sich vor Vergnügen.
„Aber es war toll. Kati, ich danke dir so sehr!" Olivia küsste Kati auf die Wange und bestellte sich noch einen Gin-Tonic beim Barkeeper.
„Eigentlich müsstest du mir danken", meinte Ole, „denn ich habe die Karten besorgt. Ich bestehe also hier und jetzt auf die gleiche Belohnung."
Olivia küsste nun auch Ole auf die Wange, denn wo er recht hatte, hatte er recht. Ohne ihn hätte sie das nie erleben dürfen.
Was sie nicht wusste, war, dass draußen jemand durch die Fenster schaute und sie ansah. Beim Trinken, beim Erzählen und beim Freuen. John hatte sich an sein Versprechen gehalten. Kein Kontakt. Doch er hatte herausgefunden, in welchem Hotel die vier abgestiegen waren und er hatte sich im Schatten gehalten, hatte von Weitem beobachtet. Er fragte sich, wer die Männer waren. Olivias Mann sah anders aus, an ihn konnte sich John noch gut erinnern, er hatte ihn auf Norderney gesehen. Wer war der Typ, der Olivia so hemmungslos anbaggerte? War er ihr neuer

Freund? Eifersucht stieg in ihm auf. Doch John bemerkte auch: Sie küssten sich nie auf den Mund, sie hielten sich nicht an den Händen.
Doch dann küsste sie ihn doch. John atmete tief aus. Was wollte er hier? Was sollte das? Sie wollte ihn nicht. Traurig ging er in Richtung seines Hotels davon.

Als Olivia die Tür ihres Hotelzimmers hinter sich schloss, war es schon sehr spät. Sie hatte mehrere Drinks intus und wollte nun unter die Dusche, bevor sie ins Bett steigen und bis zum Mittag schlafen würde. Olivia hatte sich Oles Versuchen, ihr näher zu kommen, nur mühsam erwehren können. Er hatte alle Register gezogen, doch Olivia wollte nichts überstürzen. Sie mochte ihn, doch so weit war sie noch lange nicht und außerdem war er Katis Bruder! Kati, noch immer ein wenig blass um die Nase, hatte sich über die beiden amüsiert und ihren Bruder geneckt, immer wenn Olivia ihn wieder abgeschüttelt hatte. Ach, ihre Kati.
Olivia war noch hellwach und schlüpfte aus ihren schwarzen Sachen, ging singend ins Bad und kurz bevor sie die Dusche andrehte, klopfte es an der Tür. Was will denn Kati noch?, fragte sich Olivia, als sie, eingehüllt in ein Badehandtuch, die Zimmertür aufriss. Für einen Moment erstarrte sie.

John kam auf sie zu. Ohne Worte nahm er ihr Gesicht in seine Hände und begann sie zu küssen. Die Tür schlug hinter ihnen zu und Olivia glaubte sich in einem Traum. War sie betrunken? War das Einbildung? Nein. Der Mann, der sie küsste, war eindeutig ihr John.

John. Wie hast du mich gefunden? Sie bekam keine Antwort. Dann merkte sie, dass sie die Frage gar nicht laut gestellt hatte. John verlor keine Zeit. Er spürte, dass Olivia sich nicht wehrte, sie küsste und umarmte ihn ebenfalls. Sie ließ es einfach geschehen. Er sah in ihre Augen und erkannte ihre Leidenschaft und die Freude, die er so vermisst hatte. Sie sah in seine Augen und hatte das Gefühl, auf dem Grund seiner tiefgrünen Augen sich selbst zu erblicken. Er drang ein in ihr Zimmer, er umklammerte sie und sie umklammerte ihn, sie sanken nieder auf das breite Bett und er drang ein in sie, nachdem das Handtuch irgendwo in einer Zimmerecke gelandet war. Und erst jetzt war er ihr so nah, wie es irgend geht, ihre Körper zu einem verschmolzen, ihre Seelen schon lange untrennbar vereint.

„John?"
„Ja, my dear."
„Ich bin froh, dass du hier bist."
„Ich bin es auch." Olivia kuschelte sich an John.

„Wie in aller Welt hast du mich gefunden?"
„Ich habe Kati getroffen, beim Konzert, aber sei ihr nicht böse, sie hat mir von ihrem Versprechen berichtet. Dann habe ich die Sache selbst in die Hand genommen."
„John?"
„Ja, Olivia?"
„Ich habe nie aufgehört, dich zu lieben."
„Ich weiß, my dear."
„John?"
„Ja."
„Ich habe Durst."
Sie rappelten sich auf und plünderten die Minibar.
„Olivia, ich muss morgen früh zurück. Ich bin mit Hamish, Pete und Ron hier. Es würde auffallen, wenn ich nicht mit ihnen fahre."
„Wem würde es auffallen?"
„Clara."
„Du bist noch zusammen mit ihr?" Ein winziger Hauch von Eifersucht mischte sich unter ihre Worte und schwebte zwischen den Buchstaben Johns Ohr entgegen. John spielte verlegen mit dem Zipfel des Kissens, als er erwiderte: „Ja, Olivia, du hast mich nicht gewollt. Sie ist eine gute Frau, sie tut mir gut. Ich musste weiterleben."
Trauer machte sich in Olivias Brust breit. Aber das genau wollte sie doch für ihn. Sie wollte, dass er

glücklich wird und das heißt, es würde eine andere Frau geben. Doch es fühlte sich für Olivia irgendwie nicht richtig an, plötzlich war es real, John und Clara. Sie fand es nicht gut, nein, nicht gut. Und sie wollte ihn hier und jetzt nicht teilen, sie wollte ihn nur für sich, auch wenn es nur für ein paar Stunden sein würde.

„Dann bleib bei mir den Rest der Nacht und dann fahre zu Clara und gründe eine Familie und vergiss mich." Sie presste die Worte heraus und ihr Hals zog sich zusammen.

„Dich vergessen? Das werde ich nie. Und du kannst es auch nicht. Ich habe dich gesehen, als sie unser Lied gespielt haben. Olivia, hör mir zu. Wir sind füreinander bestimmt. Wann wirst du dir das endlich eingestehen?"

„Ich weiß nur, dass ich ständig an dich denke, dass es mir nicht gelingt, anderen Männern überhaupt eine Chance zu geben, weil ich sie mit dir vergleiche, sofort mit dir vergleiche. Keiner, der mir begegnet ist, konnte der Prüfung standhalten."

„Bist du nicht mehr mit deinem Mann zusammen?"

„Nein. Wir haben uns getrennt, damals nach Norderney." Ein Brummen entfuhr seinem Mund.

„Olivia, ich lebe in einer Welt, die mir nur noch grau erscheint, ab und zu mal ein Farbtupfer. Als ich dich heute gesehen habe, war alles wieder bunt, kein Grau mehr. Das ist doch ein Zeichen, das alles hier. Siehst du das denn nicht?" Er machte eine Pause und schluckte, bevor er sie in die Arme nahm und sie beschwörend ansah:

„Olivia, komm zu mir, versuche es doch wenigstens, ich vermisse dich jeden Tag, jede Stunde, jede Minute. My dear. Lass es uns versuchen. Komm zu mir, jetzt, in diesem Sommer, du hast doch noch frei? Komm zu mir, so lange du es einrichten kannst, probiere es aus. Hab den Mut. Und wenn du nach dieser Zeit immer noch Zweifel hast, will ich es akzeptieren und dich für immer gehen lassen. Olivia, gib uns diese allerletzte Chance."

Olivia fühlte sich zerrissen wie noch nie. Sie liebte John über alles, er war so perfekt für sie. Doch konnte sie ihrer Tochter das antun?

„John, wenn es nur um mich ginge, ich denke, dann wäre ich schon längst bei dir, aber Emma. Meine Krankheit, die Scheidung, das hat ihr alles arg zugesetzt und dann beginnt sie bald das Studium. Ich kann sie nicht allein lassen, sie ist mein Mädchen. Ich bin verantwortlich für sie."

„Olivia, sie ist doch aber kein kleines Kind mehr. Schlag ihr vor, mitzukommen nach England, sie kann auch in Exeter studieren."

„Das ist nicht so einfach. Ihr Leben ist fest verwurzelt in Berlin. Ich könnte ihr nicht einmal den Vorschlag machen, ohne mich unendlich schlecht zu fühlen. Und dann ist da auch noch Konrad." Olivia schüttelte unmerklich den Kopf.

„Sag ihr die Wahrheit, Olivia, und dann sieh, wie sie reagiert. Du musst ihr die Wahrheit sagen, wenn einmal alles herauskommt, wird sie dich hassen für den Rest deines Lebens, weil du ihr die Wahrheit verschwiegen hast."

„Ich werde sie damit verletzen. Das ist nicht leicht für eine Mutter. Du weißt nicht, wie das ist, wenn sie es dir in die Arme legen, das kleine Bündel, und du spürst, nie mehr wird das unsichtbare Band durchschnitten werden können, das euch, getränkt mit Liebe und ewiger stiller Verbundenheit, zusammenhält." John antwortete nicht mehr, er atmete schwer und kämpfte verbissen gegen etwas an. Tief in ihrem Inneren wusste es Olivia dennoch. Sie würde mit Emma sprechen müssen, bevor es Erik eines Tages tat, und Emma sollte vorher Olivias Version gehört haben. Vielleicht würde sie es verstehen, denn sie war doch selbst gerade verliebt. Konnte sie es nachfühlen oder würde sie ihre Mutter verurteilen? Ihre Tochter zu verlieren, könnte Olivia nie verkraften. Dennoch nahm sie allen Mut zusammen, richtete sich auf und sah John entschlossen an:

„John, das wird nicht einfach. Ich kann zu dir kommen. Bald. Für drei Wochen, bis ich wieder anfange zu arbeiten. Aber versprich mir, dass du mich nicht als Gast und Touristin behandeln wirst. Ich möchte das Alltägliche, ich möchte eine Ahnung davon bekommen, wie es sich anfühlt, wenn der Alltag kommt. Ich will mir sicher sein, bevor ich alles aufgebe, was mein Leben bisher ausgemacht hat. Meinst du, das geht?"
Johns Augen füllten sich mit Freudentränen. „Olivia, ich habe dich wieder gefunden und du wirst vielleicht deine Heimat, dein Zuhause verlassen, du lässt vielleicht dein Kind zurück. Darum wird alles so sein, wie du es willst. Morgen Abend rede ich mit Clara und sage ihr die ganze Wahrheit. Es muss Schluss sein. Endlich Schluss sein."
Er beugte sich über Olivia und küsste sie voller Leidenschaft. Er strich mit seinen Händen über ihren Körper, als hätte er vergessen, wie er sich anfühlt. Er umfasste ihre Brüste und küsste sie sanft, ging tiefer und seine Hände erinnerten sich an jeden Zentimeter. Auch Olivia tat dies, und als sie sich endlich vollends wiedererkannt hatten, gab es keine Grenzen mehr. Er wusste genau, was Olivia brauchte und wollte, er gab es ihr, bis sie sanft stöhnend unter seinen Händen fast dahin schmolz.

„Komm, komm zu mir." Olivia zog ihn über sich und sah ihm tief in die Augen. Sie spürte seine von Lust gestählte Männlichkeit und er wurde wieder eins mit ihr, Olivia, seiner Liebe. Ihre Bewegungen verschmolzen und ihr Atem folgte dem gleichen Rhythmus, bis sie sich beide erschöpft in die Kissen sinken ließen.

Kurz bevor John gehen musste, küsste er Olivia und flüsterte ihr zu: „Ich rufe dich an. Ich habe dich noch immer gespeichert." Er machte eine Pause und schnaufte belustigt, „unter `scrambled´." Sie lächelten sich an und Olivia strich sanft über seine Wange. „Bis bald, my dear, ich liebe dich!"

Olivia schloss die Tür und lehnte sich von innen an. Sie versuchte, ihre Gedanken und Gefühle zu ordnen. Ohne Erfolg. Sie setzte sich an den Schreibtisch und fing an, eine Liste zu schreiben:

Was noch zu tun ist:
1. *mit Kati sprechen*
2. *mit Emma sprechen*
3. *mit Erik sprechen*
4. *einen Flug buchen*
5. *glücklich werden*

Sie faltete den Zettel und steckte ihn in ihre Brieftasche, an die Stelle, an der sie das Foto aufbewahrte.

„Es ist Zeit zu duschen und zu packen. Der erste Punkt wird bis zur Landung in Berlin erledigt sein", sagte sie zu sich selbst, hob das Handtuch vom Boden auf und ging ins Bad.

Kapitel III

Eine Woche später saß Olivia wieder in einem der ihr verhassten Flugzeuge. Sie hatte nehmen müssen, was sie kriegte. So kurzfristig einen Flug zu buchen, war gar nicht so einfach, sie hatte Glück gehabt. Und nun saß sie zwischen einer wenig freundlich anmutenden Mittfünfzigerin mit schlecht sitzendem Make up und verknorkeltem, sonnenstudiogebräuntem Dekolleté, die gelangweilt in ihrer Modezeitschrift blätterte, und einem asiatisch aussehenden, sehr dünnen, kleinen Mann, der unangenehm nach Knoblauch roch und mehr Ringe trug, als sie je besessen hatte. Olivia war sich sicher, dass keiner von beiden ihr seine Hand zur Verfügung stellen würde. Das machte ihr zusätzlich Sorgen. Doch was wäre die Alternative gewesen?
Mit dem Auto diese weite Strecke zu fahren, unterwegs auch noch die Fähre von Calais nach Dover? Das hatte sie sich nicht getraut. Also Augen zu und durch. Olivia versuchte sich abzulenken und schloss wirklich die Augen. Emmas empörtes Gesicht erschien ihr sofort. Emma, meine Kleine, dachte Olivia sorgenvoll und seufzte unwillkürlich. Das Gespräch mit ihr war nicht so problemlos verlaufen, wie Olivia es sich gewünscht hatte. Vorwürfe, es

wurde viel geflucht, gefleht und geweint. Am Ende fand Emma sich damit ab, dass ihre Mutter die Schuld an der Trennung auf sich genommen hatte und nun zu ihrem „Lover", wie Emma John nannte, flog. Emma war unendlich enttäuscht von ihrer Mutter. Führte sie doch gerade alle Werte ad absurdum, die sie beigebracht bekommen hatte. Ehrlichkeit, Treue, die Unantastbarkeit der Familie! Doch ihr war auch klar, dass sie es nicht verhindern konnte.

Ihre Mutter mit einem anderen Mann! Wie eklig! Emma hoffte, dass das bald vorbei sein und ihre Mutter wieder zur Vernunft kommen würde. Denn Olivia hatte es nicht übers Herz gebracht, ihr zu sagen, dass sie vielleicht für immer dorthin gehen würde. Nach England. Zu John. Sie hatte sich feige Zeit erlogen, drei Wochen, nach denen sie eine Entscheidung treffen würde, treffen müsste. Doch daran wollte sie jetzt eigentlich nicht denken. Sie konnte auch nicht mehr denken, denn das Flugzeug setzte zur Landung an. Im Nebel. London im Nebel, mal ganz was Neues. Woher weiß der Pilot denn im Nebel, wann die Erde da ist? Sie hatte den Gedanken noch nicht zu Ende gedacht, als sie spürte, dass die Maschine aufgesetzt hatte und sich ihren Weg fahrend durch die dicke Suppe suchte.

Olivia entspannte sich langsam. Gleich würde sie den Flughafen verlassen und dort erwartete sie John.

Freude durchströmte sie bei dem Gedanken. Doch bevor sie ihren Koffer holen würde, musste sie sich unbedingt noch einmal im Spiegel betrachten und vor der langen Autofahrt etwas herrichten. Müde sah sie sich an, wischte hier und da in ihrem Gesicht herum und richtete ihre Haare und ihre Bluse, die blaue, von der sie wusste, dass sie John so gefiel. Dann kramte sie einen Kaugummi aus ihrer Handtasche, steckte ihn sich in den Mund, gab sich ein „Okay" und zog weiter Richtung Gepäckhalle. Das lange Transportband spuckte einen schwarzen Koffer nach dem anderen aus, bis endlich Olivias großer, schwarzer Koffer erschien. Zum Glück hat er einen breiten goldenen Streifen, so dass sie ihn sofort von den anderen unterscheiden konnte. Sie wuchtete ihn vom Band, packte ihr Handgepäck oben auf, hängte sich ihre prall gefüllte Handtasche um und rollte schwer beladen, doch hüpfenden Herzens damit in Richtung Ausgang.

Nach einer Odyssee durch Gänge, Kontrollschalter und Laufbänder kommt einem die Ausgangstür wie das Tor zum Paradies vor.

Doch man sieht erst einmal nichts. Langsam kristallisieren sich aus der Masse wartender Menschen einzelne Gesichter heraus, Schilder werden hochgehalten, Menschen fallen sich in die Arme, geschäftig drängen sich Leute an einem vorbei, die wissen, dass sie niemand abholt, die wissen, wohin sie müssen. Olivia wusste das nicht, stand erst einmal etwas orientierungslos an der Seite und versuchte, einen bekannten Blick zu erhaschen oder ihren Namen aus dem Gewirr der Geräusche herauszuhören.

„Da bist du ja, my dear", flüsterte John ihr ins Ohr, sie drehte sich freudestrahlend um und schlang ihre Arme um seinen Hals, streckte sich ihm entgegen und küsste ihn auf den Mund. „Ich bin da, ich habe es überstanden, ich bin noch am Leben", jubelte Olivia sichtlich erleichtert, die erste Hürde ihres Abenteuers unbeschadet überstanden zu haben. John drückte sie fest an sich, sah sie dann von oben bis unten mit einem genüsslichen Blick an und seine Augen strahlten.

„Hallo, Olivia, lange nicht gesehen." Hamish schob sich aus Johns Schatten und reichte ihr die Hand. „Hallo, Hamish, schön, dich zu sehen. Sehr nett von dir, dass du dir die Zeit genommen hast, mich abzuholen", antwortete Olivia artig in mittlerweile hörenswertem Englisch. Dabei lächelte sie Hamish entwaffnend an, der nun seine ernste Miene nicht mehr aufrechterhalten konnte. „Ich kann doch DAS TIER nicht mit meinem guten Wagen allein bis London fahren lassen, nee, also, das Risiko war mir zu groß." John setzte seine Unschuldsmiene auf, zuckte mit den Schultern und konterte: „Also, wenn ich DAS TIER bin, wer von den Muppets bist du dann? Gonzo?"

Er belud sich zufrieden mit Olivias Gepäck und die drei machten sich auf den Weg zum Parkplatz. Unterwegs hob Hamish die schwere Handtasche von Olivias Schulter.

„Sie gestatten, Mylady?"

„Sehr gern", flötete Olivia und deutete einen Hofknicks an. Hamish schmunzelte in sich hinein.

„Was in aller Welt ist in dieser Tasche?", wollte er wissen.

„Dinge halt, Frauendinge und Bücher. Zwei. Dicke Bücher."

„Hm, ich denke nicht, dass du zum Lesen kommen wirst, so wie der dich angesehen hat", antwortete Hamish mit einem anzüglichen Blick in Johns Richtung. Der tat, als hätte er nichts gehört. Sie bestiegen das Auto und John setzte sich zu Olivia nach hinten.

Sie hatten noch nicht einmal das Flughafengelände verlassen, da war sie schon vor Erschöpfung eingeschlafen, den Kopf an Johns Schulter, seine stachelige Wange an ihrem Haar, seine streichelnde Hand auf ihrem Arm und die tiefen Männerstimmen im Ohr, die englisch sprachen. Es klang für sie so beruhigend wie schöne Musik.

Erst als der Wagen endgültig vor Johns Haus zum Stehen kam, öffnete Olivia langsam die Augen. Draußen wurde es dunkel, doch sie fühlte sich ausgeruht nach drei Stunden Schlaf, und die Aufregung war einer freudigen Erwartungshaltung gewichen.
„Guten Morgen, my dear", flüsterte John ihr vorsichtig zu.
„Sind wir schon da?" Olivia gähnte und streckte sich aus, so gut es ging. Schnell versuchte sie, von ihrem Make up zu retten, was noch zu retten war. Die Männer schleppten ihr Gepäck in die Wohnung und in Johns Zimmer, denn heute Nacht würde sie hier bleiben. „Ich bringe dich dann am Sonntag zur Pension, ich habe etwas Schönes für dich gefunden", hatte er ihr am Telefon versprochen.
Diese Wohnung weckte sofort alte Erinnerungen, und auch wenn sie damals, vor drei Jahren, nur wenige Stunden hier verbracht hatte, fielen ihr all die Details wieder ein. Der Duschvorhang mit dem schrecklichen, schreiend bunten Muster, der leicht angelaufene Spiegel im Bad, der große Kühlschrank in der Küche, der hauptsächlich zum Kühlen von Getränken genutzt wurde und vor dem sie mit John halbnackt gesessen und gegessen hatte, der alte Flurschrank und die niedliche Kommode und Johns schönes Bett, das sie vor so langer Zeit so traurig

verlassen hatte. Und über allem schwebte ein Hauch von gebratenen Eiern mit Speck, Zigarettenrauch, Männerschuhen und Reinigungsmitteln. John hatte geputzt und er hatte frische Laken aufgezogen, stellte Olivia heimlich fest und freute sich.
Ganz unerwartet verabschiedete sich Hamish mit einem lauten: „Ich fahr jetzt."
„Vielen Dank, Hamish, du hast was gut bei mir!", rief sie ihm hinterher.
„Pass gut auf, was du sagst, my dear, Hamish ist immer noch der Alte, er nimmt dich vielleicht beim Wort." Schmunzelnd ging John in die Küche, holte eine Flasche Rotwein und zwei Gläser.
„Guter Rotwein zur Feier des Tages. Möchtest du was davon abhaben?"
„Ich bitte darum, zur Feier des Tages." John goss die bauchigen Gläser voll bis zum Rand und Olivia lachte.
„Auf drei Wochen mit dir!", prostete sie ihm zu.
„Auf drei Wochen und noch viel weiter. Endlich bist du hier", ergänzte John. Olivia nahm einen Schluck und merkte jetzt erst, dass ihr Magen völlig leer und der Wein sofort in ihrem Blut war.
„Machst du mir was zu essen? Ich glaube, ich werde auch erst mal unter die Dusche springen."
„Hm, ich kann nur Eier mit Speck", tat John kleinlaut kund.

„Dann wünsche ich mir Eier mit Speck, an nichts anderes konnte ich denken, seitdem ich hier bin", neckte ihn Olivia und wurde dafür auf dem Weg zum Bad verfolgt, umarmt, gekitzelt und geküsst.

Eier mit Speck passten gut zu Rotwein, fanden die beiden, als sie auf Johns Sofa saßen und aus der Pfanne aßen, die John auf ein Brett gestellt und in sein Zimmer gebracht hatte. Langsam fühlte sich Olivia wohler in ihrer Haut. Frisch geduscht, befreit von den Sachen, an denen der Schmutz der Reise hing, und beflügelt vom Wein beugte sie sich zu John hinüber und raunte ihm ein unanständiges Angebot ins Ohr, das John zum Anlass nahm, sofort aufzuspringen und Olivia mit sich zu ziehen. Die Tür vom Bad knallte zu, die Dusche ging an und statt des Gekichers hörte man bald nur noch Laute der Leidenschaft, die gedämpft zusammen mit ein paar orangefarbenen Lichtstrahlen durch die Türritzen und die schmale farbige Glasscheibe in den dunklen Flur sickerten.
Und wenn jemand im Flur gestanden hätte, dann wäre für ihn klar, diese beiden trennt keiner mehr. Hier beginnt endlich eine Geschichte, die schon überfällig war, geschrieben zu werden.
Eine einsame Gestalt nahm etwas von der Pinnwand im Flur und verließ die Wohnung so lautlos, wie sie hereingekommen war.

Am nächsten Morgen, Olivia war gerade dabei, Kaffee zu machen, sie hatte einige Packungen ihrer Lieblingssorte mitgebracht, schlurfte Pete verschlafen in die Küche.

„Guten Morgen, Pete, möchtest du auch Kaffee?", begrüßte Olivia ihn.

„Ja, gerne, das hast du dir gemerkt? Also, erst mal herzlich willkommen zurück in Exeter und hier in unserer Junggesellenbude. Bei unserem letzten Treffen lief es ja nicht so optimal." Pete sprach´s und ging auf Olivia zu, um sie zu umarmen und auf die Wange zu küssen. In diesem Moment kam John zurück vom Baguetteholen.

„Kaum ist die Katze aus dem Haus! Finger weg von meinem Mädchen!", befahl er streng. Pete ließ Olivia sofort los und salutierte.

„Jawoll, Herr Major!" Er ließ sich lachend auf einen Stuhl fallen.

„So kann´s bleiben, ich bekomme Kaffee serviert, ohne einen Handschlag dafür getan zu haben."

„Nur heute, Soldat, nur heute. Und für dich Tee?" Olivia blickte John an.

„Nur heute trinke ich auch Kaffee, damit ihr euch nicht verbünden könnt."

Dank Pete gab es hier eine Kaffeemaschine, was ein großer Luxus war. Die drei frühstückten gemeinsam mehr als zwei Stunden lang und John berichtete ausführlich von der gestrigen Reise nach London in Hamishs Wagen und Olivia gab ihre Reise- und im Speziellen ihre Flugerlebnisse zur Freude aller zum Besten.

Irgendwann sah John auf die Uhr und stellte fest, dass sie sich nun beeilen müssten. In einer halben Stunde waren sie verabredet in der Pension. Pete musste, unter Protest, das Aufräumen übernehmen und Olivia packte ihren Koffer und ihre Taschen. Los ging es. Die Pension lag keine 20 Minuten Fußweg von Johns Wohnhaus entfernt auf einem Hügel und war von außen als solche nicht zu erkennen. Kein Schild wies auf ein „Bed and Breakfast" hin. Doch John steuerte geradewegs auf den Eingang des wunderschönen kleinen Hauses zu. Er klingelte. Eine Frau höheren Semesters mit dichten, grauen, zu einem Zopf gebundenen Haaren und freundlichem Gesicht öffnete die Tür und begrüßte John mit netten Worten und einer Umarmung. Dann musterte sie Olivia lange und kritisch, setzte ihr Lächeln wieder auf, holte tief Luft und schüttelte ihr die Hand.

„Schön, Sie kennenzulernen. Darf ich Olivia sagen? Ich heiße Isabell, Isabell Wallace. Nicht verwandt mit William Wallace und dessen Familie. Obwohl, das wiederum weiß man nie so genau", stellte sie sich schmunzelnd vor.

„Natürlich dürfen Sie das, ich bin Olivia Mordas, aus Berlin, schön, dass ich bei Ihnen wohnen darf. Das Haus sieht von außen fantastisch aus." „Danke, ich hoffe, du bleibst so begeistert, wenn du den Rest gesehen hast." John schob sich mit den Gepäckstücken an den beiden Frauen vorbei und ging zielsicher durch den Flur in eines der hinteren Zimmer. Die Frauen folgten ihm langsam und Isabell nahm die Gelegenheit wahr, Olivia ein wenig von der Geschichte des Hauses zu erzählen. „Es gehört seit Generationen der Familie meines verstorbenen Mannes. Wir haben hier und da ein wenig ausgebaut, doch im Grunde ist vieles erhalten geblieben. Diese Steinwand hier zum Beispiel." Sie zeigte auf eine Natursteinwand in der kleinen Küche und Olivia strich mit ihrer Hand darüber. Sie mochte diesen derben Look gern.

„Die hinteren Zimmer hatten wir für unsere Kinder angebaut, mit eigenem Bad, sehr luxuriös für die damaligen Verhältnisse, und nun vermiete ich sie ab und an, allerdings nur an ausgesuchte Gäste."

„Ich fühle mich geehrt. Vielen Dank."

„Ich habe es in deinem Fall bislang noch nicht bereut. John hatte recht, scheinst wirklich ganz nett zu sein." Olivia sah verschämt zu John.

„So viel Lob an einem Tag! Das muss ich mir aber erst verdienen!" Olivia trat in ihr Zimmer und freute sich.

Es war hell und sauber, sie konnte in den Garten sehen und das große Bett mit bunt geblümter Bettwäsche stand einladend an der Wand. „Es ist großartig. Hast du noch einen Gast im anderen Zimmer?"
„Nein, zurzeit nicht, du kannst dich also im Bad ausbreiten, es gehört dir allein. Pack doch erst einmal aus, ich mache Tee und dann zeige ich dir den Rest des Hauses." John verabschiedete sich von Olivia, nahm sie in die Arme und küsste sie vor der alten Lady auf den Mund.
„Ich hole dich heute Abend um sechs ab. Wir gehen essen. Bis bald Isabell!" Dann verließ er das Haus und Olivia fing an, sich einzurichten. Erst jetzt fiel ihr auf, dass sie weder Hund noch Katze noch Vogel bemerkt hatte. Wie aufmerksam von John. Das hatte er sich gemerkt.
Olivia mochte keine Tiere in der Wohnung.

Eine halbe Stunde später rief Isabell Olivia zum Tee. Sie hatte alles schön angerichtet auf der kleinen Terrasse, die inmitten eines Blumenmeeres lag. Sie war mit groben Steinen gepflastert und teilweise von einer umrankten Pergola umgeben.
„Oh, wie gemütlich", freute sich Olivia. Sie setzte sich auf den für sie vorgesehenen Stuhl. Selbst die Stuhlkissen hatten ein Blütenmuster.

„Ich hätte auch tragen helfen können."
„Aber nein, mein Kind, du bist mein Gast und ich habe doch auch nichts anderes zu tun. Wenn man in meinem Alter alles abgenommen bekommt, fühlt man sich schnell alt und nutzlos."
„Da stimme ich dir zu, meine Mutter hat auch schon ein gewisses Alter erreicht und freut sich immer, wenn sie helfen kann. Außerdem ist sie fit wie ein Turnschuh, macht regelmäßig Sport und trifft sich mit Leuten. Dadurch fühlt sie sich viel jünger."
Isabell nickte: „Wenn man allein lebt, wie ich, sind gute Kontakte auch sehr wichtig. Ich treffe mich einmal in der Woche zum Golfspielen mit ein paar Freunden und ich bin in einem Leseclub für Frauen."
„Nur Frauen? Warum?"
„Es waren auch mal Männer dabei, doch dadurch war die Auswahl der Bücher sehr beschränkt, die hielten nichts von Liebesgeschichten, aber wir wollten unbedingt auch Liebesgeschichten lesen und besprechen und schwärmen und uns über die Männer in den Geschichten auslassen. So haben wir die zwei eines Tages gebeten, einen eigenen Leseclub für Männer zu gründen."
„Und? Wie haben sie es aufgenommen?"
„Nun, sie verließen uns sehr beleidigt und mürrisch, aber wir gehen alle gemeinsam einmal im Monat zum Essen ins Church. Nun, das gefällt ihnen gut und dass

sie dann nicht bezahlen müssen, stimmt sie sehr versöhnlich."
„Das Church kenne ich, da war ich mit John mal essen, vor langer Zeit, ich fand es sehr schön. Damals konnte ich kaum Englisch sprechen. Und trotzdem haben wir uns gut verstanden."
„Schätzchen, du sprichst ganz hervorragend, ich habe mich lange nicht mehr mit jemandem aus dem Ausland so gut unterhalten. Ach, da fällt mir ein, John will heute Abend wieder mit dir dorthin, ins Church, nimm dir eine Jacke mit, es wird kühl heute Nacht."
Olivia lächelte und nickte ihr mit vollem Mund zu. Sie hatte sich gerade eines der köstlichen Gurkensandwiches in den Mund gestopft.
„Isabell?"
„Ja, mein Kind?"
„Woher kennst du John?"
„Oh, wie klug, das zu fragen. Ich erzähle es dir später einmal."
„Gut. Isabell, wie machen wir das mit der Bezahlung?"
„Das Zimmer ist bezahlt für drei Wochen, Darling. John hat mir gesagt, dass du dich dagegen wehren würdest, doch sieh es ein. In diesem Fall ist jeder Widerstand zwecklos."
Isabell zeigte ihr nun das Haus. Voller Stolz berichtete sie, dass sie die Ersten in der Straße gewesen waren,

die richtige Fliesen an den Wänden ihrer Badezimmer hatten. „Mein Mann hatte deutsche Freunde, das hat wohl abgefärbt." Die restlichen Zimmer hatte sie hübsch eingerichtet, am besten gefiel Olivia das Wohnzimmer, denn auch hier war die Steinwand zu sehen und vor ihr der obligatorische Kamin. Olivia sagte lächelnd:

„Wie schön! Ich stelle mir gerade vor, wie früher an Weihnachten dort die Weihnachtssocken der Kinder prall gefüllt hingen und unendlich viele Weihnachtskarten den Sims verzierten. Isabell, du hast es hier sehr gemütlich." Isabell nickte schweigend. Olivia sah sich weiter um. Auch das Sofa und die anderen Sitzmöbel und sogar die Vorhänge zierten Blumenmuster, alles war frisch geputzt und selbst der kleine Kronleuchter glänzte im Licht der hereinfallenden Sonnenstrahlen. Ein riesiger Ohrensessel mit einem passenden Hocker stand direkt vor dem Fenster. Das war mit Sicherheit Isabells Leseplatz, denn das Bücherregal erstreckte sich über die ganze Wand und war vollgestopft mit Büchern. „Ich habe auch so eine Wand voller Bücher zu Hause. Die vermisse ich immer, wenn ich mal länger weg bin."

„Aber Bücher sind ja geduldig, die warten auf dich, bis du sie wieder aufschlägst. Die nehmen es nicht krumm, wenn du ihnen längere Zeit keine

Aufmerksamkeit schenkst." Olivia nickte in sich hinein und tauschte mit Isabell einen verständigen Blick aus, Isabells Rede kam ihr merkwürdig bekannt vor.

Jetzt ging es in den Garten zurück, der Isabells ganzer Stolz zu sein schien. Er war eingerahmt von zwei alten Mauern und einer groben, grünen Hecke. Es führten zwei verschlungene Wege durch das üppige Meer von Stauden und Blüten. Alles wirkte wie gewollt, konnte sich jedoch frei entfalten. Isabell erklärte Olivia die verschiedenen Sträucher und Pflanzen, die der in der Welt der Botanik eher unwissenden Olivia immer wieder ein „Ah!" und ein „Oh!" entlockten. Das gefiel Olivia an englischen Gärten. Alles war so konzipiert, dass man sich tagelang dort beschäftigen konnte, es aber auch schön anzusehen war, wenn man alles wachsen ließ, wie es wollte. Selbstverständlich gehörte auch ein Rosenbeet dazu. An Isabells Lieblingsrose, einer englischen tiefrote Rose, deren starker Duft sofort auffiel, kamen sie zum Stehen.

„Ich finde sie wunderbar, sie hat eine schöne Farbe und die Blüten verstecken sich fast ein wenig im Strauch. Aber sie duftet unglaublich, man riecht sie, bevor man sie sieht. Oh, und sie ist gefüllt, ich mag das sehr", freute sich Olivia und schnupperte an den Blüten. „Wie treffend bemerkt, meine Liebe. Das ist eine Munsted Wood. Wusstest du, dass jeder Mensch eine Blume hat, die zu ihm passt? Ich denke, dass dies deine ist. Winterhart, mehrfach fleißig blühend, tiefrot und umwerfend duftend."

„Oh, vielen Dank, ich glaube, ich werde auch rot. Aber sagtest du nicht, dass das auch deine Lieblingsblume ist?" Isabell sah sie über den Rand ihrer Brille an und wieder nickte sie schweigend.

Pünktlich stand John am Abend vor der Tür. „Ich möchte meinen Schatz abholen, Isabell, ist sie fertig?"

„Komm rein und sieh selbst nach. Nur nicht so schüchtern", zog Isabell ihn auf, schüttelte mit dem Kopf und fügte leise hinzu: „Wie die Teenager."

John klopfte an Olivias Tür. Sie öffnete und strahlte ihn an.

„Fertig. Ich hatte einen wundervollen Nachmittag, selbst der Tee war gut. Aber einen Kaffee könnte ich jetzt trotzdem vertragen." Sehnsüchtig rollte Olivia mit den Augen, schnappte sich ihre Jacke und ging Hand in Hand mit John zum Church. Schon von Weitem erkannte Olivia das Restaurant, eine wohlige Wärme machte sich breit in ihr und die Erinnerung kam sofort zurück an den Abend vor drei Jahren.

John hatte denselben Tisch reserviert, an dem sie schon einmal gesessen hatten, sie nahmen Platz und Olivia schaute sich in Ruhe um. Es hatte sich nicht viel verändert. John nahm ihre Hände in seine und küsste sie.

„Weißt du noch? Hier habe ich in dein Wörterbuch gekritzelt."
„Und das war gut so, denn darum bin ich noch einmal hergekommen."
„Und darum hätte Pete beinahe eine schiefe Nase", fügte John schuldbewusst hinzu. Sie lachten und John ging das Essen bestellen und Getränke holen.
„Wie gefällt dir deine Unterkunft?", wollte John nach seiner Rückkehr wissen. „Es ist toll, ich danke dir. Ich mag Isabell, mein Zimmer, das Haus und den Garten. Und es gibt keine Haustiere. Was will ich mehr? Das hast du gut gemacht."
„Freut mich zu hören, zum Dank werden Küsse und sonstige Gefälligkeiten sehr gern angenommen."
„Ich werde mir überlegen, was angemessen erscheint", erwiderte Olivia mit zweideutigem Unterton.
Nach dem Essen holte Olivia Bier und rückte nah an John heran. „Du hast das Zimmer schon bezahlt. So war das nicht abgemacht."
„Olivia, ich weiß, du magst es nicht, wenn ich für dich bezahle, aber ich wollte vor Isabell nicht dastehen wie ein Geizhals. Lass mich der Mann sein und für die Unterkunft meiner…", er stockte, „… Frau bezahlen. Es tut mir nicht weh, bitte, lass es gut sein."
„Ich weiß, in dem Punkt bin ich mächtig störrisch, aber wenn du mich so bittest, allerdings nehme auch

ich Küsse und sonstige Gefälligkeiten an für diesen Rückzieher."

„Da lässt sich was machen." John zog ebenfalls zweideutig die Augenbrauen hoch und schickte sich an, neue Getränke zu holen. Olivia lauschte während seiner Abwesenheit dem Plätschern des kleinen Flüsschens und dachte: Jetzt sitze ich tatsächlich hier, mit John, das hätte ich niemals zu hoffen gewagt, und ich habe eine Chance, vielleicht auf ein neues Leben. Diese Entscheidung wird alles verändern und ich habe nur drei Wochen.

Sie blickte auf und sah John von Weitem auf sie zukommen, er sah aus, als könne er die ganze Welt umarmen. Ja, eines wusste sie heute schon, dass sie diesen Mann über alles liebte und begehrte und nichts dagegen hatte, wenn es für immer so bleiben würde.

John jonglierte die Gläser gekonnt bis zum Tisch.

„Gehen wir zu mir oder zu dir?", fragte er mit einem schelmischen Augenzwinkern, nachdem sie ausgetrunken hatten.

Sie landeten in Johns Zimmer und schliefen stürmisch miteinander. Danach brachte John Olivia zur Pension und verabschiedete sich an der Tür.

„Schlaf gut, my dear. Bis Dienstagabend!", hauchte er ihr ins Ohr. Sie warf ihm einen Handkuss zu und verschwand im Haus. Noch fünf Stunden bis zum Weckerklingeln, John machte sich zügig und frohen

Mutes auf den Heimweg, obwohl der nächste Tag ein anstrengender Arbeitstag für ihn sein würde.

Am Montagmorgen schrieb Olivia noch vor dem Frühstück eine Liste:

1. die Anschriften aller Sprachschulen heraussuchen
2. im Touristencenter nachfragen
3. das Schulamt aufsuchen
4. in den Reisebüros vorstellen
5. einen Spaziergang am Fluss machen
6. Kuchen für Isabell kaufen

Nach dem Frühstück, das sie in Isabells Gesellschaft zu sich nahm, machte sich Olivia auf den Weg. John würde sie heute nicht sehen. Er traf sich wie immer montags im Pub mit der Band. Und so sollte es auch bleiben. Sie suchte, ausgerüstet mit einem Stadtplan und guten Ratschlägen von Isabell, einige der Adressen auf, die sie notiert hatte. Oft bekam sie nur einen Termin, aber das Touristencenter zeigte sich sofort interessiert an Olivias Angebot. Ihre Qualifikation schien ausreichend und da sie wusste, dass sie ab März 2008 theoretisch anfangen könnte als deutschsprachige Touristenführerin, konnten auch konkrete Pläne gemacht werden. Dies wäre natürlich nur ein kleiner Job, doch irgendwo musste sie beginnen. So hinterließ sie ihre Daten und auch Johns Anschrift und versprach, am nächsten Tag ihre schriftliche Bewerbung abzugeben. Das war hier nicht so umständlich, sie mögen es eher klar und einfach. Olivia hatte zwar nur Referenzen in Deutschland zu bieten, doch die würden bei einem Anruf unter Garantie positiv ausfallen und die Leute würden in englischer Sprache Loblieder singen.

Ziemlich erschöpft, doch glücklich, dass der erste Tag so gut verlaufen war, saß Olivia am Fluss, rauchte ihre erste Zigarette des Tages und genoss ihren Kaffee zum Mitnehmen, extra groß natürlich. Dabei sah sie auf das beruhigende Dahinströmen des Wassers. Sie hatte nie gedacht, dass sie mal irgendetwas anderes sein könnte als Lehrerin. Das war ihre Bestimmung und diesen Beruf liebte sie sehr. Doch dies hier war spannend und sie war noch jung genug, um sich auf Neues einzulassen. Das sagte der Verstand. Ob das Gefühl noch nachzog?

Zum Abendessen wurde sie von Isabell erwartet. Sie hatte sie eingeladen, ihr berühmtes Curry zu kosten. Es schmeckte wahnsinnig gut und war sehr scharf. Olivia benötigte den dazu gereichten Joghurtdrink dringend, sie war so scharfes Essen nicht gewöhnt.

„Das schmeckt fantastisch, Isabell!", lobte Olivia und wischte sich den Mund mit der Serviette ab.

„Ich danke dir. Eine Frau mit einem gesunden Appetit."
„Ach, da fällt mir ein, ich habe dir Kuchen mitgebracht", erinnerte sich Olivia und holte das Paket aus ihrer Tasche, „denn ich will dich bestechen. Würdest du einmal über meine Bewerbungsunterlagen sehen, bevor ich sie morgen abgebe?"
„Das hätte ich auch ohne Kuchen gern getan. Gib mal her!"
Später am Abend saß Olivia draußen auf der kleinen Terrasse, hatte die Beine hochgelegt und schaute in den Himmel.
„Woran denkst du?", fragte Isabell, die sich mit einem Tee zu ihr setzte.
„Ich denke an meine Tochter, sie fehlt mir jetzt schon, nach zwei Tagen, wie soll das später werden, wenn ich vielleicht hier wohne, so weit entfernt von ihr?"
„Du bist eine sehr mutige Frau, Olivia, und ich mag dich, weil du bist, wie du bist. Und am besten gefällt mir, dass du dich nicht abhängig machen willst von einem Mann. Starke Frauen sind selten, wir müssen uns gegenseitig unterstützen. Du kannst das schaffen, ihr könnt das schaffen, das spüre ich." „Ach, Isabell, all die Stärke nützt nichts, wenn ein Kind ins Spiel kommt. Alle Stärke, Logik, alle Klarheit und Konsequenz verlassen dich schlagartig, wenn es um das Wohl deines Kind geht."

„Ich habe auch zwei Kinder geboren, sie sind vor vielen Jahren zurück nach Schottland gegangen. Ich stamme daher. Als junge Frau hatte ich mich in meinen Mann verliebt, einen Engländer, sollte nichts mehr heißen in dieser Welt, doch es war etwas problematisch für beide Familien. Den Sommer verbrachten meine Töchter immer bei den Großeltern in meinem Heimatort Balmedie in der Nähe von Aberdeen. Es gefiel ihnen jedes Mal so gut, dass sie, als sie erwachsen waren, beschlossen, dorthin zu ziehen. Mein Mann ist nur schwer darüber hinweggekommen." Traurig wischte sie sich mit dem Taschentuch die Tränen aus dem Gesicht.
„Stammt John nicht auch aus der Gegend?", überlegte Olivia laut.
„Mhm, ich gehe mal ins Bett, es ist spät geworden. Schlaf gut, meine Liebe. Wir sehen uns zum Frühstück."
Olivia nahm sich vor, das Thema später noch einmal anzuschneiden und ging ebenfalls ins Bett.
Gute Nacht John, dachte sie und kuschelte sich in die Laken. Doch die letzten Gedanken blieben bei Emma und ihren Eltern hängen, die sie vielleicht bald verlassen würde.

Olivia nutzte den nächsten Tag, um sich weiter um ihre Liste zu kümmern. Heute würde sie Reisebüros aufsuchen, um sich hier ebenfalls als Reiseleiterin zu bewerben. Sie hatte zwar keine großen Erfahrungen, doch sie sprach gut Englisch und konnte mit Menschen umgehen, als Grundschullehrerin aus Berlin so ziemlich mit jedem Menschenschlag auskommen, und reden konnte sie ohnehin gut. Die meisten, mit denen sie zu tun hatte, waren sehr höflich und erlaubten Olivia die nachträgliche Abgabe ihrer Bewerbungsmappe. Daraufhin suchte sie sich ein Internetcafé, aktualisierte ihre Unterlagen und druckte alles jeweils doppelt aus. Auch die entsprechenden Klemmordner besorgte sie.

Als sie am Abend vor der Bank of Scotland auf John wartete, war sie frisch zurechtgemacht und freute sich, mit ihm den Abend verbringen zu können. Sie hatte sich auf ein Geländer gesetzt und beobachtete den Ausgang des Gebäudes. John kam mit ein paar Arbeitskollegen heraus, von denen einer ihr zuwinkte. Olivia winkte zurück, der Mann kam ihr bekannt vor, doch wusste sie nicht mehr seinen Namen.

John küsste sie lange: „Mein Gott, du riechst so gut, ich werde dich auf der Stelle vernaschen."

„Hallo, mein lieber John, ich habe dich auch sehr vermisst. Möchtest du dich noch umziehen oder willst du so wie du bist mitkommen? Ich lade dich heute zum Essen ein." Und das war auch nötig, denn Olivia hatte während ihres geschäftigen Tages vergessen zu essen. Nur einen riesengroßen Cappuccino hatte sie sich gegönnt. Isabells Morgentee war zwar recht angenehm und belebend, doch ersetzte er nicht ihren geliebten Kaffee.

„Wenn du gestattest, würde ich gern erst duschen und mich umziehen, damit ich genauso strahle wie du", bat John. Olivia nickte und sie schlenderten eng umschlungen los. In der Wohnung angekommen, saßen schon zwei Männer in der Küche. John ging sofort ins Bad und Olivia begrüßte die beiden. Pete hatte sich Kaffee gekocht und bot ihr sofort eine Tasse an, was Olivia dankend annahm. Der andere Mann stellte sich als Ron vor, Olivia erinnerte sich an sein Gesicht, ein Mitglied der Band und auch Arbeitskollege von John, wie sie nun am Anzug erkannte.

„Ich hab dich gleich wiedererkannt. Erinnerst du dich?"

„Dein Gesicht habe ich mir gemerkt und jetzt kann ich auch wieder einen Namen zuordnen."

„Ja, weil sein Gesicht so hässlich ist wie ein Unfall hast du es dir gemerkt, da muss man auch immer hingucken, das brennt sich ein ins Gedächtnis", ergänzte Pete todesmutig und bekam darauf vom ruhigen Ron, der ihm körperlich weit überlegen war, einen Stupser, der ihn fast vom Stuhl fegte. Es klingelte an der Tür und Pete öffnete. Mr Logan trat ein.

„Ich möchte John sprechen, ist er da?" Dann bemerkte er Olivia und sagte: „Ach, und du bist also die Deutsche, wegen der die sich hier prügeln und das arme Mädchen von heute auf morgen rausgeschmissen wurde!" Er machte ein abwertendes Geräusch und brabbelte etwas vor sich hin, was sie nicht verstand. Die allgemeine Heiterkeit war schlagartig verflogen. Pete und Ron sahen betreten nach unten und Olivia musste sich zwingen, weiterhin klar zu denken. Sie fasste sich jedoch schnell und sah Mr Logan freundlich an, als sie erwiderte:

„Ich weiß nicht, wer Sie sind, und ich weiß auch nicht, was genau hier vorgefallen ist, aber ja, ich bin Olivia Mordas aus Berlin und ich bin mit John zusammen. Den werde ich jetzt holen, damit Sie mit ihm sprechen können." Mit stolzer Haltung verließ Olivia die Küche und fand John in seinem Zimmer. „Du hast Besuch, da will dich einer dringend sprechen", informierte sie ihn mit erstickter Stimme.

„Alles in Ordnung?" John sah sie an und nahm ihre Hände in seine.

„Alles okay, wir reden später. Geh erst mal."

John verließ das Zimmer und Olivia hörte durch die offene Tür Fetzen des Gespräches. Irgendwas mit Miete und Reparaturen und Dachabdichten. Sie atmete tief durch und ging zurück in die Küche, als die Wohnungstür ins Schloss gefallen war.

„Wer war das denn? Und warum geht der auf mich los, ich hab ihm doch gar nichts getan."

„Mr Logan ist Mieter hier im Haus und so eine Art Hausmeister. Er hat mich damals ins Krankenhaus gefahren, als John mir eine verpasst hatte."

„Ich glaube, es waren zwei", mischte Ron sich schelmisch grinsend ein, „und er mochte Clara sehr, hat sich immer blicken lassen, wenn sie hier war. Das hat Clara oft erzählt. Sie ist ja die Cousine meiner Frau." Da war er, der Name, vor dessen Erwähnung sich Olivia schon die ganze Zeit gefürchtet hatte. Clara.

Alle hatten es bis jetzt vermieden, über Clara zu reden. In der Küche herrschte betretenes Schweigen.

„Ich hoffe, dass ihr mich nicht auch hasst, wegen Clara, meine ich."

Pete schüttelte mit dem Kopf: „Wir sehen das anders und ich halte mich bei Weiber..., äh ... Frauengeschichten sowieso raus. Es ist, wie es ist. Basta. Und das eine hat mit dem anderen nichts zu tun. Du weißt, ich mochte dich und deine Freundin von Anfang an. Seit der Bierbank vor der Bühne."

Olivia lächelte nun wieder und sie begannen in Erinnerungen zu schwelgen und jedem fiel etwas anderes ein: die dickbusige, schmuddelige Josi vom

Bierwagen, Katis freches Mundwerk, der Abend im Pub.
Rechtzeitig kam John zurück und beide hatten es nun eilig, ins Restaurant zu kommen, denn der Hunger trieb sie und Olivia wollte gern vermeiden, dass die Erinnerungen in der Küche zu sehr ins Detail gingen.
„Er hasst mich wegen Clara, stimmt´s?", fing Olivia unvermittelt an zu reden. „Hassen ist vielleicht nicht das richtige Wort. Er mag Clara halt. Ich habe mir seine Vorwürfe auch die ganze Zeit auf dem Dachboden angehört. Mach dir nichts draus, er ist nicht wichtig." Der Kellner nahm die Bestellung auf und brachte bald darauf die Getränke.
„John, wie hast du es ihr gesagt?" John setzte sich gerade hin und erzählte:
„Ich bin zu ihr gefahren, nach Plymouth, am Tag nach unserer Rückkehr, und habe mit ihr gesprochen. Seitdem darf Ron eigentlich auch nicht mehr mit mir sprechen."
„Aber das geht doch nicht, er ist ein Mitglied der Band."
„Auch noch so ein Streitpunkt, das sollte er normalerweise aufgeben nach der Hochzeit, aber er zögert es hinaus. Olivia, du solltest das alles gar nicht so mitkriegen, es tut mir leid."

„Was tut dir leid? Damit muss ich mich doch sowieso auseinandersetzen früher oder später, dann lieber früher. Wie hat sie denn reagiert, Clara, meine ich."
„Tja, sie war natürlich sehr verletzt, hat geweint und mich beschimpft und nach mir geschlagen. Aber ich hab´s ausgehalten und alle Schuld auf mich genommen. Es tut mir sehr leid. Weißt du, es ist komisch, ich hatte nie Angst davor, sie zu verlieren, ich glaube, weil ich sie nie richtig geliebt habe."
„Nach so langer Zeit war das bestimmt ein Schock für sie."
„Nicht mehr als für deinen Mann, denke ich. Du bringst mehr Opfer als ich, Olivia. Mach dir um Clara keine Sorgen, sie ist jung, sie kommt darüber hinweg. Denk an uns. Endlich haben wir uns, endlich bist du bei mir. Und ich bin mir so unendlich sicher. Dich liebe ich. So sehr, auch wenn es manchmal wehtat, doch du bist es, die einzige Frau, mit der ich den Rest meines Lebens verbringen will."

Als sie später in Olivias Bett lagen, eng aneinander geschmiegt, flüsterte Olivia: „John, warum will der Hausmeister dich sprechen, wenn das Dach kaputt ist?"
„Weil das Haus mir gehört, Olivia."
„Ach, bist du etwa reich?"
„Sagen wir mal, es geht mir gut, finanziell."

„Dann wäre das ja auch geklärt. So werde ich jetzt den ersten reichen Mann in meinem Leben küssen." Sie schob sich auf ihn und küsste ihn sanft auf seine Stirn, seine Nase, seinen Mund und sie rieb ihre vollen Brüste auf seiner Brust und küsste dabei schnurrend seinen Hals.

„Na, wie gefällt Ihnen das, Eure Verschwiegenheit?"

„Sehr gut, nur weiter so, ich bin mit allem einverstanden." Olivia sah ihn verführerisch an und schob sich nun weiter nach unten. Sie küsste seine Brustwarzen, seinen Bauch und in Erwartung dessen, was gleich passieren würde, hatte sich Johns Penis aufgerichtet und Olivia konnte sich ausgiebig mit ihm beschäftigen. Bald darauf kniete sie sich aufrecht über ihn und nahm ihn nun nach und nach in sich auf. Olivia bewegte sich langsam auf und ab und genoss das Gefühl in vollen Zügen. John fing an, schwer zu atmen und Olivia beugte sich zu ihm, küsste ihn auf den Mund und flüsterte: „Leise, mein reicher Freund, leise." Isabell war schon zu Bett gegangen und schlief, doch sollte kein Laut verraten, was sie hier unten taten. Sie richtete sich wieder auf und setzte ihre Bewegungen fort, die jetzt von John unterstützt wurden. Er stemmte sich ihr kräftig entgegen und nun fiel es Olivia selbst schwer, leise zu sein. Sie hielt sich den Mund zu und verstärkte ihr Wippen. Johns

Hände hatten sie fest gepackt an den Hüften und jede Welle brachte sie näher an ihren Höhepunkt.

Erschöpft sank sie nieder, lag nun neben ihm und streichelte seinen Bauch. Er zog die Decke über sie und umschlang sie mit seinen Armen.

„John?"

„Ja, Olivia?"

„Ich werde keine Kinder mehr bekommen, ist dir das klar? Ich meine, weil du doch keine hast."

„Das ist okay, my dear, ich habe dich, mehr brauche ich nicht mehr in meinem Leben. Schlaf gut, wir sehen uns morgen Abend."

Er küsste Olivia, entzog sich langsam ihrer Umarmung, zog sich an und verließ Isabells Haus. Die kühle Nachtluft tat ihm gut. Auf dem Weg in seine Wohnung machte er kurz Halt und setzte sich auf eine Bank am Fluss. Der rauschte dunkel singend vor sich hin. Dir ist alles egal, du bist einfach nur da, ohne Sorgen, ohne Ängste, aber auch ohne das Glück zu kennen, dachte er und wunderte sich kein Stück, dass er mit einem Fluss sprach. John sah hinauf zu den Sternen und lächelnd nickte er gen Himmel. Hatte Gott vor, ihm nun wirklich zu verzeihen?

Am Mittwoch trafen sich Isabell, John, Olivia und Pete zu einem kleinen Barbecue in Isabells Garten. Es hatte aufgehört zu regnen und sie saßen gemütlich auf der kleinen Terrasse. John und Pete gaben heitere Arbeitsgeschichten aus der Bank zum Besten und Olivia erzählte von ihrem aufregenden Tag. Sie hatte jemanden in der Schulbehörde angetroffen, der ihr Hoffnungen gemacht hatte, im darauffolgenden Schuljahr eventuell als Quereinsteiger in einer hiesigen Schule stundenweise unterrichten zu dürfen. Allerdings sollte sie dazu noch die übergeordnete Stelle konsultieren und da wäre erst wieder im September jemand da. Aber das könnte sie auch telefonisch regeln, von Deutschland aus. Olivia bemerkte, dass Isabell und John frohe Blicke austauschten und dies vertuschen wollten, als sie sich ertappt fühlten.

„So, jetzt mal Butter bei die Fische. Ihr kennt euch doch."

„Was? Butter? Fische?", John tat verwirrt.

„Ist eine norddeutsche Redewendung für: Sag die Wahrheit! Und nun raus damit, hier stimmt doch was nicht."

„Jetzt hat sie uns aber erwischt, mein Lieber. Soll ich?" John nickte Isabell zu.

„Also, liebe Olivia, ich kenne John schon von Kindesbeinen an. Wir stammen aus demselben Ort, das hattest du ja schon einmal bemerkt. Ich sah ihn immer, wenn ich meine Eltern besuchte, in Balmedie, Johns Eltern hatten das Nachbarhaus gekauft, gerade, als ich dabei war, nach Exeter zu meinem Mann zu ziehen. Johns Mutter und ich sind früher Schulfreundinnen gewesen. Als John nach Exeter kam, besuchte er mich und überredete mich, die leer stehenden Zimmer der Mädchen ab und an zu vermieten an ausgesuchte Gäste, die er mir schicken würde, um mich, wie er sagte, ein wenig aus meinem Loch zu holen, in dem ich nach dem Tod meines Mannes steckte. John brachte mir nur ausgesprochen nette Leute und so kam etwas Leben ins Haus und Geld in meine Kasse. Ich hatte eine Aufgabe, es ging mir besser und ich fing wieder an, Golf zu spielen, und gesellte mich erneut zu meinen Damen vom Buchclub. Vor knapp zwei Wochen suchte John mich auf und erzählte mir von dir, und er redete sonst nie über Frauen. Olivia, er erzählte mir eure ganze Geschichte und ich saß hier und weinte und lachte und war skeptisch, denn Johns Glück liegt mir am Herzen, nach allem, was er …", sie stockte kurz und sah erschrocken zu John. „Also, er bat mich, dich aufzunehmen und dich ein wenig zu behüten, hier in der Fremde. Das habe ich getan, und ich habe es sehr gern getan, denn du bist einfach bezaubernd. Eine schöne, kluge, starke Frau, eine bessere Schwiegertochter könnte ich mir, wenn ich Johns Mutter wäre, nicht wünschen. Mal abgesehen davon, dass du eine Deutsche bist." Sie legte lachend ihre Hand auf Olivias.

„Na dann, auf all die Geheimnisse, die sich mir noch enthüllen werden in den nächsten Wochen. Prost!"
„Slainte Mhath."
„Cheers", prosteten sich die vier zu.
John und Pete gingen beizeiten nach Hause. Der nächste Tag würde ihnen in der Bank eine Menge abverlangen, sie mussten ausgeschlafen sein. Isabell und Olivia räumten in Ruhe auf und setzten sich noch mit einer Tasse Tee nach draußen.
„Olivia, er ist ein guter Junge."
„Ich weiß."
„Tue ihm bitte nicht weh!"
„Das werde ich nicht."
„Ich möchte dir noch etwas verraten."
„Oh, hoffentlich verkrafte ich das noch."
„Ich werde am Freitag für eine Woche zu meinen Kindern fahren. Mein Enkelsohn hat Geburtstag. Könntest du mich zum Bus bringen?"
„Das mache ich doch gern, Isabell. Wie alt wird er denn?"
„Ähm, tja, wie alt, Olivia, um die Wahrheit zu sagen, er hat nicht Geburtstag, ich lasse euch einfach mal allein, damit ihr seht, wie es ist, zusammen zu leben. Wenigstens für eine Woche."
„Das ist sehr nett von dir."

„Gern geschehen. Ach, eines noch, meine Bücherdamen sind morgen hier bei mir. Sie möchten dich kennenlernen. Denkst du, dass das geht?"
„Aber gern."

Am nächsten Tag fand Olivia einen modernen Beautysalon, der ihren Ansprüchen genügen würde. Auch das war wichtig für sie, sie war eine Frau und wollte natürlich in nichts nachlassen und auch in dieser Hinsicht nichts vermissen.
Als Olivia, im Magen einen großen Kaffee und einen Muffin, am späten Nachmittag zufrieden Isabells Haus betrat, hörte sie schon frohes Gelächter aus dem Wohnzimmer. Sie zog ihre Jacke aus, stellte den Regenschirm in die Ecke und betrat den Raum. Fünf Frauen jenseits der Sechzig blickten auf und musterten sie erwartungsvoll.
„Guten Abend, ich bin Olivia, schön, Sie kennenzulernen." Sie gab jeder Frau die Hand und versuchte, sich die Namen zu merken, doch das war keine ihrer Stärken.
„Setz dich doch, möchtest du einen Tee?"
„Ich bin ganz nass, ich ziehe mich schnell um, dann komme ich wieder. Ich nehme nur ein Wasser, vielen Dank." Olivia bemühte sich so höflich wie möglich zu sein, ging in ihr Zimmer und zog sich etwas Bequemeres an, denn sie vermutete, dass sie sich auf

dem Boden platzieren würde, alle Sitzgelegenheiten waren besetzt.

Bevor die Damen sich ihrem derzeitig zu besprechenden Buch widmeten, musste Olivia etliche Fragen über sich ergehen lassen. Sie trug es mit Fassung und war froh, dass jede der Frauen deutlich sprach und auch sie gut verstanden wurde. Für ihre gute Aussprache wurde sie sogar gelobt. Als die Fragerunde vorbei und die Neugierde der Frauen befriedigt war, begannen sie, über ihr Buch zu sprechen. Ein Krimi. Olivia schaltete ab, denn sie kannte das Buch nicht und sie mochte Krimis auch nicht besonders. Plötzlich fragte die Dame mit der knallroten Strickweste und den in derselben Farbe geschminkten Lippen Olivia: „Was lesen Sie denn gern?"

„Oh, ich mag gut geschriebene Romane mit historisch belegten Inhalten, Liebesgeschichten und auch vieles, was die Schriftstellerin Cornelia Funke geschrieben hat. Ich habe ein Buch von ihr dabei, ich hole es mal." Olivia stand auf und kam mit einem der Bücher, die sie immer auf Reisen mitnahm, zurück. Sie präsentierte: „Meine Damen: Tintenherz. Es ist eine Art Fantasybuch für Kinder und Erwachsene und es gibt auch schon eine Fortsetzung, Tintenblut, und ich glaube, dass in diesem Sommer der dritte Teil auf den Markt kommen soll. Es ist nicht unglaublich

anspruchsvoll, doch liebe ich es sehr, gerade, wenn ich Zuspruch und Vertrautheit brauche, lese ich es gern."
Jetzt setzte eine wilde Diskussion darüber ein, wie gut Fortsetzungen waren und warum es so schwer war, Märchen für Erwachsene zu schreiben. Jede in dem Raum hatte dazu eine andere Meinung und es gab ein ordentliches Durcheinander, das Isabell beendete, indem sie fragte: „Was haltet ihr davon, wenn Olivia ihr Buch für uns einmal anliest?"
„Aber das ist Deutsch, da verstehen wir doch nichts."
Isabell lächelte und zog aus ihrem Regal die englische Version „Inkheard" hervor. Olivia sah sie erstaunt an. „Wie wäre es? Du liest ein Stück auf Deutsch und ich lese es dann auf Englisch?"
„Ich bin einverstanden." Olivia las gern vor und so öffnete sie freudig ihr Buch, räusperte sich und begann:

„Ein Fremder in der Nacht
Es fiel Regen in jener Nacht, ein feiner, wispernder Regen. Noch viele Jahre später musste Meggie bloß die Augen schließen und schon hörte sie ihn, wie winzige Finger, die gegen die Scheiben klopften. Irgendwo in der Dunkelheit bellte ein Hund …"

Als Isabell nach ihr die ersten Seiten in englischer Sprache gelesen hatte, war es sehr still im Raum geworden. „Diese drei Bücher werden wir auf unsere Liste setzen. Für den Herbst und Winter. Es hört sich so an, als ob diese Bücher das Leseherz wärmen. Das können wir dann bei dem schlechten Wetter gut gebrauchen", bestimmte eine andere Dame, die eine bunte Bluse mit sehr vielen Rüschen trug.
„Welche ist deine Lieblingsfigur?", fragte Isabell.
„Ich liebe Staubfinger, er ist der tragische Held für mich, gefangen in einer Welt, in die er nicht gehört, in der er nicht sein will, er strampelt sich ab, doch er findet nicht heraus. Und er liebt das Feuer. Ich mag es auch. Und ich mag Bücher, obwohl das nicht so gut zusammenpasst."
„Also, sobald wir die Bücher gelesen haben, wäre es schön, dich dabei zu haben, wenn wir darüber sprechen. Wann bist du wieder hier?", erkundigte sich die rote Strickjacke. Olivia holte tief Luft. Tja, wann würde sie wieder hier sein? Sie hatte noch keine Entscheidung getroffen, alles in ihr sagte JA zu John, einem Leben mit ihm, hier in Exeter, doch hatte sie noch so vieles zu bedenken.
„Wenn sie es genau weiß, werde ich euch informieren. Und nun, meine Damen, denke ich, ist es an der Zeit, Olivia zu entlassen. Sie muss morgen meinen Koffer zum Bus tragen, da sollte sie ausgeruht sein." Olivia

blickte Isabell dankbar an, verabschiedete sich und nahm eine heiße Dusche, bevor sie sich mit ihrem Buch in ihr Bett rollte. Ja, so wie Staubfinger fühlte sie sich im Moment auch. Zwei Welten und sie dazwischen.

Am Freitagmittag brachte Olivia Isabell zum Bus. Sie hatte nicht zu viel versprochen. Der Koffer war schwer und Olivia froh, als sie den Busbahnhof erreicht hatten. Sie setzte Isabell mit guten Wünschen in den Bus und kaufte auf dem Rückweg noch etwas ein.

Als John von der Arbeit kam, hatte Olivia schon mit ihrer neu erworbenen Cafetiére Kaffee gekocht und empfing ihn frech: „Wie im Film. Die brave Hausfrau wartet auf ihren hart arbeitenden Ehemann, setzt ihm Gesottenes und Gebratenes vor und ist ihm nach dem Essen zu Willen."

John räusperte sich amüsiert: „Also, ich habe Einwände. Erstens bist du Gott sei Dank nicht brav und hier keine Hausfrau, zweitens sehe ich nichts zu essen und drittens, also da bin ich dabei." Sie küssten sich und setzten sich mit ihrem Kaffee nach draußen.

„Ich habe Isabell vorhin in den Bus gesetzt. Ich hoffe, es war der richtige", frotzelte Olivia. „Ich mag Isabell sehr gern, sie hat so was Mütterliches. Und ich glaube, dass sie ihre Töchter sehr vermisst." John senkte seine Stimme:

„Olivia, kannst du noch ein Geheimnis verkraften? Ich wollte es dir erst am Ende deines Besuches sagen, doch ich kann es nicht mehr für mich behalten. Ich habe einen Deal mit Isabell."
„Ja, den kenne ich doch schon."
„Nein, nicht das, weißt du, sie denkt darüber nach, zu ihrer Familie in ihre Heimat zu ziehen. Sie fühlt sich hier, seit ihr Mann gestorben ist, einsam und will gern in ihrem Schottland leben, so lange Gott sie noch lässt. Darum hat sie mir angeboten, dieses Haus zu kaufen. Sie hat gesagt, dass sie es nicht übers Herz bringen könnte, ihr Schmuckstück einem Fremden zu überlassen, aber nun, da sie auch dich kennt, hat sie keine Bedenken mehr. Sie mag dich und sie weiß, dass ihr Haus in gute Hände, in unsere Hände kommt. Ein Haus für uns, Olivia."
Olivia pustete in ihren heißen Kaffee und nahm einen kräftigen Schluck. John sah sie erwartungsvoll an. Olivia blickte mit feuchten Augen auf und konnte nur noch nicken, denn es hatte ihr die Sprache verschlagen.
Als sie sich gefangen hatte, fragte sie: „Du kannst noch ein Haus kaufen? Wie reich bist du eigentlich?"
„Nein, ich würde das nicht als reich bezeichnen. In den letzten Jahren habe ich Glück gehabt mit ein paar Aktien und mein lieber strenger Großvater, der mich sehr mochte, hat mir Geld hinterlassen. Das hat

gereicht für das Haus. Ich bin da eher praktisch veranlagt. Warum soll ich Miete an einen Fremden zahlen, wenn ich sie auch an mich selbst zahlen kann. Und dann sind da noch die günstigen Konditionen bei Krediten, als Bankangestellter hat man Vorteile. Ich verdiene auch ganz gut und brauche doch kaum Geld. Weißt du, ich würde das Miethaus verkaufen und damit Isabell auszahlen. Sie musste sich sehr einschränken in den letzten Jahren, ich habe versucht, sie zu unterstützen, du weißt ja, mit den Gästen, und sie hat meine Wäsche gemacht. So konnte ich sie gut bezahlen, denn Almosen nimmt sie auf gar keinen Fall an. Ihr seid euch sehr ähnlich."
Olivia musterte John. „Das ist sehr nobel von dir, und ja, ich könnte mir sehr gut vorstellen, hier mit dir zu leben, ich fühle mich geborgen und sicher in diesem wunderbaren Häuschen. Platz für Gäste ist genug, das ist mir wichtig." Olivia schwieg eine Weile gerührt.
„John?"
„Ja, my dear."
„Dann müssen wir das Haus aber richtig einweihen."
„Jetzt?"
Sie grinste und fing an, sein Hemd aufzuknöpfen. Heute mussten sie nicht leise sein. Heute liebten sie sich laut und jagten sich nackt durchs Haus, bis sie erschöpft auf dem Wohnzimmerboden landeten.

„Also Punkt drei ist erfüllt. Wo bekommen wir jetzt was Gebratenes her?"
„Ich weiß, Eier mit Speck! Also dann, hart arbeitender Mann, versorge deine Frau mit Nahrung!"
Während John in der Küche werkelte, setzte sich Olivia auf die Stufen der Treppe und sah sich um. Dies würde also vielleicht ihr zukünftiges Zuhause sein. Sie hätte es nicht besser treffen können, und sie hatte Verbündete gewonnen, es gab schon Menschen hier, die sie mochten und es gab Möglichkeiten zu arbeiten. Die große Angst, mit der sie hergekommen war, wich langsam. „Sei mutig, mein Herz!", sprach sie zu sich selbst und stand auf, um in der Küche die besten Eier mit Speck serviert zu bekommen, die sie je gegessen hatte.
„Wann gehst du zur Probe?"
„In einer Stunde geht es los. Bist du sicher, dass ich hingehen soll?"
„Auf jeden Fall!"
Als John weg war, setzte sie sich mit „Inkheard" in den großen Sessel und begann, das Buch auf Englisch zu lesen.
John kam spät in der Nacht. Er lugte in Olivias Zimmer, schlich sich auf Zehenspitzen hinein und sah ihr einige Zeit beim Schlafen zu. Dann küsste er sie zärtlich auf die Stirn, ging hinaus und legte sich in das andere Gästezimmer, um sie nicht zu stören.

Olivia wollte den Alltag, so würde es sein, freitags war Probe und sie würde nie etwas dagegen haben. Ron fiel ihm plötzlich ein. Er tat John leid.

Olivia und John verbrachten das Wochenende in dem schönen gemütlichen Haus auf dem Hügel. Sie schliefen lange und auch ausgiebig miteinander, setzten sich mit Kaffee und Tee in den Garten und kochten das erste Mal zusammen. Das heißt, Olivia kochte und John übernahm Hilfsarbeiten. Sie wollte nicht schon wieder Eier mit Speck essen. Abends besuchten sie eine Bar, in der Karaoke gesungen wurde. Das war sehr interessant, denn einige konnten hervorragend singen. Manchmal war es allerdings auch schmerzhaft für die Zuhörer, denn viele der Sänger waren eindeutig schmerzfrei. John musste Olivia zusagen, hier öfter herzugehen, vielleicht mit Freunden, denn das versprach sehr spaßig zu werden. „Solange ich nicht singen muss", lenkte John ein. Olivia spottete: „So spricht das Mitglied einer Band! Und besser als die letzten zwei singt jeder, glaube ich."
Am Sonntag gingen sie bei bestem Wetter spazieren und schlichen sich in eine Kirche, die ihren Weg kreuzte. Angelockt von schöner Orgelmusik saßen sie in einer der hinteren Bänke und lauschten von dort aus den Klängen. In einem Café diskutierten sie dann ausgiebig über die verschiedenen Musikrichtungen.

John erzählte ihr dabei ganz nebenbei, dass er, wie fast jeder schottische Junge aus einer traditionsbewussten Familie, das Dudelsackspielen erlernen musste:
„Ich war nie sehr gut darin, das Schlagzeug hatte mich immer schon magisch angezogen. Ich war fasziniert vom Rhythmus. Es ging mir einfach gut, wenn ich trommeln konnte. Mein erstes Drum-Set war metallic-blau und hatte alles, was es brauchte: große Trommel, kleine Trommel, Tomtoms, Hi-Hat, Becken, Fußmaschine und ordentliche Trommelstöcke. Die alten Stöcke hatte mir Opa geschenkt, sie waren gebraucht und schon arg zerschlissen. Die habe ich übrigens immer noch. Liegen irgendwo im Schrank. Das Geld für das neue Schlagzeug hatte ich mir mühsam zusammengespart. Ich verpackte die alten selbstgebastelten Trommeln und das Becken, das ein Topfdeckel war und mit dem ich ordentlich Krach gemacht hatte, in Kartons und stellte sie im Keller in eine Ecke. Das mit dem Krach wurde ab jetzt nicht besser, doch nach vielen Diskussionen mit Eltern und Nachbarn fand man Lösungen.
Mein Opa hatte zwar meinen Eltern immer erklärt, dass Schlagzeugspielen gut für die Intelligenz ist, wegen der Verbindung der beiden Gehirnhälften, trotzdem war meine Mutter heilfroh, als ich mich einer neu gegründeten Band anschloss. Das

Schlagzeug zog um in die Garage eines Mitschülers und alle hatten ihre Ruhe." „Bis auf die Besitzer der Garage." „Die konnten das vertragen, waren selbst musikbegeistert."

„Und, wie erfolgreich wart ihr denn, du und deine erste Band?"

„Nun ja, die Jugend kannte uns von einigen bescheidenen Auftritten, aber wichtiger waren die Proben, der Zusammenhalt innerhalb der Band, und es war unglaublich gut fürs Selbstvertrauen. Du weißt schon, in dem Alter will man doch den Mädchen imponieren."

„Aber nicht doch, in dem Alter, das hört doch bei Männern nie auf, oder?"

„Hm, bei dir hat es geklappt, was will ich mehr?"

Es wurde schon dunkel, als sie endlich aufbrachen. Sie wählten den Weg am Fluss entlang, den sie schon einmal gegangen waren. An der Ruine machten sie halt und erinnerten sich sofort an jenen bewussten Abend vor drei Jahren.

„Hier habe ich dir meinen Lieblingsstern gezeigt."

„Das weiß ich noch gut."

Und fast unhörbar fügte er hinzu: „Und hier habe ich dich dann von hinten genommen. Und das war auch sehr gut!" Olivia grinste. In Johns Kopf hatten im Moment andere Erinnerungen Priorität.

Er zog Olivia an sich und nun erinnerten sich beide an die unglaubliche Anziehungskraft, die sie an diesem Abend beherrscht hatte, und sie küssten sich so unendlich leidenschaftlich wie beim ersten Mal, damals, neben dem Eingang des Pubs.

„Mit dir war es von Anfang an anders. Ich hatte vorher niemals beim ersten Date mit einem Mann Sex, nie! Ich verstieß gegen meine eigenen Regeln und ich tat es gern, denn ich wusste damals schon, dass du nicht nur ein Mann für eine Nacht sein wirst. Ich vertraute auf mein Gefühl und ließ es zu, unmoralisch zu sein, die Kontrolle zu verlieren. Ich habe es nicht bereut." „Stets zu Diensten, MyLady!" John verbeugte sich galant.

„Eines hat mich immer ein wenig gewurmt: dass du ein Kondom dabei hattest. Das suggeriert doch stetige Bereitschaft. Warst du wirklich so ein Frauenheld?"

„Also, ein Mönch war ich nicht, ich hatte auch Bedürfnisse, doch das Kondom hatte ich Hamish geklaut. Es war das einzige in seiner Jacke, ich hoffe, dass er es später am Abend nicht noch vermisst hat." Sie lachten schadenfroh und setzten ihren Weg fort.

Clara hatte sich nicht beruhigen können, seit John bei ihr gewesen war in ihrer kleinen Wohnung in

Plymouth. Sie hatte tagelang geweint, alle und jeden verflucht, hatte sich auch auf der Arbeit nicht verstellen können und ihren ganzen Frust und ihre Wut gezeigt. Ihr Chef hatte ihr dringend ans Herz gelegt, ein paar Tage Urlaub zu nehmen, um runterzukommen.

Clara konnte es nicht glauben. Zwei Jahre. Zwei Jahre war sie zusammen gewesen mit John, ihrem Traummann. Sie hatte sich immer eingebildet, dass er halt ein wenig verschlossen sei, geheimnisvoll. Sie mochte das bei Männern, sie mochte Männer, die nicht so viel redeten. Und der Sex war in Ordnung. Gut, sie hätte sich schon manchmal etwas mehr Einsatz von seiner Seite aus gewünscht, aber er schien es nicht so zu brauchen wie die meisten Männer. Auch das war für sie okay. Die Band und die Musik, die sie machte, mochte sie nicht besonders, doch es hatte sie nicht gestört. Wenn sie sich sehen konnten, waren sie meist mit ihrer Cousine Sandra und Ron, später viel mit Pete und Ann-Marie zusammen. Für Clara war alles perfekt gewesen, sie passten so gut zusammen, und Clara hatte sich schon vorgestellt, wie es sein könnte, Johns Frau zu werden. Doch John hatte nie vom Heiraten gesprochen, hatte Anspielungen ihrerseits stets beiseitegeschoben oder abgetan.

Hamish hatte sie gewarnt. Er hatte immer Andeutungen gemacht, dass da mal was gewesen war mit einer deutschen Touristin. Er hatte Clara eines Abends erzählt, dass diese Frau Olivia heißt und noch immer in Johns Kopf herumspukt. Doch Clara hatte es nicht ernst genommen. Sie wusste, dass sie nicht Johns erste Frau war, jemand in seinem Alter hatte natürlich eine Vergangenheit. Nein, es war doch alles in Ordnung. Sie hatten Spaß und verstanden sich gut. Aber Hamish hatte die Unsicherheit in ihren Kopf gepflanzt.

Hatte John dieses Gespenst wirklich stetig mit sich herumgetragen?

Sollte dieses Gespenst namens Olivia am Ende doch noch gewonnen haben? Sollte Hamish also wirklich Recht behalten? Clara fielen langsam all die Dinge ein, die ihr eigenartig vorgekommen waren, die sie jedoch ignoriert hatte: sein plötzlicher Urlaub im letzten Sommer, in dem er für eine Woche nach Schottland zu seinen Eltern fahren musste, obwohl er dort schon Jahre nicht gewesen war. Und er hatte sich geweigert, sie mitzunehmen und sie vorzustellen als seine Freundin. Hatte sie all die Warnsignale übersehen? War sie blind vor Liebe gewesen?

Clara konnte keinen klaren Gedanken fassen. Doch eines wusste sie: Sie musste es mit ihren eigenen Augen sehen, dieses Gespenst, sonst konnte ihr Verstand sich nicht damit abfinden. Sie nahm ihr Telefon, rief ihre Cousine Sandra an und redete sich alles von der Seele. Es ging ihr danach besser und sie fasste einen Entschluss.

In den nächsten Tagen ging Clara wieder zur Arbeit. Sie erledigte ihre Aufgaben tadellos und fuhr am Sonntag darauf nach Exeter, um ihre freien Tage bei Sandra und Ron zu verbringen.

Sandra freute sich über den Besuch, wollte helfen, Trost spenden und Clara wieder auf die Beine helfen. Sie machte sich Sorgen, denn nun war es schon einige Zeit her, dass Clara verlassen worden war und sie sah immer noch aus wie ein Schatten ihrer selbst, aß nicht, schlief nicht und trank zu viel.

„Sandra, ich muss sie zusammen sehen, ich muss sie sehen, damit mein Kopf und mein Bauch das glauben können, denn sonst werde ich keinen Frieden finden."

„Wie willst du das denn anstellen?"

„Ich weiß doch, wo John immer seinen Montagabend verbringt. Sie ist gerade hier, ich weiß es, er hat mir gesagt, dass sie kommt. Vielleicht ist sie auch da, im Pub. Ich will sie nur sehen. An meiner Stelle. Dass ich es glauben kann, verstehst du?"

„Denkst du, dass das eine gute Idee ist? Meinst du nicht, dass es dir dann noch mehr wehtut?"

„Ich brauche Klarheit, Sandra. Du musst mich fahren."

„Dir zuliebe, doch ich werde auf dem Parkplatz auf dich warten. Ich möchte nicht, dass Ron mich sieht. Das gibt sonst wieder Streit."
Am nächsten Abend stiegen Clara und Sandra ins Auto und fuhren in Richtung Fluss.

„Denkst du, dass ich mitkommen sollte?" Olivia runzelte die Stirn.
„Alle wissen, dass du hier bist und manche haben schon letzte Woche nach dir gefragt. Komm schon. Ich möchte heute nicht allein gehen. Du wolltest den Alltag. Da ist er. Du wirst mich dann später vielleicht auch ab und an mal begleiten."
„Ich hab ein wenig Angst. Hamish war sehr zurückhaltend. Und die anderen? Ich weiß nicht, wenn das so ausgeht wie mit deinem Hausmeister!"
„Pete und Ron sind da, die hast du doch für dich eingenommen, die mögen dich. Und Hamish mag dich auch. Anders, aber er mag dich. Komm, trau dich, hab Mut, my dear. Ich bin doch da, es kann dir nichts passieren." John nahm Olivias Hände und küsste sie, dann küsste er sie auf den Mund und streichelte ihre Wange. John sah umwerfend aus in seinem Schottenrock und dem neuen weißen Hemd. Sie konnte es ihm einfach nicht abschlagen.

„Na gut, überredet. Aber wenn es mir zu bunt wird, rufe ich mir ein Taxi."

Sie schlenderten Hand in Hand durch den angenehm lauen Abend. Im Pub saßen schon einige Bandmitglieder in ihrer angestammten Sitzecke. Olivia sah sich um und atmete tief ein. Es hatte sich auch hier nicht viel verändert.

Nur die Frau an Johns Seite war eine andere.

„Hallo, Männer, ich hoffe, ihr erkennt mich noch. Olivia. Ist schon lange her, drei Jahre. Ich soll euch schöne Grüße von Kati ausrichten. Sie wäre sehr gern mitgekommen."

Wer unangenehme Situationen erlebt hat, weiß, wie dick die Luft zum Atmen werden kann, wie Sekunden sich unendlich in die Länge ziehen und wie viele Gedanken in so einen kurzen Zeitraum passen. Und es waren angstvolle Gedanken, die die gedehnten Sekunden in Olivias Kopf ausfüllten.

„Trinkst du immer noch Gin-Tonic?", fragte Ron plötzlich.

„Nicht jeden Tag, aber heute könnte ich einen gebrauchen", antwortete Olivia und sah dabei John auffordernd an. Ron und Pete lachten und bestellten bei John gleich zwei Biere. Nun riefen ihm auch die anderen lautstark ihre Wünsche zu. John hielt sich die Hände auf die Ohren und steuerte schnurstracks auf

die Bar zu. Das Eis war gebrochen und Olivia setzte sich neben Pete.
„Wann habt ihr denn euren nächsten Auftritt? Ich würde euch sehr gern wieder hören und erleben", fragte sie in die Runde.
„Wir spielen wieder in Dawlish warren. Am Samstag. Da kennst du dich ja aus." Georgs Miene verriet, dass ihm hier irgendetwas nicht passte.
„Wie toll, am Meer. Darf ich mitkommen?"
„Wir nehmen keine Frauen mit zum Auftritt", raunte Georg nun lauter aus seiner Ecke.
„Gut, dann komme ich mit dem Bus. Damit kenne ich mich ja auch schon aus", antwortete Olivia in Georgs Richtung, der nur noch einen grunzenden Laut von sich gab. Einige der Männer grinsten und nickten anerkennend.
„Fast so frech wie Kati", flüsterte Pete ihr ins Ohr. Es war alles gesagt. John kam mit den Getränken und wurde begeistert empfangen. Er schob sich neben Olivia auf die Bank und nach einem kräftigen „Slainte Mhath", das durch den halbvollen Pub donnerte, tranken alle ihr Bier, Olivia nippte jedoch nur an ihrem Glas. Heute wollte sie klar und schlagfertig bleiben.

Clara stand vor dem Pub und hörte den vertrauten schottischen Trinkspruch selbst hier draußen ganz

deutlich. Sie hatte durch den Eingang gespäht und John an der Bar stehen sehen. Mein Gott, er sah so gut aus und so glücklich. Fast verließ sie der Mut.
„Ich warte noch ein wenig, bis es voller ist", sagte sie zu sich selbst und setzte sich etwas entfernt auf eine Bank. Sie zwang sich, langsam zu atmen und das Wirrwarr in ihrem Kopf zu zähmen. Was wollte sie denn sagen? Wollte sie nur beobachten? Oder wollte sie die beiden ansprechen, eine Szene machen? Sie war sich über nichts im Klaren und schaute stumpfsinnig auf den Fluss, der ihr etwas Ruhe zu geben schien.
Einige Zeit später kam eine blonde Frau aus dem Pub, holte sich eine Zigarette aus der Schachtel und ging in ihre Richtung. Sie sah sich suchend um und steuerte auf Claras Bank zu. Kurz vor ihr kam sie zum Stehen und kramte in ihrer Tasche nach einem Feuerzeug. Da wusste Clara es plötzlich:
Das Gespenst stand vor ihr. Olivia stand vor ihr, einfach so.
Und Clara schaute sie an, als ob es das Normalste von der Welt wäre: Sie musterte sie, ihren Körper, ihr Gesicht, ihre Kleidung. So sah also ein Gespenst aus. Die Frau hatte mittlerweile ihr Feuerzeug gefunden und steckte sich ihre Zigarette an.
„Darf ich mich setzen?", fragte Olivia. Die Frau auf der Bank nickte und sagte: „Gern, bekomme ich auch

eine?" Olivia bot ihr eine Zigarette an. Eine Weile saßen sie schweigend nebeneinander.
„Sind Sie allein hier?", fragte Clara.
„Nein, ich bin mit meinem Freund hier und dessen Freunden. Die sitzen alle drinnen und ich brauchte mal frische Luft." Ihre Mundwinkel zuckten, dann zog sie an der Zigarette.
„Woher kommen Sie?"
„Aus Deutschland, Berlin. Ich war vor drei Jahren schon einmal hier und dann noch mal vor zwei Jahren. Sprachkurse."
„Ah, hat sich ja gelohnt, Sie sprechen sehr gut."
„Danke, aber das habe ich vor allem den vielen Kursen in Berlin zu verdanken, ich habe lange gebraucht. In meinem Alter lernt sich eine neue Sprache nicht so einfach."
„Warum die Mühe?"
„Ich habe vor drei Jahren hier einen tollen Mann kennengelernt und mich verliebt, ich habe die ganzen Jahre nie aufgehört, an ihn zu denken, nie aufgehört ihn zu lieben. Es ist kompliziert. Ich dachte mir, wer weiß, es kann nicht schaden, sich gut zu verstehen. Und ich sollte Recht behalten. "
Clara drehte sich der Magen um und doch wurde plötzlich alles klar und in ihrem Kopf ordnete sich das Chaos. Leise sagte sie nach einer kleinen Pause: „Ja, das ist schön für Sie. Das mit der Verständigung

klappt manchmal nicht einmal, wenn beide dieselbe Sprache sprechen."

„Das kann ich bestätigen." Olivia nickte und dachte dabei an Erik.

„Und Sie, sind Sie allein hier?", erkundigte sich Olivia höflich.

„Ich warte eigentlich auf jemanden. Ich warte schon sehr lange auf ihn, doch er kommt wohl nie mehr zu mir. Wahrscheinlich war er auch nie richtig bei mir. Ich habe mir da vielleicht was vorgemacht. Saß vielleicht nur auf der Ersatzbank."

Olivia sah sich die Frau genauer an. Die wirkte etwas verloren und hatte so traurige Augen. Und da sie einen sympathischen Eindruck machte, versuchte Olivia etwas abzugeben von ihrem Glück und schlug vor: „Aber wenn er Sie versetzt hat, kommen Sie doch mit rein an unseren Tisch, so ein Abend, da sollte man nicht allein sein. Vielleicht kann ich Sie auf andere Gedanken bringen. Kommen Sie, ich gebe einen aus."

„Das ist sehr nett, danke, aber ich denke, ich sollte nicht mehr warten. Ich sollte nach Hause gehen und neu anfangen. Manches kann man nicht ändern und manches nicht verzeihen."

Clara stand auf, sah Olivia in die Augen und sagte: „Ich hätte dich nur allzu gern gehasst."

Olivia blickte die Frau verwirrt an.

„Und danke für die Zigarette."

Die Frau drehte sich um und ging in Richtung Parkplatz. Olivia sah ihr ungläubig nach, machte ihre Zigarette aus und schaute zur Eingangstür. Dort stand Pete, der sie beunruhigt mit der Frage begrüßte: „Was hattest du dir denn mit Clara zu erzählen?"
„Das war Clara? Johns Clara?"
„Nein, Olivia, sie ist nicht mehr Johns Clara." Olivia sah Clara schweigend nach, bis sie hinter der Biegung zum Parkplatz verschwunden war. „Pete, kannst du noch ein Geheimnis bewahren?"
„Oh Gott, nicht noch einmal."
„Versuche es, ich möchte John von der Begegnung erzählen, wenn es besser passt. Heute nicht."
„Okay, dir zuliebe, aber wenn du es ihm gesagt hast, rufe mich an und erkläre ihm dann, dass du mich zum Stillschweigen gezwungen hast. Du weißt ja, wie das sonst enden kann." Olivia nickte, umarmte Pete und küsste ihn auf die Wange. In diesem Augenblick trat John aus der Tür.
„Hände weg von meiner Frau, du Nichtsnutz! Kann man euch nicht eine Sekunde aus den Augen lassen?" Olivia sah Pete an und erwiderte schmollend: „Ich brauche doch Verbündete, wenn ich herziehe, und Pete ist meine erste Wahl. Du weißt doch, er mag mich lieber als dich." „Na gut, doch ich behalte euch im Auge!", bellte John mit ernster Miene, die er nur mit Mühe unter Kontrolle halten konnte. Kurz danach

gingen die drei lachend hinein. Doch bei Olivia hatte die Begegnung mit Clara einen schalen Beigeschmack hinterlassen.

In der nächsten Woche lebten die beiden wie ein Paar in Isabells Haus. John ging arbeiten und Olivia war jeden Tag unterwegs auf Jobsuche. Sie hatte gerade ihre Bewerbungsunterlagen in einem Reisebüro in der Innenstadt abgegeben, da brach ihr beim Überqueren einer holprigen Straße der Absatz ihres Schuhes ab. Nun war guter Rat teuer, ein Schuster braucht zu lange und sie hatte sonst nur noch Turnschuhe und zarte Sandalen dabei. Also mussten neue Schuhe her. In einer Seitenstraße fand sie ein Schuhgeschäft, das einen soliden Eindruck machte. Sie betrat den Laden und schon der Klang des Glockenspiels, das die Türklingel ersetzte und das sich noch wiegte, als die Tür schon längst geschlossen war, löste in Olivia ein heimeliges Gefühl aus. Der Laden war größer, als man von der Straße aus erahnen konnte. Er zog sich weit nach hinten und das Angebot war erstaunlich umfangreich. Es roch nach Leder, und der Blumenstrauß, der auf dem Tresen neben der Kasse thronte, duftete enorm stark. Die ältere Dame, die erschien, fragte sie nach ihrem Begehr. „Mein Schuh ist kaputt, ich brauche neue Schuhe in Größe 38, in

denen ich gut laufen kann." Die Dame hob die Augenbrauen.
„Woher kommen Sie, wenn ich fragen darf."
„Ich bin aus Deutschland, Berlin."
„Oh, warten Sie einen Moment, ich bin gleich wieder da." Sie ließ Olivia stehen und verschwand hinter der Tür, aus der sie gekommen war. Kurze Zeit später standen ein älterer Herr und ein Mann in Olivias Alter vor ihr und stellten sich vor.
„Guten Tag, ich heiße Karl und das ist unser Sohn William. Ich freue mich, Sie kennenzulernen", ließ Karl in gutem Deutsch vernehmen.
„Hallo, ich bin Olivia. Sie sprechen Deutsch, wie schön, das zu hören, denn ich bin ja schon seit fast zwei Wochen ausschließlich von Engländern umgeben." „Guten Tag, was kann ich tun für Sie?", sagte nun William ebenfalls auf Deutsch und grinste stolz.
„Woher können Sie denn so gut Deutsch sprechen?" Olivia wandte sich wieder an den älteren Herren.
„Ich bin in Deutschland aufgewachsen und habe dort meine Frau kennengelernt, die bei Verwandten zu Besuch war, dann sind wir hierher in ihre Heimatstadt gezogen, haben unseren William bekommen und irgendwann das Schuhgeschäft ihrer Eltern übernommen. Jetzt bin ich schon 45 Jahre hier, und ohne Übung hätte ich wohl verlernt, Deutsch zu

sprechen. Es hat auch geholfen, dass William in der Schule Deutsch belegen musste."

„Oh, so lange sind sie schon hier. Ich habe da wohl jemanden gefunden, dessen Schicksal ich teile. Ich werde ebenfalls nach Exeter ziehen. Im Frühjahr. Zu meinem Freund John. Dann komme ich öfter mal vorbei und wir halten ein Schwätzchen in unserer Muttersprache. So kommen wir beide nicht aus der Übung."

„Das wäre schön. Vergessen Sie es nicht! Falls unser Sohn im Geschäft ist, lassen Sie ihn uns rufen. Wir wohnen in der ersten Etage. Ab dem nächsten Jahr wollen wir kürzertreten." Er drückte seine Frau, die ihn lächelnd ansah. „Und was kann ich denn nun für Sie tun?"

Olivia kaufte ein paar bequeme Lederschuhe und verließ fröhlich den Laden.

Sie ging ein paar Schritte und blieb unvermittelt stehen. Plötzlich war es kristallklar: Sie hatte gerade eine Entscheidung getroffen, einfach so, in einem Schuhladen – und wildfremde Menschen waren die Ersten, die sie vernommen hatten. Olivia schüttelte ihre Gänsehaut ab, John würde in wenigen Stunden zu Hause sein. Sie würde ihn überraschen. Mit einem Essen, einer guten Adresse zum Schuhekaufen und ihrer Entscheidung. Mit einem klaren JA zu ihm, zu einem neuen Leben mit ihm, hier in England.

John konnte sein Glück nicht fassen. Gestern hatte Olivia es ihm gesagt. Sie würde im März zu ihm ziehen und seine Frau sein, nur seine Frau allein. Zur Feier des Tages lud er Olivia ein. Noch einmal ins Church, um mit ihr diese Entscheidung zu feiern. Es war zwar Freitag, doch da die Band morgen den Auftritt hatte, verzichteten sie heute auf die Probe. Es regnete in Strömen, so dass sie einen Tisch im Inneren der umgestalteten Kirche in der eingebauten ersten Etage bekamen. Von hier oben konnte man fast alles überblicken und saß trotzdem geschützt und gemütlich vor der alten rohen Außenmauer, die schon so viel gesehen hatte, wie Olivia vermutete. Sie holten sich eine Flasche guten Rotwein und bestellten ihr Essen.
John goss ein, dieses Mal nur ein wenig, und prostete Olivia zu: „Auf dich, auf deinen Mut, auf deine Entscheidung, auf uns."
Olivia warf ihm einen Kuss zu und sie tranken einen Schluck. John nahm Olivias Hände in seine und küsste sie. „Ich bin so unendlich glücklich, du wirst es nie bereuen, das verspreche ich dir hier und heute."
„Das ist schön zu wissen. Aber John, was ist, wenn wir uns mal streiten? Oder wenn ..." Er fiel ihr ins

Wort: „Dann vertragen wir uns wieder, und wenn du krank wirst, mache ich dich wieder gesund, und wenn du Falten bekommst, wirst du noch schöner aussehen. Mach dir doch um solche Kleinigkeiten keine Gedanken. Ich bin bei dir. In guten wie in schlechten Tagen. Das verspreche ich." Olivia sah John gerührt an.

„Und ich verspreche es auch. Doch verstehe mich bitte, für mich ist es so ein großer Schritt, ich ziehe ja nicht einfach nur ins Nachbardorf."

„Ich weiß. Und ich kann mir gut vorstellen, dass es dir Angst macht. Doch gib dir Zeit, alles kann man nicht in drei Wochen regeln und Dinge entwickeln sich. Aber wir beide werden immer einen Weg finden, wenn es mal schwierig wird. Das weiß ich, davon bin ich überzeugt, my dear." Olivia wusste, dass er recht hatte. Garantien kann dir keiner geben.

„Apropos Dinge entwickeln sich. Stell dir vor, Isabell hat mich angerufen, du wirst noch eine weitere Woche Zeit haben, das Leben mit mir auszuprobieren. Sie wird erst am nächsten Donnerstag von ihrer Tochter nach Hause gebracht. Wie findest du das? Und ich habe noch eine Überraschung. Wir könnten für drei Tage das Ferienhaus von Pauls Eltern nutzen. Das steht in Kewstoke am Meer, Olivia, wir beide und das Meer, weißt du noch?"

Und Olivia wusste. Die vielen schönen Stunden, die sie mit John auf Norderney verbracht hatte, der Tag am Meer, als sie das erste Mal hier war, sie sich kennengelernt hatten. John beugte sich zu ihr und küsste sie zärtlich auf den Mund. Und Olivia stellte sich die Frage: War das alles nicht zu viel des Glückes? Wo war der Haken?

Plötzlich fiel ihr Clara ein.
„John, ich muss dir noch was sagen, ich habe Clara getroffen."
„Was? Wann und wo und warum?" John schien verwirrt und seine Miene wurde finster.
„Am Montag, vor dem Pub, ich war draußen, um eine zu rauchen, da saß sie auf der Bank. Ich habe mich mit ihr unterhalten, ohne zu wissen, wer sie ist."
„Was hat sie gesagt?"
„Also, nicht viel, ich denke, dass sie sehr traurig und verletzt ist. Sie hat dich sehr geliebt. Irgendwann solltest du dich bei ihr entschuldigen."
„Ja, irgendwann."
Nun war es raus und Olivia fühlte sich besser. Die Möglichkeit, in Zukunft auf Clara zu treffen, war nicht sehr groß. Aber sie war da und John sollte über alles informiert sein.
Nach einer längeren Pause fuhr Olivia fort: „Da ist noch was." John hob die Augenbrauen. „Pete hat uns

gesehen und mir erklärt, mit wem ich da gerade geredet hatte. Ich habe ihm verboten, es dir zu sagen. Bitte schlag ihn nicht wieder." Olivia legte bittend die Hände zusammen und sah John unterwürfig an.
Johns dunkle Miene verzog sich nun und er musste lächeln: „Den Blick nehme ich dir nicht ab, du verzogene Göre!" Sie legte die Arme um ihn und hauchte ihm etwas ins Ohr.
„Nimmst du mir das ab?"
„Das auf jeden Fall!" Sie zogen sich hastig ihre Jacken an und beeilten sich, nach Hause zu kommen.

„Ich nehme den Bus!" Olivia war fest entschlossen, sich nicht mit in eines der zwei Autos zu setzen, mit denen die Band zum Auftritt fahren würde.
„Keine Privilegien, ich kenne mich aus, ich mach das schon. Ich komme als Groupie und werde dich von Weitem beobachten, dir spät am Abend angetrunken zweideutige Angebote machen und dir dabei meine weiblichen Reize präsentieren, wie es sich gehört."
„Also, grundsätzlich bin ich dafür, aber, Olivia, sei doch nicht albern. Georg hat das nicht so gemeint. Natürlich kannst du mit uns fahren."
„Nein, danke, ich habe auch meinen Stolz."

„Oh, ja, jede Menge davon. Also gut, wir sehen uns dann in Dawlish warren. Und beklag dich nicht, wenn Josi mich anbaggert, sie denkt ja, ich bin allein."
„Sag bloß, es gibt Josis Bierwagen immer noch."
„Auf jeden Fall, und ich glaube, sie hat in den Jahren ihr Shirt nie gewechselt."
„Igitt! Das ist ja eklig!" Olivia schüttelte sich angewidert.
„Und es kommt noch besser, es gibt seit Kurzem einen Mister Josi. Ich weiß nicht, wie er heißt, aber sie passen zusammen wie Topf und Deckel. Du wirst schon sehen."
„Ich bin sehr gespannt. Auf die beiden und auf euch. Ich freue mich tierisch, dich spielen zu sehen. Das hat mich damals sehr beeindruckt und ehrlich gesagt auch sehr erregt, wie du dich bewegt hast hinter dem Schlagzeug, die Kraft und Leidenschaft, die du ausgestrahlt hast." John sah Olivia mit großen Augen an.
„Wie haben leider keine Zeit mehr, my dear, aber heb dir genau das Gefühl bis heute Nacht auf! Ich werde darauf zurückkommen."
„Bis bald, Darling", flötete Olivia und John machte sich auf den Weg zum Treffpunkt.
Olivias Bus fuhr erst in zwei Stunden. Sie ließ sich Zeit, duschte ausgiebig und hörte beim Föhnen, Schminken und Anziehen eine von Isabells CDs.

Schottische Folklore. Isabell hatte eine ganze Schublade voll davon, eine ganze Schublade voll Heimat, die sie nie wirklich hat loslassen können. Ja, auch sie hatte hier in der Fremde gelebt wegen ihres Mannes, ihrer großen Liebe. Und es tat Olivia weh, wenn sie daran dachte, dass Isabell vielleicht nicht mehr hier sein würde, wenn sie zu John zog.

Olivia gab sich heute besondere Mühe, sie wollte umwerfend aussehen, wollte, dass John stolz auf sie ist, auf seine Frau. Der Bus sollte in einer halben Stunde abfahren und Olivia schnappte sich ihre Jacke und ihre Tasche, schloss die Eingangstür ab und ging in Richtung Busbahnhof. Sie kaufte sich das Ticket im Bus, flirtete noch ein wenig mit dem grauhaarigen Busfahrer, der, wie Olivia bemerkt hatte, sich wohlwollend von ihr und ihren bestens ins Szene gesetzten Kurven kurz ablenken ließ. Sie genoss die Fahrt und die Erinnerungen strömten nur so auf sie ein. Der sonnige Tag, damals vor drei Jahren, die Mädels, Kati, die Band. So lange her und doch kam es ihr vor wie gestern. Manchmal spielt Zeit wirklich keine Rolle.

Schlendernd kam sie an Josis Bierwagen an und tatsächlich, Josi, das Shirt und die Ausschankgeschwindigkeit hatten sich nicht verändert. Was sich verändert hatte, war, dass Josi einen Mann an ihrer Seite hatte. Er passte in der Tat hervorragend zu ihr. Ein kleiner, dickbäuchiger, freundlich und relativ zahnlos lächelnder Mittfünfziger, der Josi liebevoll die Gläser reichte. Olivia lächelte beide an und bestellte sich eine Cola, es war noch viel zu früh für Bier. Sie ging betont langsam an der eingerichteten Bühne und dem Tisch, an dem die Bandmitglieder saßen, vorbei und würdigte diese keines Blickes.

John hatte sie schon von Weitem gesehen, er spielte das Spiel mit, es gefiel ihm sehr: Olivias Stolz und ihr Einfallsreichtum. Mit ihr würde es nie langweilig werden.

Pete rief Olivia nun heran, doch Olivia winkte nur und schritt unbeirrt in Richtung Strandpromenade.

Wie schön, wieder am Meer zu sein. Tief sog sie die Gerüche ein und hielt ihr Gesicht in den Wind. Nein, sie würde so schnell nichts umwehen. Sie war stark und das spürte sie in diesem Moment ganz deutlich. Olivia trank die Cola aus, entledigte sich ihrer Sandalen und ging hinunter zum Strand. Das Wasser umspülte ihre Füße und erfrischte sie während des kleinen Spazierganges. Heute waren nur wenige Familien unterwegs, denn das Wetter war zwar sonnig, doch der Wind wehte kühl vom Meer herüber. Quietschend rannten ein paar Kinder direkt vor ihr ins Wasser, gefolgt von ihrem Vater, der sie mit einem aufblasbaren Krokodil jagte.

John und sie würden keine Kinder haben. Nein. Emma hatte sie damals fast das Leben gekostet, sie war nicht mehr in der Lage, Kinder zu bekommen, und sie würde das Risiko in ihrem Alter auch nicht mehr eingehen. Aber was war mit John? Plötzlich schwappte eine große Welle an Olivias Beinen empor und durchnässte den unteren Teil ihrer hochgekrempelten Hose. Mist, dachte sie, hoffentlich bekomme ich das wieder trocken. Olivia setzte ihren Weg und ihre Gedanken fort. Hatte John wirklich keine Kinder? Woher kamen die Narben an seinem Körper und warum war er aus Aberdeen weggegangen? Aber vor allem: Warum hatte er mit ihr darüber noch immer nicht gesprochen?

Olivia holte ihre Sonnenbrille aus der Tasche und trat den Rückweg an. Bevor sie sich als Groupie outen würde, ging sie ins Restaurant und zu den dort befindlichen Toiletten, die auch die unentbehrlichen Spiegel beheimateten. Das Frühstück war lange her, und bevor sie sich ein Bier genehmigen würde, sollte sie noch eine Kleinigkeit essen.

Olivia kaufte sich einen Kaffee und zwei Scones, die mit Rosinen mochte sie am liebsten. Sie nahm sich Marmelade dazu, verzichtete aber auf die Clotted Cream, eine Art Streichrahm mit sehr hohem Fettgehalt. Olivia aß gern und machte sich keine allzu großen Gedanken darüber, dass sie nicht in Größe 36

passte, doch man musste es ja nicht übertreiben. Sie nahm ihr Tablett mit den Köstlichkeiten und setzte sich an einen Tisch am Fenster. Genüsslich strich sie die Marmelade auf das Gebäck und biss hinein. Ihr Mund war so voll, dass sie der Frau, die sich zu ihr setzen wollte, nur zunicken konnte. Die Dame, die ebenfalls keine Modellmaße hatte und ganz und gar in erdfarbene Leinenkleidung gehüllt war, bedankte sich höflich und stellte ihren Tee und ihr Sandwich ab. Olivia sah sie an. Dieses Gesicht hatte sie schon gesehen, sie vergaß zwar Namen andauernd, doch Gesichter fast nie. Sie brauchte nicht länger nachzudenken.
„Hallo, ich bin Mona. Olivia, stimmt´s? Ich habe dich nach einer Beschreibung meines Mannes erkannt. Roger, er spielt auch in der Band."
„Ah, hallo, Olivia, wie du ja schon weißt. Schön, dich kennenzulernen."
Einen Moment herrschte betretene Stille. „Weißt du, ich bin ein wenig anders als meine Mitmenschen, ich sage oft, zum Leidwesen meines Mannes, gerade heraus, was ich denke."
Olivia wurde mulmig. Was würde das jetzt werden? Würde Mona sie warnen, die Finger von John zu lassen oder …?
Mona platzte in Olivias Gedankengänge. „Ich kenne John, seit er aus Schottland hergekommen ist. Roger

schätzt ihn nicht nur als Kollegen sehr, sondern auch als Drummer der Band und als Freund. Ich mag John sehr. Irgendetwas Schlimmes ist ihm passiert, bevor er hierher kam. Ich habe nie rausgefunden, was es ist, doch ich kann es sehen. Und ich konnte dich sehen, bei ihm. Die ganzen Jahre. Er hat es gewusst und mich gemieden, doch glaube mir, ich konnte es sehen."
Olivia fragte sich, was Mona wirklich von ihr wollte.
„Also, Olivia, ich mische mich nie ein. Da halte ich es wie die Jungs, aber ich habe John leiden sehen, er hatte immer so traurige, so abwesende Augen, selbst wenn er gelacht hat. Er hat mit Clara versucht, dich zu vergessen, doch das hat nie geklappt. So glücklich wie in den letzten Tagen habe ich John eigentlich noch nie erlebt."
Mona sah Olivia mit feuchten Augen an.
„Versteh das nicht falsch, ich mag John sehr, wie einen Bruder. Wenn du nicht wiederkommen wirst, sag es ihm, bevor du gehst. Er hat Klarheit verdient, denn er hat so viel gelitten in den letzten Jahren."
„Ich weiß", erwiderte Olivia und senkte den Kopf. Dann sah sie auf und antwortete Mona:
„Ich finde es schön, dass er eine Freundin hat, die ihn versteht und zu ihm hält. Ich habe auch so eine Freundin, die ich gerade sehr vermisse. So was ist mehr wert als Gold und Geld. Aber ich kann dir

sagen, ich habe mich entschieden, zu ihm zu ziehen. Im März nächsten Jahres bin ich hier."
Mona stand unvermittelt auf, strahlte übers ganze Gesicht, ging zu Olivia und umarmte sie.
„Ich freue mich so für euch. Für John. Und ich freue mich, eine neue Freundin zu haben."
Olivia sagte: „Weißt du, es wird nicht leicht für mich werden, neue Jobs, neue Kollegen, eine neue Umgebung mit einer neuen Sprache. Doch ich bin froh, dass du mich nicht verteufelst und mich so herzlich begrüßt. Freunde kann ich in meiner Situation sehr gut gebrauchen."
„Na dann, lass uns nachher noch anstoßen, ein Bier kann ich trinken."
„Bist du mit dem Auto hier?"
„Ja, ich fahre manchmal hinterher, wenn ich Zeit habe, und sehe mir die Show an. Ich mag es, meinen Mann auf der Bühne zu sehen, auch wenn die Musik nicht meins ist."
„Würdest du mich dann nachher mit zurück nehmen?" Mona nickte, denn nun war ihr Mund voll. Gurkensandwich!
Die beiden hörten schon seit geraumer Zeit, dass die Band begonnen hatte zu spielen. Sie machten sich gemeinsam auf, um ihre Männer in Augenschein zu nehmen.

Olivia hatte John seit ihrer ersten Begegnung nicht mehr am Schlagzeug gesehen. Fasziniert beobachtete sie ihn. Er strahlte eine enorme Hingabe aus, sein ganzer Körper ergab sich der Musik und die Kraft pulsierte durch ihn hindurch und ließ ihn so erotisch erscheinen, dass Olivia ihn am liebsten sofort von der Bühne gezogen hätte. Sie liebte ihn nun noch mehr für das, was er da tat. Und sie war sich sicher, ihr Zustand würde sich nicht ändern, bis sie ihren John zu Hause vernaschen würde.

In der Pause kam John zu Olivia und küsste sie lange und zärtlich. Das tat er in jeder Pause, und als die Band Olivias Lieblingslied spielte, sah er ihr die ganze Zeit in die Augen, damit sie nicht verschwinden würde, nie wieder. Nur noch nah, nie mehr fern.

Auch Hamish konnte an diesem Abend seine Augen nicht von Olivia lassen. Sonst war es ihm im Grunde egal. Es fand irgendwie immer eine Frau, die bereitwillig Sex mit ihm haben wollte. Er war für Beziehungen einfach nicht gemacht, doch neidvoll dachte er noch heute daran, dass er damals in Olivia eine Frau gesehen hatte, die mehr versprach, als die leicht zu habenden Damen, die er im Pub oder nach Auftritten abschleppte. Sie war etwas Besonderes, schön, gepflegt, klug, liebenswert, das lag auf der Hand und er hatte sich sofort in ihr Lächeln verliebt, als sie neben Kati auf der Bank gesessen hatte. Und dann am nächsten Tag im Pub war John schon dran. Keine Chance. Und bald würde er es ständig vor Augen haben, das junge Glück. Er räusperte sich missgünstig. Olivia, Clara … Wie machte John das? Warum bekam er immer die Superfrauen?

John konnte in der dritten Woche Urlaub nehmen und so fuhren sie mit einem gemieteten Wagen ans Meer, in das Ferienhaus, das in dieser Woche zufällig leer stand, das Pauls Eltern gern vermieteten, wenn sie es nicht allein brauchten. Natürlich musste John für die Tage zahlen, doch Olivia ließ es diesmal zu. Das Ferienhaus hatte vom Wohnzimmer und von der kleinen Terrasse aus einen wunderbaren Meerblick. Es war großzügig geschnitten. Mit einem Schlafzimmer, zwei Kinderzimmern und einer Küche, die in den Wohnbereich integriert war, erfüllte es alle Wünsche, die man als Gast haben konnte. Selbst das Bad war mit einer Wanne, einer Dusche und zwei großen Waschbecken ausgestattet.
„Es ist einfach fantastisch!", jubelte Olivia, „lass uns zum Strand gehen, bevor das Wetter umschlägt!" Sie stellten ihre Taschen ab und liefen ans Meer. Die steife Brise schlug ihnen ins Gesicht, es war doch kälter als gedacht. Die Zeit reichte, um ein paar

Muscheln zu sammeln und die Nase in den Wind zu halten.

Abends machte John den Kamin an und Olivia legte Käse auf einen Teller. Sie hatten glücklicherweise noch eingekauft, denn im Haus fanden sich nur einige Konserven. Irgendwelche undefinierbaren Suppen, aber gut, sie mussten sie ja nicht essen. Sie hatten vorgesorgt. Zum Käse gab es Brot und Trauben und Rotwein. Sie kuschelten sich auf die Couch und aßen vom großen Teller herunter. Im Ofen knackte ab und zu das Holz und eine wohlige Wärme machte sich breit. Das flackernde Feuer verlieh dem Raum eine ganz eigene Atmosphäre. Ein schöner Kontrast zur grauen Wirklichkeit draußen. Der Wetterbericht sagte für die kommenden Tage nichts Gutes voraus, doch solange sie das Meer wenigstens sehen konnten und sie hier so gemütlich zusammen sein würden, war das Wetter egal.

Auch daran musste sich Olivia gewöhnen. An das Wetter. Es kam ihr sehr entgegen, dass sie hier keine heißen Sommer mehr durchzustehen hatte, denn die drückende Hitze, die manchmal in Berlin herrschte, war für sie eine Qual und kaum auszuhalten. Aber kein Frost und kaum noch Schnee? Würde sie die Kälte und den Matsch vermissen?

John rutschte näher an Olivia heran.

„Hast du noch Hunger?", fragte sie ihn, in der Hoffnung, den restlichen Käse für sich zu haben. Er schnurrte wie ein Kater und begann, mit seinen Fingern ihren Ausschnitt nachzuzeichnen. „Also, solchen Hunger hatte ich nicht gemeint", schnurrte sie ebenfalls, ergriff seine Hand und legte sie auf sein Bein. Prompt schnellte die Hand zurück in ihren Ausschnitt und John verteidigte sein Tun:
„Darling, du wolltest doch in Isabells Haus partout jedes Zimmer einweihen, ich dachte mir, hier vielleicht auch? Also, mit welchem Zimmer fangen wir an?" Olivia kam nicht mehr dazu zu antworten, denn überfallartig warf John sich auf sie und sie tat quietschend so, als würde sie sich wehren wollen. Die wenigen Kleidungsstücke, die sie trugen, lagen binnen kürzester Zeit auf dem Boden, und im weichen Licht des Kaminfeuers wurde es am Ende eine ausgedehnte, sinnliche Reise.
Die Temperaturen ließen einen ausgiebigen Aufenthalt am Strand nicht zu, so blieben sie oft im Ferienhaus, manchmal spazierten sie in ein Restaurant oder wanderten einfach ziellos umher. Dabei stießen sie auf eine alte Kirche, von der aus steinerne zerfallene Stufen durch den Wald bis auf „Monks Hill" führten. Die Stufen waren sehr alt und man konnte sicher etwas Interessantes über sie in Erfahrung bringen, also genau das Richtige für Olivia.

„Da möchte ich irgendwann mal hochsteigen, auf den Hügel. Aber heute lieber nicht, es sieht so nach Regen aus." Die Tür der alten Kirche stand offen, ein Weg führte direkt zum Eingang, vorbei an Grabsteinen, die ebenso uralt anmuteten. Olivia blieb gern auf so alten Friedhöfen stehen, betrachtete ausgiebig die Grabsteine, las die Inschriften und stellte sich vor, wer dieser Mensch wohl gewesen war. Doch John zog sie ungeduldig weiter.

„Nicht so stürmisch! Ich möchte mir hier noch was ansehen! Ich mag Friedhöfe, die Stille und über allem liegt ein Hauch von Ewigkeit. Und er beherbergt so viele Leben, so viele Geschichten."

„Ich hasse Friedhöfe, komm weiter, du wolltest doch auf den Turm", kläffte John und zerrte an ihrer Hand, an ihrem Arm. Olivia riss sich los.

„Ich würde mich wirklich sehr gern noch umsehen." Verständnislos sah sie John an.

„Dann bleib, du weißt, wo du mich findest!", antwortete John schroff und ging schnellen Schrittes auf die Eingangstür der Kirche zu, verschwand in ihrem Inneren. Olivia hatte John so noch nicht erlebt. Er schien sehr verärgert. Sie zuckte mit den Schultern und doch hinterließ die Situation ein flaues Gefühl in ihrem Bauch. Sie sah sich den Friedhof noch an, doch sie konnte es nicht recht genießen. Olivia betrat nach einiger Zeit die Kirche und war entzückt. Die Wände

waren weiß gestrichen und die hölzerne dunkelbraune Dachkonstruktion bildete einen schönen Kontrast. Die einfachen Holzbänke luden ein zum Ausruhen. In einer saß John und hatte seinen Kopf in seine Hände gestützt.
„John?"
Olivia setzte sich neben ihn und legte ihre Hand vorsichtig auf seinen Arm. Er schreckte hoch und sah sie verstört an.
„Was ist denn los? Habe ich dich irgendwie verärgert? Dann rede mit mir!"
John schüttelte mit dem Kopf und räusperte sich.
„Nein, ich …" Er atmete tief ein. „Ich fühle mich auf Friedhöfen miserabel, entschuldige, war nicht so gemeint."
„Da gibt es nichts zu entschuldigen", sagte Olivia und rückte näher an ihn heran.
„John?"
„Hm?"
„Hat das was mit diesem schrecklichen Erlebnis zu tun, das du schon einmal angedeutet hast, und den Narben an deinem Körper?"
John atmete schwer und richtete sich auf. Er wirkte steif und man sah ihm an, dass er krampfhaft versuchte, seine Gefühle in den Griff zu bekommen. Er hatte die Augen geschlossen und seine Wangenmuskeln arbeiteten ohne Unterlass.

„John, soll ich dich allein lassen?" Olivia wusste nicht, was sie tun sollte.

„Oder, wenn du es mir erzählst?"

John schüttelte den Kopf. „Ich kann nicht, ich will nicht darüber reden. Ich möchte unsere letzten Tage genießen. Ich will dich damit nicht belasten."

„Aber irgendwann wirst du es mir erzählen müssen, wirst mit mir reden müssen, das kann nicht zwischen uns stehen, ich werde doch deine ... Frau sein. Wenn ich dir nicht beistehen darf, wer sonst?"

„Irgendwann, wenn ich bereit bin. Olivia, das geht nicht einfach so. Ich möchte es dir ja erzählen, aber ich habe Angst, dass es mich aus der Bahn wirft, wenn ich sie zulasse. Die Erinnerungen, alles, was ich mit so viel Kraft verdrängt habe. Ich möchte nicht, dass du mich so siehst, ich habe Angst, dass es mich zerstört, wenn ich das Monster rauslasse."

„Ich werde nicht zulassen, dass dich irgendetwas zerstört. John, ich bin da, wann immer du bereit bist."

Er sah sie an und wenn irgendwo tief in seinem Herzen noch ein winziger Rest Zweifel sein Unwesen getrieben hätte, in diesem Augenblick lag er am Boden, um sich nie wieder zu regen. Diese Frau hatte ihm der Himmel geschickt. Er schloss die Augen, und er hatte das Gefühl, dass ein seidener Faden sich auf seine Haut legte und unendlich vorsichtig die zerrissene Verbindung wieder herstellte zwischen

seiner geschundenen Seele und der Hoffnung auf Vergebung. Und er wusste, mit ihr hatte er sogar eine Chance, sich irgendwann selbst vergeben zu können.
„John, bleib, so lange du willst, ich bin oben." Sie streichelte seine Schulter, küsste ihn auf sein Haar und ging leise zum Aufgang.
„Warte, ich komme mit!", rief John ihr nach, nachdem er tief durchgeatmet hatte, und sie bestiegen langsam den Turm.
Von hier oben hatte man eine wunderbare Aussicht nach allen Seiten. Im Hintergrund der bewaldete grüne Hügel, davor das Dorf mit seinen meist weiß gestrichenen Fassaden, die in der Sonne leuchteten, und dann der unschlagbare Blick übers Meer. Die Campingplätze mit ihren unromantisch in Reih und Glied stehenden Ferienbungalows zerstörten das Bild etwas.
Olivia und John standen lange dort oben und beobachteten die Menschen, die sich sehr klein unter ihnen bewegten. Wie unbedeutend sie erscheinen, wenn man hier oben steht, und doch kann ein einziger Mensch ein ganzes Leben bedeuten, dachte Olivia und lehnte sich an das steinerne Geländer.
„Wie geht es denn eigentlich deinem Kopf?", erkundigte John sich. „Du hast gar nicht mehr darüber gesprochen."

„Es geht mir gut, sehr gut, ich werde und will mir nicht mehr so viele Sorgen machen, das habe ich mir für mein zweites Leben vorgenommen."

„Dein zweites Leben?"

„Ja, vor der OP: erstes Leben. Nach der OP: zweites Leben – und du, John, du wirst mein drittes Leben sein."

„Das ist gut, my dear, und du hast recht. Sorgen machen können wir uns, wenn wir mal tot sind und vor der Himmelspforte stehen und nicht reingelassen werden ins Paradies wegen ... du weißt schon."

Sie blickten sich verschwörerisch an.

Olivia schmiegte sich an John und fragte: „Wie lange dauert es eigentlich, bis der Kamin brennt?"

John schmunzelte und sah in Richtung Ausgang.

„Ich schätze, so lange, wie du brauchst, eine Flasche Wein aufzumachen."

„Das ist ja schnell."

„Ja, und du bist ein unartiges Mädchen. Wir werden keine Chance haben."

„Wie meinst du das?"

„Du weißt schon, das Paradies."

„Ach so."

„Ich denke, wir sollten jetzt gehen."

„Ich denke auch."

„Olivia?"

„Ja."

„Ich pfeif auf die Wolke."
„John?"
„Ja."
„Und ich auf die Harfe."

Am Morgen ihres letzten Tages machte sich Olivia allein auf den Weg, um für das Frühstück einzukaufen. Sie setzte sich auf das Fahrrad, das zum Haus gehörte, und fuhr los. John schlief noch, und als er erwachte und Olivia nicht an seiner Seite war, durchfuhr ihn für den Bruchteil einer Sekunde Panik, bis sein Verstand einsetzte und ihm sagte: Alles ist gut, sie ist noch da, sie hat dich nicht verlassen. John stand auf und machte Feuer im Ofen. Da sah er Olivias Ring auf dem Tisch liegen. Es war der einzige, den sie trug. Sie hatte ihn von ihrer Mutter geschenkt bekommen. Er nahm geistesgegenwärtig einen Stift, legte den Ring auf ein Stück Papier und zeichnete den inneren Kreis nach. Endlich eine Gelegenheit. Nun hatte er ihre Ringgröße, nun konnte er sich vorbereiten. Auf das, nach dem es ihn drängte, es zu tun. Endlich. Stolz und fröhlich setzte er seine Arbeiten fort, bis Olivia nichtsahnend mit dem Frühstück das Wohnzimmer betrat.
„Stell dir vor, es gab sogar dunkle Brötchen mit Körnern, ein Wunder im Land des Weißbrotes", spottete Olivia.

Nach dem Frühstück packten sie und fuhren zurück, um Isabell zu begrüßen und deren Tochter kennenzulernen.

Isabells Tochter war ihr wie aus dem Gesicht geschnitten. Die großen gütigen Augen, das volle Haar, der weich geschwungene Mund und ihre Stimme klang angenehm tief wie die ihrer Mutter. Ein einnehmendes Wesen, dachte Olivia, nachdem sie von Shona begrüßt worden war. Im Garten war alles bereit. John entzündete den Grill und Olivia stellte den Salat auf den Tisch. „Ich habe Kartoffelsalat gemacht. Typisch Deutsch. Es gibt hunderte Rezepte. Das ist das Rezept meiner Mutter", erklärte sie nebenher und hoffte, er würde allen schmecken. John hatte zwar alles, was sie bislang zubereitet hatte, gelobt, doch er zählte nicht, denn bevor John etwas selbst Gekochtes verschmähen würde, müsste es schon halb vergammelt und übel riechend daherkommen.

Es wurde ein sehr angenehmer Abend, sie waren unter sich, aßen und tranken. Shona betonte noch einmal, wie sehr sie sich freute, dass ihre Mutter nun zu ihr zog:

„Wir haben eine kleine Einliegerwohnung im Haus. Da ist Mum ihr eigener Herr und trotzdem nah."

„Ja, ich werde kaum Möbel mitnehmen können, denn die Wohnung ist schon eingerichtet. Ich werde mich

auf ein paar Erinnerungsstücke beschränken müssen", ergänzte Isabell. Sie holte tief Luft. „Aber ich freue mich auf meine Heimat. Und es leben wirklich noch viele von meinen alten Freunden", fügte sie mit einem verschmitzten Lächeln hinzu.
„Du kannst ja da oben auch einen Leseclub für Frauen gründen", schlug Olivia vor.
„Das auf jeden Fall. Hoffentlich kommst du mich mal besuchen, dann stelle ich dich den Damen dort ebenso vor."
„Das würde mich freuen. Vielleicht kann ich dann noch einmal mit Tintenherz Eindruck schinden."
Isabell nickte gedankenverloren, sah Olivia liebevoll an und sagte: „Olivia, ich lasse dir den Sessel hier. Er ist zu groß für die Wohnung, und wenn ich ihn vermisse, werde ich mir vorstellen, wie du darin sitzt und eines deiner Lieblingsbücher liest."
„Oh, wie schön, ich danke dir. Und ich denke dann immer an dich." Olivia stand auf und umarmte Isabell. Aus dem Augenwinkel sah Olivia, wie Shona und John sich ansahen und Shona mit geschlossenen Augen zustimmend nickte.

Auf dem Rückweg in Johns Wohnung redeten sie nicht viel.
„Warum so still, my dear?"

„Ich muss dich morgen verlassen, nun kann ich es nicht mehr verdrängen. Ich möchte nicht gehen, ich möchte bei dir bleiben und nie wieder wegfahren."
„Aber du kommst doch bald wieder, was sind schon die paar Monate, wir haben so lange gewartet, ich habe mich so lange danach gesehnt. Es ist ein Traum, der wahr wird, für uns. Da spielt doch das bisschen Zeit keine Rolle mehr."
„John, ich habe Angst. Wenn ich hier bin, bei dir, ist alles ganz klar. Ich will es, ich will bei dir sein, jeden Tag, will deine Frau sein, nur deine allein. Aber ich habe Angst davor, was es mit mir machen wird, wieder in Berlin zu sein, wenn die alten Probleme auf mich einstürzen, ich habe Angst davor, mit meiner Tochter zu sprechen. Ich sehe schon meine Eltern, wie sie weinen werden, ich höre schon die Vorwürfe von Erik. Ich werde so viel Kraft brauchen. Habe ich so viel?"
„Ich werde immer bei dir sein, in Gedanken, und du rufst mich an, immer, wenn Zweifel kommen oder wenn du dich überfordert fühlst, und zur Not komme ich nach Berlin."
„Das hört sich gut an. Allein das zu wissen, macht mich stärker. John, ich habe hier alles, was ich brauche, und doch erscheint es mir immer noch zu wenig. Weil ich so viel zurücklassen werde."

„Alle können bei uns sein, so oft sie wollen, oder du fliegst einfach oft nach Deutschland, um sie zu besuchen, wie du willst. Wie du weißt, bin ich reich, wir können es uns leisten." Sie lachten laut. Das befreite etwas. In Johns Zimmer angekommen, kramte er in einer Schublade seines Schrankes.

„Ich habe ein Geschenk für dich, my dear, und ich bestehe darauf, dass du es annimmst." Er holte eine lange silberne Kette aus einem schwarzen Samtsäckchen heraus, an der eine Art silbernes Amulett hing, und legte das Schmuckstück in Olivias Hände. Sie sah ihn sprachlos an und dann auf den runden Anhänger. Mitten in der bezaubernden Verzierung befand sich ein kleiner Kompass.

„Er soll dich stets daran erinnern, dass ich hier auf dich warte, er soll dir Kraft geben und dir den Weg weisen, wenn du vielleicht mal die Richtung verlierst." Er nahm Olivia die Kette aus der Hand und legte sie ihr liebevoll um den Hals. „Ich bin bei dir. Das sagt es. Ich liebe dich so sehr." John umarmte Olivia so fest, dass es ihr schon fast wehtat. Sie liebte ihn in dem Moment mehr, als Worte sagen könnten. Nun konnte sie ihre Tränen nicht mehr zurückhalten. John sah sie an und Olivia glaubte all die Zerrissenheit der letzten Jahre in seinem Gesicht zu entdecken, als er beschwörend flüsterte:

„Wir müssen dafür sorgen, dass wir uns immer finden. Wir schaffen das, du schaffst das!"
Dann küsste er sie und sie lagen sich schweigend bis zum Morgen in den Armen.
Nach dem Frühstück, das sie ziemlich wortkarg eingenommen hatten, bestellte John ein Taxi.
„Ich möchte nicht, dass du mitkommst. Ich rufe dich an, wenn ich zu Hause bin. Ich habe keine Kraft für einen langen Abschied. Bitte, tue mir den Gefallen."
„Wie du willst, my dear." Er sah sie mit großen Augen an und strich ihr liebevoll eine Haarsträhne aus dem Gesicht. Das Taxi hupte und John trug Olivias Gepäck nach unten. Der Taxifahrer verstaute es im Wagen.
„Wir sehen uns bald wieder, weine nicht. Die Zeit wird schnell vergehen. Vertraue mir." John küsste Olivia noch einmal, sie stieg ins Taxi und fuhr davon. Vor der ersten Biegung sah sie sich noch einmal um und winkte ihm zu. Man dreht sich nur um, wenn es einem was bedeutet, dachte John. Und nur eine Frage beschäftigte ihn auf dem Weg zu Isabell:
Wie soll ich das halbe Jahr überstehen?

Kapitel IV

Olivias Flugzeug, besser gesagt die Sardinenbüchse, landete pünktlich ohne besondere Vorkommnisse in Düsseldorf. Sie hatte ein wenig geschlafen und danach gefühlte zwei Liter Tomatensaft getrunken, wie es sich für einen guten Fluggast gehört. Die Flugbegleiterin in der stramm sitzenden Uniform hatte Mühe, sich durch den engen Mittelgang zu quetschen und die Wünsche der Fluggäste so zu erfüllen, dass keiner zu Schaden kam beziehungsweise zu Tomatensaft auf weißen Blusen. Sie wirkte sehr gelangweilt, was vielleicht Methode war, um die Fluggäste zu entspannen.
Ihren Sitznachbarn hatte Olivia fast nicht wahrgenommen. Ein schweigsamer Geselle in billigem Anzug und weißem Hemd, der Wasser trank und Kekse aus der Packung aß. Sie fühlte sich erschlagen und satt, nicht einmal die Landung hatte sie aus der Fassung gebracht. Als Olivia das Flughafengebäude verließ, lasteten die bevorstehenden Gespräche schwer auf ihren Schultern.
Mit Kati konnte sie üben. Kati würde zuhören, würde sie verstehen, war ihre Verbündete. Olivia freute sich sehr auf sie, auf Kati war Verlass. Einmal mehr war

sie froh, solch eine Freundin zu haben. In den kommenden Monaten würde sie viel aushalten müssen. Doch dann dachte sie an John, an den Ausdruck in seinen Augen, als er ihr das Schmuckstück geschenkt hatte. Es gab keine Zweifel mehr. Sie umklammerte den Kompass und hatte wirklich das Gefühl, dass er ihr die Kraft gab, die sie nicht abweichen lassen würde von dem, was sie vor Augen hatte, von ihrem Ziel.

Kati winkte schon von Weitem. Sie sah mit ihren 40 Jahren aus wie ein kleines Mädchen, kurze braune Haare, frecher Schnitt, klein und dünn – und sie hatte leuchtend fröhliche, freche Augen, die sie unglaublich sympathisch machten. Kati strahlte ihre Freundin an: „Mensch, siehst du gut aus! England bekommt dir. Lass dich drücken!"

„Danke, dass du mich abholst, sonst müsste ich mich jetzt noch mit der Bahn rumquälen oder noch einmal in ein Flugzeug steigen. Und danke für das Kompliment, ich kann es zurückgeben."

„Danke auch, aber erzähle: Wie ist es dir ergangen in den drei Wochen?"

„Lass uns erst mal einsteigen, ich berichte dir alles auf der Fahrt."

In den nächsten fünf Stunden erfuhr Kati alles, was Olivia erlebt und erreicht hatte. Und sie musste es am

Ende nicht aussprechen, Kati fühlte, wie sie sich entschieden hatte.

„Wann wirst du gehen?", fragte sie mit gesenkter Stimme.

„Ich mache das erste Halbjahr noch voll in der Schule, dann habe ich genug Zeit, meine Dinge zu regeln, und Anfang März fliege ich zu John."

„Weißt du noch, als du die Nummern in unseren Handys gelöscht hast? Hättest du gedacht, dass diese Geschichte so ausgehen würde?"

„Niemals, doch ich bin so froh, ich habe endlich eine Entscheidung getroffen, und ich habe mein Herz und meine Seele diese Entscheidung treffen lassen. Mein Verstand durfte nur Arbeitsstellen suchen." Olivia atmete tief durch.

„Kati, ich glaube, ich bin glücklich."

„Das ist gut. Endlich."

Die leere Wohnung empfing sie dunkel und in schweigender Stille. Kati musste gleich weiter, eine geheimnisvolle Verabredung. Vielleicht hatte ja auch sie endlich die Liebe gefunden, die sie schon so lange suchte. Olivia stellte ihre Sachen im Flur ab und ging ins Bad, nahm eine heiße Dusche und kramte danach die Nordsee-Tasse aus dem Küchenschrank. Sie setzte sich im Bademantel auf den Balkon und rief John an. Seine Stimme war so nah und so beruhigend.

Langsam rann der Rotwein ihre Kehle hinab und sie wünschte sich zurück zu ihm, in seine Arme. Die ersten Vögel fingen an, in den Bäumen zu zwitschern, als sie ihr Gespräch beendeten.
Als es hell wurde, legte sich Olivia ins Bett. Der Kompass lag auf ihrem Nachtschrank und sie küsste ihn noch einmal, bevor sie einschlief. Sie träumte einen wilden Traum, in dem die Muppets ein Flugzeug entführt und sie als Geisel genommen hatten.

Gegen Mittag wurde Olivia geweckt von lautem Rumpeln und Fluchen. Emma war über das herumstehende Gepäck im Flur gestolpert.
„Mama, bist du da?", rief sie fragend in den Raum.
Olivia schälte sich aus dem warmen Bett, öffnete die Tür vom Schlafzimmer und antwortete Emma.
„Ich bin hier, ich habe noch geschlafen. Wir waren spät oder früh, kommt drauf an, wie man es sieht, zu Hause."
„Hallo Mum, schön, dass du wieder da bist. Soll ich Kaffee machen?" Olivia wunderte sich über so viel Fürsorge, doch sie war froh, Emma in guter Stimmung anzutreffen.
„Ja, das wäre schön, ich ziehe mir mal was an." Olivia kramte aus ihrem Schrank eine zerschlissene Jogginghose und ein ebenso unansehnliches Shirt

heraus, denn all ihre guten Sachen lagen noch ungewaschen im Koffer. „Du siehst ja aus!" Emma schüttelte mit dem Kopf. Sie mochte ihn nicht, den Schlabberlook, den sich ihre Mutter manchmal überwarf.

„Nur heute mal, ich habe nichts Gescheites mehr im Schrank, ist alles im Koffer", entschuldigte sich Olivia.

„Gab es da keine Waschmaschine?" Emma zog die Augenbrauen hoch, das hatte sie sich von ihrer Mutter abgeschaut.

„Doch, aber ich habe immer nur gewaschen, was ich unbedingt brauchte." Emma goss den heißen Kaffee in zwei Tassen, setzte sich auf den Tisch und ließ die Beine baumeln. Sie schlürfte am Kaffee und fragte wie nebenbei: „Und wie war es so bei deinem Lover?"

„Gut. Und wie war es bei dir, was hast du so gemacht?"

„Ach, ich hab rumgehangen und mich ausgeruht und amüsiert, hab ja nur noch zwei Tage, bis es losgeht in Hamburg. Papa hat gesagt, dass er mich hinbringt. Ich glaube, der ist froh, wenn er mal wegkommt von KERSTEN. Die ist total nörgelig und unzufrieden und launisch. Und sie sieht aus wie ein Fass! Das solltest du sehen. Kleidergröße Wahnsinn!" Emma lachte schadenfroh und auch Olivia konnte sich ein Lächeln nicht verkneifen.

„Nun, ich sah nicht viel besser aus, als ich mit dir schwanger war. Ich glaube, ich war auch sehr anstrengend für deinen Vater. Ständig musste ich heulen und ständig musste er mir Eis holen. Aber da war er noch viel jünger."
„Der wird sich wundern, wenn das Kind nachts brüllt und er nicht schlafen kann."
„Ja, da kommen harte Zeiten auf ihn zu, aber auch schöne. Und du kriegst einen Bruder."
„Ich will mit dem Balg nichts zu tun haben. Ist nicht meine Baustelle. Ist mir egal."
„Vielleicht überlegst du dir das ja noch einmal, ich denke, wenn die beiden einen zuverlässigen Babysitter brauchen, kannst du gut was verdienen. Du hast eine unschlagbare Verhandlungsposition als Schwester."
Emma machte einen mürrischen Laut, der auch aus dem Tiergarten stammen könnte, in dem sie nun bald ihr Praktikum antrat.
„Ich bin so froh, dass du wieder da bist." Emma stand auf und umarmte ihre Mutter fest, dann legte sie ihr die Hände auf die Schultern und fing an, sich leicht mit ihr in einem unhörbaren Takt zu wiegen.
„Ich war ein bisschen allein, Konrad besucht seine Großeltern in Stuttgart und Papa hat andere Probleme. Nur Oma und Opa hatten Zeit, aber die sind halt alt."

„Ich freue mich auch, dich wieder bei mir zu haben. Und lass Oma bloß nicht hören, sie sei ALT!"
„Ja, dann lädt sie dich gleich zum Walken ein und zeigt dir, wer fitter ist!"
Beide lachten und Emma setzte sich wieder zurück auf den Tisch, sah auf ihre Füße und murmelte leise: „Mum, ich hatte Angst, dass du nicht wiederkommst, dass du dort bleibst, bei dem Typen."
„John, er heißt John. Und du würdest ihn mögen."
„Aber du bist doch wieder hier. Bleibt der jetzt dein Freund?"
„Ich denke ja. Ich mag ihn sehr, weißt du, wir haben viel gemeinsam."
„Aber wie soll das denn funktionieren, du hier in Berlin und der in England?"
Olivia wähnte sich plötzlich in einer Achterbahn. Es war wie am Anfang der Fahrt, wenn die Wagen langsam hochgezogen werden und man unausweichlich dem höchsten Punkt entgegenfährt, von dem aus es nur noch steil in den Abgrund geht. Kein Weg heraus, keine Chance zu fliehen. Augen zu und durch.
„Schatz, ich liebe John und ich möchte mit ihm zusammen leben."
Emma ahnte nichts Gutes und fragte angespannt:
„Was? Wo denn? Hier? In unsere Wohnung? Kann der denn Deutsch und was will der hier arbeiten?

Aber mein Zimmer behalte ich doch, oder?" Emma sah ihrer Mutter ins Gesicht und fühlte Panik in sich aufsteigen. Sie trat einen Schritt zurück und schrie: „Nein! Nein! Guck nicht so! Du kannst mich doch nicht auch noch verlassen! Sag mir, dass du hierbleibst! Nicht du auch noch. Papa will schon nichts mehr von mir wissen. Du musst dich doch um mich kümmern. Du bist doch meine Mutter!"
Laut schluchzend warf sie sich an Olivias Hals und beide weinten nun und drückten sich fest aneinander.
„Das werde ich auch immer bleiben, deine Mutter, und ich werde mich um dich kümmern und mich sorgen bis ans Ende meiner Tage. Mein Schatz, ich habe die Liebe meines Lebens gefunden, ich kann ohne ihn nicht mehr sein."
„Was heißt denn das? WAS?" Emma war außer sich.
„Ich ziehe zu ihm, bald, im Frühjahr. Schatz, ich werde ganz oft herfliegen und du kommst zu mir oder du kannst doch mitkommen, studieren geht dort auch, und Konrad kann auch mitkommen."
„Ist das dein Ernst? Ich soll hier weggehen? Hier sind alle meine Freunde, das ist meine Stadt, was ist mit Oma und Opa? Wissen die das etwa schon? Ich soll in ein fremdes Land gehen? Ich kann noch nicht mal die Sprache richtig gut und dann soll ich da studieren? Wie kannst du nur so egoistisch sein! Nein, du kannst mich mal, ihr alle könnt mich mal!"

Emma rannte in den Flur, riss ihre Jacke vom Haken und stürmte aus der Wohnung. Olivia folgte ihr.
„Emma, warte doch, lass uns reden!" Doch ihre Tochter war schon außer Hörweite.
Olivias Brust drohte zu zerspringen. Sie suchte ihr Telefon und rief Emma an. Wieder und wieder versuchte sie es. Nichts. Dann rief sie ihre Eltern, Olivias beste Freundin und auch Erik an.
„Sag mir Bescheid, wenn Emma bei dir auftaucht."
„Was ist denn los?"
„Nicht am Telefon, ich erzähle es dir später. Ruf mich an, ja?"
Olivia öffnete ihren Koffer und zog eine halbwegs saubere Jeans und ein Shirt heraus, ging schnell ins Bad und machte sich auf, ihre Tochter zu suchen. Auf dem Nachtschrank lag die Kette von John. Hastig griff sie danach und steckte sie sich in die Hosentasche. Dann lief sie los.

Auf dem Weg zu ihren Eltern klingelte ihr Telefon. Kati.
„Komm her, Emma ist bei mir." Olivia stieß einen Laut der Erleichterung aus. „Ich beeile mich." Bei der nächsten Gelegenheit stieg sie aus der Bahn und nahm sich ein Taxi. Die ganze Zeit umklammerte sie krampfhaft ihr Amulett, ihren Kompass, der schon

am ersten Tag in der Heimat nach allen Richtungen ausschlug.

Als Olivia bei Kati ankam, hatten sich die Wogen schon etwas geglättet, beide saßen auf dem Balkon und tranken heißen Kakao und Emma löffelte Wackelpudding aus dem Becher.

„Oh, Gott sei Dank, mein Schatz, ich habe mir große Sorgen gemacht." Sie wollte Emma umarmen, doch die wies sie schroff zurück.

„Ich habe Kati erlaubt, dich anzurufen, sie hat mich überzeugt. Aber fangt jetzt bloß nicht an, auf mich einzureden. Ich will nicht reden, verstehst du?"

Emma nahm ihre Tasse, ging ins Wohnzimmer und machte den Fernseher an. „Was habe ich nur angerichtet?" Olivia ließ sich auf den Stuhl fallen und atmete tief ein und aus. Kati versuchte sie zu beruhigen: „Du hast das Richtige getan. Nun weiß sie es und hat genug Zeit, alles zu verarbeiten, du bist noch lange hier, bis März. Stell dir vor, du wärst erst im Januar damit rausgerückt. Gib ihr Zeit, sie muss sich erst mal damit befassen, den Schock verarbeiten. Irgendwo ist sie ja doch noch ein Kind."

„Vielleicht hast du recht. Ich hoffe es." Olivia seufzte: „Bekomme ich einen Kaffee?"

Olivia verließ Katis Wohnung nach zwei Stunden wieder. Emma wollte sie nicht sehen. Kati hatte

zugestimmt, dass Emma bis zu ihrer Abreise bei ihr bleiben durfte, wenn sie es wollte.
Olivia nahm allen Mut zusammen, sie hängte sich ihre Kette um, stieg in die nächste Bahn und fuhr zu ihren Eltern. Heute ist er, der Tag, schlimmer kann es nicht mehr kommen, dachte sie. Heute sage ich allen die Wahrheit. Und dann bin ich frei.

Sie hatte mit John vereinbart, einmal in der Woche miteinander zu telefonieren. Am Sonntag. Heute war Sonntag und Olivia konnte es kaum erwarten, seine Stimme zu hören. Pünktlich um 21.00 Uhr klingelte das Telefon.
„Hallo, my dear, wie geht es dir?"
„Ach, ganz okay. Es tut mir so gut, deine Stimme zu hören und ich vermisse dich sehr." Olivia atmete durch, um nicht mit dem Weinen anfangen zu müssen. John sollte sich keine Sorgen machen.
„Ich vermisse dich auch jeden Tag. Ich soll dir Grüße ausrichten von Isabell. Sie freut sich sehr, dass wir ihr Angebot annehmen und geht nun etwas leichter zurück nach Schottland"
„Obwohl mich das ein wenig traurig stimmt. Ich hätte Isabell gern in meiner Nähe gehabt."
„Man kann nicht alles haben, my dear, es ist ja schon ein Wunder, dass wir uns haben werden."

„Ja, ein Wunder." Olivia lächelte sanft. „Wann zieht sie denn um?"
„Sie möchte im Frühjahr umziehen, damit die warme Jahreszeit noch vor ihr liegt. Das heißt, wenn du kommst, werden es nur noch ein paar Wochen sein, die wir hier in meinem Zimmer hausen müssen. Aber so kannst du das Haus in Ruhe einrichten, wie es dir gefällt."
„Wie es mir gefällt? Es ist doch dein Haus, mein reicher Freund, da hast du doch ein Wörtchen mitzureden!"
„Ich denke, dass wir das schon hinkriegen, my dear. Du sollst dich wohlfühlen, das ist mir am Wichtigsten. Alles andere ist zweitrangig." Nach einer kleinen Pause fragte er vorsichtig:
„Olivia, wie geht es dir wirklich?"
„Ich bin froh, dass ich dein Amulett habe. Ich trage es immer bei mir, es scheint mir wirklich Kraft zu spenden. Emma habe ich unfreiwillig gleich am ersten Tag die Wahrheit gesagt, allen anderen auch, gleich hinterher."
„Und?"
„Emma ist am Boden zerstört. Sie ist zurzeit in Hamburg, ihr Praktikum, du weißt. Ich hoffe, dass sie sich mit ein wenig Abstand fangen kann, die Zeit hat, alles zu durchdenken. Erik hatte nur im Kopf, dass er ja dann allein verantwortlich ist, wo doch seine

Freundin bald ein Kind erwartet, und ihn beschäftigten sofort all die organisatorischen Dinge. Wie regeln wir dann dies und jenes."
„Und deine Eltern?"
„Als ich meiner Mutter erzählt habe, dass ich dann in der Gegend wohne, in der einige ihrer Rosamunde-Pilcher-Romane verfilmt wurden, leuchteten ihre Augen wieder. Natürlich sind sie traurig, doch sie wollen auch, dass ich glücklich bin. Ich habe ihnen versprochen, sie zweimal im Jahr zu besuchen. Vielleicht schaffe ich es ja auch noch, meinen Vater mal zum Fliegen zu überreden."
„Das hast du gut gemacht. Ich bin so stolz auf dich. Nun wissen es alle und du kannst dich ohne viel Geheimnistuerei vorbereiten."
„In meiner Schule wissen sie es noch nicht. Ich muss nächste Woche die Kündigung abgeben. Alles andere wäre unfair. Das wird noch mal hart."
„Das schaffst du auch, ich denke an dich."
„Ich weiß. John?"
„Ja, my dear?"
„Ich liebe dich sehr."
„Ich liebe dich auch und ich sehne mich nach dir wie Staubfinger seine Frau vermisst."
„Was? Staubfinger? Du weißt, wer das ist? Du hast es gelesen? Tintenherz? In einer Woche?"

„Ich habe ja viel Zeit und Isabell meinte, es könne mir nicht schaden."
„Und hat es dir geschadet?"
„Nein, ich fand es schön. Doch das würde ich in der Öffentlichkeit niemals zugeben."
Olivia lachte. „Danke."
„Wofür?"
„Dass du mich zum Lachen gebracht hast."
„Gern geschehen. Wir hören uns in einer Woche. Schlaf gut, my dear."
„Schlaf gut, mein John."

Im Herbst begann Emma ihr Biologiestudium an der Humboldt-Universität. Sie hatte vor, zuerst den Bachelor zu machen und dann den Master dranzuhängen. Das bedeutete acht bis zehn Semester Studium.
Erik zahlte seinen Beitrag und Emma lebte nicht verschwenderisch. So konnten sie das gut stemmen. Erik, Emma und Olivia hatten es geschafft, sich an einen Tisch zu setzen und zu besprechen, wie alles weitergehen sollte. Sie hatten sich geeinigt. Konrad und Emma behielten die Wohnung und Erik bezahlte die laufenden Kosten. Den Unterhalt für Emma musste Olivia aufbringen.
Das konnte sie auch in Zukunft, denn sie hatte nun schon die feste Zusage von zwei Arbeitsstellen, der

Verdienst würde ausreichen, für Emma und für sie selbst.

So war alles geklärt.

Langsam wurde es kühler und in der Luft lag ein Hauch von Winter, es ging auf Weihnachten zu. Olivia hatte sich schon wieder eingewöhnt, in das Leben in Berlin, in den Trott. Doch sie freute sich unbändig auf jeden Sonntag, an dem sie mit John sprechen konnte.

„Ich komme zu dir", das hatte er am letzten Sonntag zu ihr gesagt.

„Wann?"

„Zwischen Weihnachten und Silvester, da bin ich bei dir, ich fliege nach Berlin."

„Das ist die beste Nachricht seit ewigen Zeiten."

„Ich vermisse dich so sehr."

„Ich dich auch, ich freue mich unendlich auf dich."

Kurz vor Weihnachten klingelte Olivias Telefon. John – an einem Dienstag? Ihr schwante nichts Gutes. Er hatte sich das Bein gebrochen, war beim letzten Auftritt gestolpert und von der Bühne gefallen. Er musste noch einmal operiert werden, gleich im neuen Jahr. Wie schade.

Olivia war in diesem Schuljahr natürlich keine Klassenlehrerin geworden, da sie nach dem ersten Halbjahr hier nicht mehr unterrichten würde. Sie gab

hauptsächlich Englisch und war im Förderunterricht eingesetzt worden. So hielt sich der Arbeitsstress in Grenzen, doch sie hatte viele andere Dinge zu regeln. Ihr Bankkonto, einige Vollmachten, Daueraufträge und vieles mehr. Zudem festigte sie in einer kleinen Arbeitsgruppe zweimal in der Woche ihr Englisch.
Das Touristen-Center hatte ihr die Unterlagen zugeschickt für die Stadtführungen auf Deutsch. Sie war gerade dabei, die Abschnitte über die Cathedrale zu lernen, als Emma völlig aufgelöst und kreidebleich die Wohnung betrat. Olivia legte sofort ihre Unterlagen beiseite.
„Schatz, was ist los?"
„Mummy, Konrad, er …", sie kramte ein Taschentuch hervor, schnäuzte sich laut und fuhr fort, „… er hat mich betrogen. Dieser Arsch, wie konnte er nur!" Emma heulte los, sie zitterte am ganzen Körper. Olivia sprang auf und ging auf Emma zu.
„Beruhige dich doch erst mal, woher weißt du das denn?"
„Ich will mich nicht beruhigen. Im Sommer, als er in Stuttgart war, bei seinen Großeltern, da hat er was angefangen mit irgend so einer Schlampe!" Olivia versuchte, ihre Tochter in den Arm zu nehmen, doch sie riss sich los.
„Aber warum sagt er es dir denn jetzt erst?"

„Er hat es mir nicht gesagt, ich habe einen Zettel bei ihm gefunden. Mit Herzchen und Ich liebe dich - Gekritzel. Erst wollte er es abstreiten, aber dann hat er es zugegeben."
„Hatte er denn Kontakt mit ihr?"
„Er sagt nein, das war nur einmal. Nach einer Party in Stuttgart, bei einem Freund. Er hat es auch bereut und bla bla bla. Ich habe sofort Schluss gemacht."
Laut schluchzend fiel sie Olivia nun doch in die Arme und ließ sich von ihrer Mutter streicheln. Olivia redete ihr gut zu, doch sie wusste, dass ihre Worte hier nicht viel ausrichten würden.

Mitte Februar saß Olivia an einem Sonntag in ihrem Lieblingssessel und telefonierte mit John. Das vorletzte Mal, bevor sie zu ihm fliegen würde. Sie erzählte ihm von ihrer Abschiedsfeier in der Schule. Alles war sehr emotional gewesen, nun ja, Abschiede, die für immer sind, haben es in sich. Es wurden Loblieder gesungen, es wurde viel geweint und geküsst, es gab kiloweise Zeichnungen und Gebasteltes und der Chor sang seine neusten Lieder. Man versprach, in Kontakt zu bleiben. Wie das eben so ist.
„Und wie geht es deiner Tochter?", wollte John wissen.

„Sie vermisst Konrad, obwohl sie es nicht zugeben würde. Aber sie ist sehr stolz, will ihm nicht vergeben. Ihre Studienfreundin Ivonne wird mit einziehen hier in die Wohnung. Sie sucht gerade ein WG-Zimmer, da kam unser Angebot zur rechten Zeit."
„Ist sie da?"
„Emma? Ja, in ihrem Zimmer."
„Darf ich mit ihr sprechen?"
Olivia zögerte etwas, sie hatte das erste Aufeinandertreffen eigentlich persönlich im April geplant.
„Okay, ich kann sie fragen."
Olivia klopfte an Emmas Zimmertür, öffnete sie einen Spalt breit und steckte den Kopf hinein. Emma schrieb gerade an einer Hausarbeit und saß konzentriert am Computer.
„Emma? John ist am Telefon, er würde gern mit dir sprechen."
„Mit mir? Hm, ich weiß nicht."
„Na komm, er kann ja nicht beißen so durch den Apparat."
„Deine Witze waren auch schon mal besser!" Emma verdrehte die Augen.
„Na gut, gib her. Hallo?"
„Hallo Emma?"
„Ja, ich bin es."

„John hier. Schön, dass ich mal mit dir reden kann. Wie geht es dir?"
„Ganz gut, den Umständen entsprechend. Meine Mutter ist bald weg, das macht keine gute Laune."
„Ich verstehe. Könntest du mir einen Gefallen tun und mir sagen, wie es ihr wirklich geht? Ich glaube, sie sagt mir nicht die Wahrheit, weil ich mir keine Sorgen machen soll."
„Könntest du bitte langsamer sprechen, mein Englisch ist nicht so besonders gut."
„Ah, ja, entschuldige."
„Also, ich glaube, sie freut sich. Sie macht Listen, was sie ständig tut, packt Koffer und Kisten, erledigt Dinge in der Bank und auf den Behörden, besucht alle Freude noch mal reihum, so was halt, sie weint auch heimlich, ich soll es nicht sehen, aber das gehört wohl dazu."
„Emma, es tut mir leid, dass ich dir deine Mutter entführe."
„Das tut mir auch leid."
„Hat sie dir erzählt, dass wir für dich ein Zimmer haben? Du kannst herkommen, wann immer du willst."
„Ich weiß, aber ich bin eine Studentin, das Geld muss ich dann erst mal haben."
„Da wüsste ich einen Weg."

„Nein, nein, keine Bestechungsangebote. Wenn überhaupt, dann bezahlt das meine Mutter selbst, hat sie schon gesagt."
„Du bist Olivia sehr ähnlich."
„Das soll auch so sein, ich bin schließlich ihre Tochter."
„Wie läuft das Studium?"
„Stressig. Ich schreibe gerade an einer Hausarbeit."
„Solange das Thema interessant ist. Wichtig ist, sein Ziel nicht aus den Augen zu verlieren. Ich habe meine Berufswahl auch nie bereut, man braucht nur Leidenschaft, dann hat man später einen Beruf, der einen erfüllt."
„Oh Gott, wenn ich mir vorstelle, wie du den ganzen Tag mit Zahlen und Statistiken umgehen zu müssen, ist ja wie lebenslänglich Mathe, lieber nicht!"
„So eintönig ist mein Arbeitsalltag nicht. Ich betreue auch eine Menge Kunden. Letzte Woche war ich zum Beispiel im Eden Project. Wir waren als Bank geschäftlich in den Bau involviert. Sagt dir das was?"
„Oh ja. Das Eden Project ist ja nicht nur in Europa sehr bekannt."
„Zweimal im Jahr bin ich geschäftlich dort, Kundenbetreuung wie gesagt. Wenn du mal in der Gegend bist, könnte ich dich hinter die Kulissen mitnehmen, wenn du Interesse hast."
„Was? Das wäre super!"

„Vielleicht könnte dich der Garten interessieren. Er wird ständig erweitert. In der Konzeption wurde besonderer Wert darauf gelegt, alte, vom Aussterben bedrohte Pflanzenarten nachzuzüchten, um die genetische Vielfalt zu erhalten."
„Hört sich spannend an."
„Ich spaziere nach dem offiziellen Teil jedes Mal durch den ganzen Komplex. Das Tragwerk der Kuppeln ist faszinierend, wusstest du, dass es eine deutsche Firma gebaut hat? Mir gefällt am besten das Gewächshaus, in dem die tropisch-feuchte Klimazone simuliert wird. Deiner Mutter könnte ich damit keinen Gefallen tun, sie mag es nicht so warm."
„Ja, feuchte Hitze findet sie entsetzlich."
„Was finde ich entsetzlich?", mischte sich Olivia aus der Küche ein.
„Den Dschungel, Mum!"
Alle lachten.
„Vielen Dank, dass du dir die Zeit genommen hast, mit mir zu sprechen. Wir sehen uns dann Anfang April. Viel Erfolg bei deiner Arbeit!"
„Okay, danke, bis dann."
Emma übergab ihrer Mutter das Telefon und flüsterte ihr zu: „Er ist gar nicht so übel, dein Lover John."
Olivia und John hatten noch viel zu besprechen. Pete und Anne-Marie hatten ihren Hochzeitstermin vorverlegt, Olivia musste also ihr gutes Kleid und die

passenden Schuhe noch in den Koffer quetschen.
Und Mona hatte sie schon eingeladen zu ihrem 40.
Geburtstag im Mai und sie ließ ihr Grüße ausrichten.

Emma hatte darauf bestanden, sie zum Flughafen zu bringen. Nur sie beide, noch einmal allein.
Mutter und Tochter waren sehr zeitig dort, gaben Olivias Gepäck auf und suchten sich einen gemütlichen Platz in einem der Restaurants.
Beim arrogant dreinblickenden Kellner bestellten sie sich Kaffee und Kuchen mit Sahne und gingen noch einmal ihren Plan durch.
„Also, Emma, du kommst Anfang April für eine Woche zu mir und im Sommer werde ich nach Berlin fliegen und mit einem Kleinlaster zurückfahren. Wenn du willst, kannst du mitkommen und nach Berlin zurückfliegen, wenn du genug hast von der Einöde", fasste Olivia zusammen.
„Ich besuche dich so oft es geht, Mum."
„Und ich komme oft nach Deutschland und besuche dich, mein Schatz. Außerdem gibt´s ja noch Telefone. Ich bin nicht aus der Welt. Wenn du mich brauchst, bin ich für dich da."
„Da nehme ich dich beim Wort. Aber Ivonne ist ja auch noch da. Wir sind unschlagbar als Frauen-WG. Mach dir keine Sorgen."
„Ich hab dich so lieb, mein Schatz."

Sie drückten sich lange.

„Ich muss noch mal schnell zur Toilette", sagte Emma plötzlich und rannte los. Olivia saß lächelnd mit den Taschen am Tisch, und wartete auf ihre Tochter. Nach einiger Zeit trommelte sie ungeduldig mit den Fingern auf die Tischplatte. Wo blieb sie nur?

Kapitel V

John war am Ziel seiner Träume. Er hatte sich all die Jahre gesehnt, sich verflucht, belogen und sich betäubt und betrogen. Und nun sollte es Wahrheit werden, Olivia würde zu ihm kommen. Sein Leidensweg war hier zu Ende und er würde hier und heute mit ihr ein neues Leben anfangen. Er würde das Glück in den Händen halten, würde es pflegen und hüten und nie wieder hergeben, für den Rest seines Lebens, nie wieder hergeben. Und heute Abend würde er vor Olivia auf die Knie gehen, so wie damals auf dem Leuchtturm, und heute würde sie „ja" sagen. Ja zu ihm, ja zu ihnen beiden, ja zu ihrem Leben und ihrem Glück, hier zusammen. Einen Ring hatte er extra für sie anfertigen lassen. Es würde keine Zweifel mehr geben. Sie gehörten zusammen und nichts konnte sie trennen. Und sie würden die Klippen des Alltages umschiffen, so wie er es versprochen hatte, und er würde immer bei ihr sein, hinter ihr stehen, so wie auch sie das für ihn tun würde. Und sie würden sich lieben, ohne schlechtes Gewissen, ohne Angst, ohne Reue, einfach nur lieben. Und es würde schön sein, so schön wie beim ersten Mal. Sein ganzer Körper bebte vor Freude.

Er nahm Hamishs Autoschlüssel und schnappte sich den Blumenstrauß. Die roten Rosen hatte er heute teuer gekauft, obwohl er wusste, dass sie wieder sagen würde, das solle er doch nicht. Aber er wollte es so. Basta. John musste lächeln, als er sich ihre Reaktion vorstellte, wie sie die Augenbraue hochziehen und den Kopf schütteln würde.

Der Wagen sprang sofort an. Gut so. John fuhr los. Hamish hatte ihm das Auto am Morgen supersauber gebracht. Auch der Kofferraum glänzte wegen der vielen Taschen und Koffer, die er dort verstauen würde. Olivias Gepäck. Sie hatte nicht gewollt, dass er sie aus London abholt. Sie wollte mit dem Bus kommen, wie beim ersten Mal.

John parkte das Auto und setzte sich auf eine Bank am Busbahnhof. Er war viel zu früh dran, er hatte es nicht mehr ausgehalten in der Wohnung. Die Rosen legte er neben sich und strich sanft darüber. Er lehnte sich zurück, legte die Arme über die Lehne der Bank und streckte sich. Dann atmete er tief ein. Die ersten Frühlingsboten zwitscherten ihm ihren Gesang ins Ohr. Am liebsten hätte er mitgesungen. Zwei ältere Ladys schlurften an ihm vorbei und musterten ihn kritisch. Er grüßte überfreundlich, sie lächelten ihn zahnlos an und strebten weiter im Schneckentempo ihrem Ziel entgegen.

Am anderen Ende des kleinen Platzes hatten sich Jugendliche versammelt und balzten lautstark um die Gunst des anderen Geschlechtes. Seine Suche war vorbei. Endlich nah, nicht mehr fern, gleich würde sie da sein.

Der Bus fuhr auf den Platz und John stand auf, strich seinen Kilt glatt und ermahnte sein galoppierendes Herz zur Ruhe. Er ging auf den Bus zu und die Türen öffneten sich. Der Helfer sprang aus dem Bus und begann, die Gepäckstücke auszuladen. Er stellte sie auf den Gehsteig, schön in eine Reihe. Die ersten Fahrgäste stiegen aus und nahmen sich ihr Gepäck, gingen ihrer Wege oder wurden freudig in Empfang genommen. Plötzlich sah John blondes Haar aufleuchten zwischen den Passagieren, die die hintere Tür benutzt hatten. Da war sie.

„Olivia, hier, my dear!" John kam näher, die blonde Frau drehte sich lächelnd um und schüttelte mit dem Kopf. „Ich bin nicht Olivia, leider", sagte sie, zwinkerte ihm zu und ging bepackt mit schweren Taschen davon.

Die Türen des Busses schlossen sich. „Stopp! Wartet! Sie ist noch nicht ausgestiegen!"

Er hämmerte an die Tür des Busses. Vielleicht schläft sie ja tief und hat einfach nicht mitbekommen, dass der Bus gehalten hat? Die Tür öffnete sich und der

Busfahrer sah John strafend an. „Was willst du, mein Freund?"

„Ich muss in den Bus sehen, MEINE FRAU sitzt da noch drin, sie schläft bestimmt noch."

„Also, du kannst da gern reinsehen, aber es ist keiner mehr drin. Nur noch der Müll, den die gemacht haben. Endstation! Wir haben Feierabend."

Er schob John die Stufe hinunter, schloss die Tür und fuhr ab.

John sah verstört auf die Uhr. Nein, es stimmte, es war der richtige Bus. Ankunft abends 8.00 Uhr hatte sie gesagt. Vielleicht hatte sie in London den Bus verpasst, vielleicht hatte der Flieger Verspätung.

Mist, das Handy lag zu Hause irgendwo rum. Er rannte zum Wagen und fuhr mit zitternden Knien durch den aufkommenden Nebel zurück. Zu Hause angekommen, riss er die Wohnungstür auf und hoffte insgeheim, sie würde im Flur stehen und rufen: Überraschung!

Aber niemand rief etwas. Er fand das Handy in seiner Arbeitstasche, die er gestern im Flur abgestellt hatte, und es blinkte.

Gut. Sie würde bestimmt mit dem Nachtbus kommen. Er klappte mit einem Ziehen im Magen das Handy auf und las ihre Nachricht:

Liebster John,
ich werde nicht zu dir kommen. Ich kann es nicht.
Ich habe eben erfahren, dass Emma schwanger ist.
Ich kann meine Tochter nicht im Stich lassen. Verzeih mir, verzeih mir bitte, mein Ein und Alles. Ich liebe dich so sehr. Aber es sollte nicht sein.
Nicht in diesem Leben.
Gib mich auf und lebe!
Love Olivia

Draußen eroberte der Nebel die Straßen, als ein einsamer Mann hinunterging zum Fluss, um sich für immer zu verabschieden. Er trug einen Strauß Rosen und einen silbernen Ring bei sich, und an der Stelle, an der sie sich zum ersten Mal geküsst hatten, stellte er sich an den Fluss und starrte in die Leere. Er warf die roten Rosen und mit ihnen alles Herzblut, was er hatte, und er warf den silbernen Ring und mit ihm all die unendliche Liebe, die er fühlte, durch den Nebel in das schwarze Wasser des Flusses, das ihm so nah war und ihn so anzog. Denn es sah aus wie das Dunkel, das sich langsam in seiner Seele ausbreitete und den einzigen Satz überschwemmte, der sich noch darin befand: Nicht in diesem Leben.

ENDE

Quellenverzeichnis

Ich danke folgenden Lizenzgebern für die freundliche Abdruckgenehmigung:

FUNKE, Cornelia: Tintenherz S.9
© Cecilie Dressler Verlag, Hamburg 2003

NOTHING ELSE MATTERS
Musik &Text: Lars Ulrich, James Alan Hetfielt
© Creeping Death Music / Universal Music Publishing Ltd. / Universal Music Publishing GmbH